채털리부인의 연인

채털리부인의연인 ^하

Lady Chatterley's Lover

데이비드 허버트 로런스 장편소설   이미선 옮김

LADY CHATTERLEY'S LOVER
by DAVID HERBERT LAWRENCE (1928)

이 책은 실로 꿰매어 제본하는 전통적인 사철 방식으로 만들어졌습니다.
사철 방식으로 제본된 책은 오랫동안 보관해도 손상되지 않습니다.

제12장

코니는 점심 식사 후에 곧장 숲으로 갔다. 정말로 아름다운 날이었다. 올해의 첫 민들레들이 해처럼 노랗게 피어 있었고 첫 데이지들은 하얗게 피어 있었다. 개암나무 수풀은 잎들이 반쯤 벌어지고 마지막 남은 길쭉한 꽃들은 먼지가 낀 채 수직으로 늘어져, 마치 레이스 장식처럼 보였다. 노란 애기똥풀은 이제 무리 지어 활짝 피어 있었고, 급하게 밀려 피어난 듯 노랗게 반짝이고 있었다. 그것은 초여름의 노란색, 승리에 찬 강렬한 바로 그 노란색이었다. 그리고 앵초들은 활짝 피어 속을 다 드러낸 채 창백한 자유분방함으로 가득 차 있었고, 빽빽하게 무리를 지어 피어 있는 앵초들은 더 이상 수줍어 보이지 않았다. 무성한 진녹색 히아신스는 바다를 이루고 있었고 연한 색의 밀 이삭처럼 꽃봉오리가 솟아나고 있었다. 한편 승마로에는 물망초가 솜털처럼 무성하게 자라고 있었고, 매발톱꽃은 짙은 자주색 꽃주름을 펼치고 있었으며, 덤불 밑에는 지빠귀 알껍데기 조각들이 흩어져 있었다. 사방에 무리를 이룬 봉오리들이 보였고 생명이 약동하고 있었다!

사냥터지기는 오두막에 없었다. 모든 것이 평온했고 갈색 새끼 꿩들은 활발하게 이리저리 뛰어다니고 있었다. 그를 만나고 싶었기 때문에 코니는 사냥터지기의 집을 향해 걸어갔다.

집은 숲 가장자리에 햇살을 받으며 서 있었다. 작은 정원에는 접수선화가 활짝 열린 문 근처에 무더기로 솟아나 있었고 길 한쪽을 따라 붉은 겹데이지가 경계선을 이루며 피어 있었다. 개 짖는 소리가 들리더니 플로시가 문간에 나타났다.

활짝 열린 문이라! 그렇다면 그가 집에 있다는 뜻이었다. 그리고 햇살이 붉은 벽돌 바닥에 떨어지고 있었다! 길을 따라 걸어가는 그녀의 눈에 셔츠 차림으로 식탁에 앉아 식사를 하는 그의 모습이 창문을 통해 보였다. 개는 부드럽게 한 번 짖으며 살랑살랑 꼬리를 흔들어 댔다.

그가 일어서서 붉은 손수건으로 입을 닦으며 문간으로 왔다. 여전히 음식을 씹고 있었다.

「들어가도 돼요?」 그녀가 말했다.

「어서 들어와요!」

햇살이 휑한 방 안을 비추고 있었고 방에서는 여전히 양 갈빗살 요리 냄새가 풍기고 있었다. 벽난로 앞에서 구이 냄비로 요리를 한 것 같았다. 구이 냄비가 벽난로 철망 위에 놓여 있고 종이 위에 올려진 검은 감자 소스 냄비가 그 옆의 하얀 벽난로 위에 놓여 있었기 때문이다. 벽난로 불길은 붉었지만 약간 낮게 타고 있었다. 난로의 철망은 떼어 내려져 있었고 주전자에서는 물 끓는 소리가 났다.

식탁에는 감자와 양고기 조각이 담긴 접시가 놓여 있었다.

또한 바구니에 담긴 빵과 소금, 맥주가 담긴 파란 잔이 있었다. 식탁보는 하얀 기름천이었다. 그는 그늘진 쪽에 서 있었다.

「식사가 늦었네요.」 그녀가 말했다. 「어서 계속 들어요!」

그녀는 문간의 햇살 비치는 곳에 놓인 나무 의자에 앉았다.

「어스웨이트에 다녀올 일이 있었소.」 그가 그렇게 말하고는 식탁에 앉았지만 먹지는 않았다.

「어서 먹어요!」 그녀가 말했다.

그러나 그는 음식에 손을 대지 않았다.

「뭘 좀 먹게쏘?」 그가 물었다. 「차 한잔 마시게쏘? 물이 끌코 이쏘.」 그가 자리에서 반쯤 몸을 일으켰다.

「내가 직접 타게 해준다면요.」 그녀가 말하면서 일어섰다.

그는 우울해 보였고 그녀는 자신이 그를 귀찮게 하고 있다는 느낌이 들었다.

「물론이오! 찻주전자는 저기 이쏘.」 그가 작고 우중충한 갈색 삼각 찬장을 가리켰다. 「찻짠도 거기 이쏘! 그리고 차는 당신 머리 위쪽 벽난로 선바네 이쏘.」

그녀는 검은 찻주전자와 벽난로 선반에서 차가 든 통을 꺼냈다. 그녀는 찻주전자를 뜨거운 물로 헹구고 그것을 어디에 비워야 할지 몰라 잠깐 서 있었다.

「밖에 버리면 되오.」 그가 알아차리고 말했다. 「깨끗하니까.」

그녀는 문간으로 가서 물을 길에 버렸다. 이곳은 얼마나 아름다운가! 너무나 고요하고, 너무나 숲 속 같았다. 참나무에서는 황토색 잎이 피어나고 있었다. 정원에는 빨간 데이지가 빨간 벨벳 단추같이 피어 있었다. 그녀는 문지방에 놓인 움푹 꺼진 커다란 사암 발판을 바라보았다. 이제는 드나드는 발길이 거의 없는 발판이었다.

「그런데 여기는 정말 아름답네요!」 그녀가 말했다. 「너무나 아름답게 고요해요. 모든 것이 살아 있으면서도 고요하네요.」

그는 다소 천천히, 마지못해 다시 식사를 하고 있었고, 그녀는 그가 낙담해 있다는 것을 느낄 수 있었다. 그녀는 아무 말 없이 차를 탄 다음, 사람들이 보통 그렇게 한다는 걸 알고 있었기 때문에 찻주전자를 벽난로 시렁에 올려놓았다. 그는 접시를 옆으로 밀쳐 놓고 뒤쪽으로 들어갔다. 걸쇠가 딸각하는 소리가 들리더니 그가 접시에 치즈를 담고 버터를 들고 돌아왔다.

그녀는 찻잔 두 개를 식탁 위에 올려놓았다. 잔이 딱 두 개밖에 없었다.

「차 한잔 마실래요?」 그녀가 말했다.

「당신이 괜찮다면. 설탕은 찬장 아네 이쏘. 작은 크림 통도 이쏘. 우유는 식품실에 인는 단지 아네 이쏘.」

「당신 접시를 치워도 될까요?」 그녀가 물었다.

그가 빈정대는 듯한 미소를 살짝 지으며 그녀를 올려다보았다.

「글쎄…… 당신이 원한다면.」 그가 천천히 빵과 치즈를 먹으며 말했다.

그녀는 뒤쪽으로 가서 집에 붙어 있는 설거지 칸으로 갔다. 그곳에 펌프가 있었다. 왼쪽에 문이 하나 있었는데 식품실이 틀림없었다. 그녀는 문의 빗장을 풀고 그가 식품실이라고 부른 곳을 보고서는 거의 미소 지을 뻔했다. 하얗게 회반죽을 칠한 기다랗고 좁은 판자로 된 찬장이 전부였다. 그러나 그 안에는 접시 몇 개와 약간의 음식뿐만 아니라 작은 맥주 통도 그럭저럭 들어 있었다. 그녀는 노란 단지에서 우유를 약간 따라 냈다.

「우유를 어떻게 구하나요?」 그녀가 식탁으로 돌아와서 물었다.

「플린트네서! 그 사람들이 토끼 사육장 끄테다 한 병씩 갖다 놔둔다오. 지난번에 만났던 곳 있잖소.」

그러나 그는 낙담해 있었다.

그녀는 차를 따르고 크림 통을 들었다.

「우유는 넣지 마시오.」 그가 말했다.

그러다가 그가 무슨 소리를 들었는지 문간을 날카롭게 살피며 내다보았다.

「문을 닫는 게 나을 거 가쏘.」 그가 말했다.

「문을 닫으려니 아쉬운데요!」 그녀가 대답했다. 「아무도 안 올 거예요, 그렇죠?」

「그럴 수도 있겠지만 그래도 모르는 일이잖소.」

「설사 그렇다 해도 아무 문제없어요.」 그녀가 말했다. 「그냥 차 한잔 마시는 건데요. 찻숟가락은 어디에 있어요?」

그가 팔을 뻗어 식탁 서랍을 당겨 열었다. 코니는 문간으로 들어오는 햇살을 받으며 식탁에 앉아 있었다.

「플로시!」 그가 문간 층계 발치에 놓인 작은 깔개 위에 누워 있던 개에게 말했다. 「가서 살펴봐! 잘 살펴봐!」

그가 손가락을 쳐들었고 〈잘 살펴봐!〉라는 말은 매우 선명하게 울렸다. 개가 정찰을 하러 밖으로 총총거리며 나갔다.
　「오늘 우울해요?」 그녀가 물었다.
　그가 재빨리 파란 눈을 돌리더니 그녀를 똑바로 쳐다보았다.
　「우울하냐고! 아니! 지겨울 뿐이오! 내가 잡은 밀렵꾼 두 사람에 대한 소환장을 받으러 다녀와야 했소. 그리고…… 아, 글쎄, 난 사람들이 싫소.」
　그가 사투리를 쓰지 않고 냉정하게 말했는데, 목소리에 분노가 서려 있었다.
　「사냥터지기인 게 싫어요?」 그녀가 물었다.
　「사냥터지기라는 것 말이오? 아니, 싫지 않소. 혼자 내버려두는 한은 말이오. 그러나 경찰서와 여러 다른 곳에 쓸데없이 죽치고 앉아 바보 같은 놈들이 날 응대해 주길 기다려야 할 때면, 아, 글쎄, 정말이지 분통이 터진다오.」 그리고 그는 살짝 익살스럽게 미소를 지었다.
　「당신은 남의 밑에 있지 않고 정말로 독립할 수는 없나요?」 그녀가 말했다.
　「나 말이오? 연금만 가지고 먹고살 수 없는 거냐고 묻는 거라면 그럴 수 있다고 생각하오. 그럴 수 있소! 그러나 난 일을 해야만 하오. 아니면 내가 죽을 테니까. 즉, 뭔가 열중할 만한 일이 필요하다는 말이오. 그런데 난 썩 성격이 좋지 못해서 나 자신을 위해 일할 수가 없소. 그래서 다른 사람을 위해 하는 일을 해야 하오. 그렇지 않으면 못된 성미 때문에 한 달 만에 때려치우고 말 거요. 그러니까 전반적으로 난 여기에서 무척 잘 지내고 있소. 특히 최근에는…….」

그는 놀리듯이 익살스럽게 다시 그녀를 보고 웃었다.

「그런데 당신은 왜 기분이 언짢은가요?」 그녀가 말했다. 「그러니까 당신은 항상 기분이 언짢다는 말인가요?」

「상당히 그런 편이오.」 그가 웃으며 말했다. 「난 분을 잘 삭이지 못하오.」

「어떤 분을요?」 그녀가 물었다.

「분 말이오! 그가 말했다. 「그게 뭔지 모른단 말이오?」

그녀는 실망해서 잠자코 있었다. 그는 그녀에게 전혀 주의를 기울이지 않고 있었다.

「다음 달에 얼마 동안 멀리 여행을 갈 거예요.」

「그렇소? 어디로 갈 거요?」

「베네치아요.」

「베네치아라! 클리퍼드 경이랑 함께? 얼마 동안이나?」

「한 달쯤요.」 그녀가 대답했다. 「클리퍼드는 안 갈 거예요.」

「그럼 그는 여기 남아 있는 거요?」 그가 물었다.

「네! 그 사람은 지금 몸 상태로 여행하는 것을 부끄러워해요.」

「아, 불쌍한 양반!」 그가 안됐다는 어조로 말했다.

잠깐 말이 끊겼다.

「내가 떠나 있는 동안 날 잊지 않을 거죠?」 그녀가 물었다.

다시 그가 눈을 들어 그녀를 빤히 바라보았다.

「잊는다고! 그가 말했다. 「알다시피 사람은 잊어버리지 않소. 그것은 기억하고 말고의 문제가 아니오.」

그녀는 〈그럼 뭔데요?〉라고 묻고 싶었지만 그러지 않았다. 대신 들릴 듯 말 듯하게 작은 목소리로 말했다.

「클리퍼드에게 내가 아기를 가질지도 모른다고 말했어요.」

이제는 그가 강렬하고 탐색하는 눈빛으로 그녀를 정말로 빤히 바라보았다.

「그랬군!」 그가 마침내 입을 열었다. 「그랬더니 뭐라 하오?」

「아, 별로 개의치 않을 거래요. 정말로 기뻐할 거래요. 자기 자식인 것처럼 보이는 한은요.」 그녀는 감히 그를 올려다보지 못했다.

그는 오랫동안 침묵을 지켰다. 그러고는 다시 그녀의 얼굴을 응시했다.

「당연히 내 얘기를 하지는 않았으리라고 믿소만?」 그가 말했다.

「그럼요! 당신 얘기는 하지 않았어요!」 그녀가 말했다.

「안 되고말고! 그는 날 대리 아비로 절대 받아들이지 않을 거요. 그렇다면 아이를 어디서 갖게 된 것으로 할 요량이오?」

「베네치아에서 연애를 한 것으로 할 수 있죠.」 그녀가 말했다.

「그럴 수 있겠군.」 그가 천천히 대답했다. 「그래서 여행을 떠나는 거요?」

「연애를 하러 가는 게 아니에요.」 그녀가 간청하듯 그를 올려다보며 말했다.

「연애를 한 것처럼 보이기 위해서군.」 그가 말했다.

침묵이 흘렀다. 그는 창밖을 뚫어지게 바라보며 앉아서 반은 조롱하는 듯하고 반은 쓰라린 듯한 웃음을 씩 지었다. 그녀는 그의 그런 웃음이 싫었다.

「그렇다면 당신은 아기가 생기지 않도록 아무 조치를 취하지 않았단 말이오?」 그가 갑자기 물었다. 「난 그러지 않았으니 말이오.」

「네!」 그녀가 희미하게 말했다. 「그러기 싫었어요.」

그가 그녀를 바라보았다. 그러고는 다시 특유의 묘한 웃음을 지으며 창밖을 바라보았다. 팽팽한 침묵이 흘렀다.

마침내 그가 그녀 쪽으로 몸을 돌리고 비꼬듯이 말했다.

「그러니까 당신이 날 원한 건 바로 그 때문이었소? 아이를 얻기 위해서 말이오!」

그녀는 고개를 떨어뜨렸다.

「아니요! 꼭 그런 건 아니에요!」 그녀가 말했다.

「그렇다면 정말로 무엇 때문이었소?」 그가 상당히 날카롭게 물었다.

그녀는 원망스럽게 그를 올려다보았다.

「모르겠어요.」 그녀가 천천히 말했다.

그가 웃음을 터뜨렸다.

「그렇다면 절대로 모르겠군.」 그가 말했다.

오랫동안 침묵이, 차가운 침묵이 흘렀다.

「글쎄.」 그가 마침내 말했다. 「당신 좋을 대로 하시오. 당신에게 아기가 생기고 클리퍼드 경이 기꺼이 받아들여 준다면. 나야 손해 볼 건 없소. 오히려 좋은 경험을 한 셈이오. 사실 아주 좋은 경험을 한 셈이오!」 그러더니 그는 반쯤 하품을 참는 것처럼 기지개를 켰다. 「당신이 날 이용했다 해도,」 그가 말했다. 「내가 이용당한 게 이번이 처음은 아니오. 그런데 이번만큼 즐거움을 누리며 이용당하지는 않았던 것 같소. 물론 그렇다고 해서 그것이 엄청나게 품위 있게 느껴지진 않지만 말이오.」 그가 다시 묘하게 기지개를 켜자 근육이 떨렸고 턱은 이상하게 굳어져 있었다.

「하지만 난 당신을 이용하지 않았어요.」 그녀가 변명하듯 말했다.

「언제든지 분부만 내려 주십시오.」 그가 대답했다.

「아니라니까요!」 그녀가 말했다. 「난 당신 몸이 좋았어요.」

「그랬소?」 그가 대답하고는 웃었다. 「그렇다면 우리는 피장파장이군. 나도 당신 몸이 좋았으니 말이오.」

그가 묘하게 어두워진 눈으로 그녀를 바라보았다.

「지금 위층으로 가겠소?」 그가 억제된 목소리로 물었다.

「아니요, 지금은 아니에요! 여기서는 아니에요!」 그녀가 우울하게 말했다. 그러나 그가 그녀에게 완력을 쓰기라도 했다면 그녀는 아마 따라갔을 것이다. 그녀에게는 그에게 저항할 힘이 없었기 때문이다.

그가 다시 고개를 돌렸고, 그녀를 잊어버린 것처럼 보였다.

「당신이 날 만진 것처럼 나도 당신을 만지고 싶어요.」 그녀가 말했다. 「난 사실 당신 몸을 한 번도 만져 보지 못했어요.」

그가 그녀를 바라보며 다시 씩 웃었다.

「지금 만지고 싶소?」 그가 말했다.

「아니요! 아니에요! 여기서는 안 돼요! 오두막에서요! 그래 줄래요?」

「내가 당신을 어떻게 만지기에 그러오?」 그가 물었다.

「당신이 날 어루만지며 느낄 때 말이에요.」

그가 그녀를 바라보았고 그녀의 우울하고 간절한 눈과 마주쳤다.

「그런데 내가 당신을 어루만지며 느낄 때 좋았소?」 그가 물으면서 그녀를 보고 낮게 웃으면서 물었다.

「그래요! 당신은요?」 그녀가 말했다.

「아, 나 말이오!」 그러고 나서 그가 어조를 바꿨다. 「물론이오!」 그가 말했다. 「묻지 않아도 알고 있잖소.」

그 말은 사실이었다.

그녀는 일어서서 모자를 집어 들었다.

「가야 해요.」 그녀가 말했다.

「가려고요?」 그가 정중하게 대답했다.

그녀는 그가 자기를 만져 주고 무슨 말을 해주기를 원했다. 그러나 그는 아무 말 없이 정중하게 기다리기만 했다.

「차 잘 마셨어요.」 그녀가 말했다.

「내 찻주전자로 차를 따라 마시는 영광을 베풀어 주신 데 대해 당신에게 미처 감사를 드리지 못했소.」 그가 말했다.

그녀는 길을 따라 걸어 내려갔고 그는 살짝 웃으면서 문간에 서 있었다. 플로시가 꼬리를 든 채 달려왔다. 그리고 코니는 잠자코 숲으로 터벅터벅 걸어갔고, 그녀는 그가 그곳에 서서 얼굴에 헤아릴 수 없는 그 웃음을 띤 채 자신을 바라보고 있다는 것을 알았다.

그녀는 몹시 풀이 죽은 채 짜증이 나서 집으로 걸어갔다. 그녀는 이용당했다는 그의 말이 영 마음에 걸렸다. 어떤 의미에서 그것은 사실이었기 때문이다. 그러나 그는 그런 말을 하지 말았어야 했다. 그래서 다시 그녀는 두 가지 감정 사이에서, 그에 대한 분노와 그와 화해하고 싶은 욕망 사이에서 갈팡질팡했다.

그녀는 차를 마시는 시간 내내 아주 불안하고 짜증이 나 있었다. 차를 마신 후에는 즉시 자기 방으로 올라갔다. 그러나 자기 방에 올라와 있어도 전혀 소용이 없었다. 앉아 있을 수도, 서 있을 수도 없었다. 뭔가 조치를 취해야만 할 것 같았다. 오두막으로 돌아가 봐야 할 것 같았다. 그가 그곳에 없다 해도 어쩔 수 없는 일이겠지만.

그녀는 옆문으로 살짝 빠져나와 약간 침울한 기분으로 곧장 오두막을 향해 갔다. 공터에 이르렀을 때 그녀는 지독하게 불안했다. 그러나 그는 그곳에 있었다. 다시 셔츠 차림으로 몸을 구부린 채, 우리에서 암탉들을 꺼내, 이제는 약간 어설픈 꼴로 자라 있었지만 병아리들보다는 훨씬 더 말쑥해 보이는 새끼 꿩들 사이로 풀어 주고 있었다.

그녀는 곧장 그에게 걸어갔다.

「봐요. 나 왔어요!」 그녀가 말했다.

「아, 알고 있소!」 그가 등을 펴고 살짝 재미있다는 표정으로 그녀를 바라보며 말했다.

「이제는 암탉들을 내놓나요?」 그녀가 물었다.

「그렇소. 가만히 앉아만 있어서 피고리 상접할 정도가 되어쏘.」 그가 말했다. 「그리고 이제는 나와서 머기를 머그려고 하지도 안쏘. 알을 품고 앉아 있는 암탉에게는 자기 자신이란 게 없소. 암탉에게는 알이나 새끼들이 전부인 것 같소.」

불쌍한 어미 닭들. 그렇게 맹목적으로 헌신하다니! 자기 알도 아닌 다른 새의 알들에게조차 말이다! 코니는 연민을 느끼며 닭들을 바라보았다. 남자와 여자 사이에 어찌할 도리 없는 침묵이 흘렀다.

「오두막 아느로 드러가게쏘?」 그가 물었다.

「날 원해요?」 그녀가 믿을 수 없다는 표정으로 그를 힐끗 바라보며 물었다.

「그렇소. 당신이 들어가고 싶다면 말이오.」

그녀는 아무 말도 하지 않았다.

「그렇다면 갑시다!」 그가 말했다.

그리고 그녀는 그와 함께 오두막으로 갔다. 문을 닫자 상당히 어두워서 그는 이전처럼 등불을 켜고 심지를 낮췄다.

「속옷을 벗어 두고 왔소?」 그가 물었다.

「네!」

「아, 그럼 나도 속옷을 벗어야겠군.」

그는 담요를 펴고 한 장은 덮을 요량으로 한쪽 옆에 두었다. 그녀는 모자를 벗고 머리를 풀어 헤쳤다. 그는 앉아서 신발과 각반을 벗고, 코르덴 바지를 벗었다.

「그럼 누워요!」 그가 셔츠만 입은 채 서서 말했다. 그녀는 아무 말 없이 그 말에 따랐고 그는 그녀 옆에 누워 두 사람의 몸 위로 담요를 끌어당겼다.

「자!」그가 말했다.

그리고 그는 그녀의 옷을 바로 위로 걷어 올려 양쪽 젖가슴이 다 드러나게 했다. 그는 젖가슴에 부드럽게 입을 맞추고는 입술로 젖꼭지를 물고 살살 애무했다.

「아, 그대는 아름다워. 정말 아름다워!」그가 갑자기 그녀의 따뜻한 배에 얼굴을 바싹 대고 문지르듯 비벼 대며 말했다.

그러자 그녀는 그의 셔츠 속으로 팔을 집어넣고 그의 몸을 껴안았다. 그러나 그녀는 야위었지만 너무나 힘차 보이는 그의 미끈하고 벌거벗은 몸이 두려웠고, 격렬하게 움직이는 근육이 두려웠다. 그녀는 두려워서 움츠러들었다.

그리고 그가 살짝 한숨을 쉬듯이 〈아, 그대는 아름다워!〉라고 말했을 때, 그녀의 마음속에서 무언가가 전율했고 정신 속에서 무언가가 저항하며 굳어졌다. 그것은 끔찍하게 육체적으로 친밀한 관계 때문에, 그렇게 서두르며 갖고자 하는 그의 태도 때문이었다. 그리고 이번에는 자신의 열정에서 비롯된 강렬한 황홀감도 그녀를 사로잡지 못했다. 그녀는 안간힘을 쓰는 그의 몸에 맥없이 두 손을 얹은 채 누워 있었는데, 그녀가 어떻게 하든 그녀의 정신이 머리 꼭대기에서 방관하며 내려다보고 있는 것 같았다. 엉덩이를 밀쳐 대는 그의 모습이 우스꽝스러워 보였고, 별 볼 일 없는 배설의 절정에 이르려고 갈망하는 페니스도 익살스러워 보였다. 그랬다. 이것이 사랑이라는 것이다. 이 우스꽝스러운 엉덩이의 들썩거림과 가련하고 보잘것없으며 축축한 작은 페니스가 시들어 버리는 것. 이것이 신성한 사랑이라는 것이다! 결국 그 연기(演技) 행위에 대해 경멸감을 느낀 현대인들이 옳았다. 그것은 하나의 연기 행위였기 때문이다. 몇몇 시인의 말처럼 인간을 창조한 하느님은 고약한 유머 감각을 지니고 있었음에 틀림없다. 인간을 이성적인 존재로 만들어 놓고는 이런 우스꽝스러운 동작을 취하게 강요하고 이런 굴욕적인 연기 행위를 맹목적으로 갈구하게 몰아대고 있으니 말이다. 모파상[108] 같은 작가조차 이것을 굴욕적인 반전이라고 생각했다. 인간은 성행위를 경멸하면서도 그 짓을 해낸다.

여성으로서 묘한 그녀의 마음은 이 모든 것을 냉정하게 경멸하면서 한발 물러서 있었다. 그리고 그녀는 꼼짝도 하지 않은 채 누워 있었지만 그녀의 본능은 허리를 들어 남자를 밀쳐 내고, 꼴사나운 그의 포옹과 밀쳐 대며 내리누르는 우스꽝스러운 그의 엉덩이에서 벗어나고 싶어 했다. 그의 몸은 어리석고 뻔뻔하고 불완전했으며, 완성되지 못한 볼품없는 모습은 조금 혐오스러웠다. 진화가 완결된다면 분명히 이런 연기 행위, 이런 〈기능〉은 제거될 것이기 때문이다.

그럼에도 불구하고 그가 곧 행위를 끝내고 가만히, 정말로 가만히 누워서 침묵 속으로, 묘하게 움직임이 없는 먼 곳으로 멀리, 그녀의 의식의 지평선보다 더 멀리 물러나자 그녀의 마음은 울기 시작했다. 그녀는 그가 썰물처럼 빠져나가는 것을, 썰물처럼 빠져나가면서 그녀를 바닷가의 돌멩이처럼 그곳에 남겨 두고 가버리는 것을 느낄 수 있었다. 그는 물러나고 있었다. 그의 정신은 그녀를 떠나고 있었다. 그도 그것을 알고

---

108 Maupassant(1850~1895). 프랑스의 자연주의 소설가.

있었다.

그리고 자신의 이중적인 의식과 반응에 괴로운 나머지 그녀는 진짜 슬픔에 빠져 울기 시작했다. 그는 전혀 알아차리지 못했거나 아니면 전혀 모르고 있었다. 폭풍 같은 울음이 북받쳐 오르면서 그녀의 몸을 뒤흔들었고 이어서 그의 몸을 뒤흔들었다.

「아!」 그가 말했다. 「이번에는 안 좋았군. 당신이 절정에 이르지 못했소.」

그러니까 그는 알고 있었다! 그녀의 흐느낌이 격렬해졌다.

「그런데 그게 뭐 어때서 그러오!」 그가 말했다. 「가끔씩 그럴 때도 있소.」

「난…… 난 당신을 사랑할 수가 없어요!」 갑자기 가슴이 찢어지는 것 같아서 그녀는 흐느꼈다.

「사랑할 쑤 업따고! 너무 신경 쓰지 마오! 꼭 그래야 한다는 버비 인는 거또 아니잔쏘. 그냥 인는 그대로 바다드리면 되오.」

그는 여전히 그녀의 가슴에 손을 얹은 채 엎드려 있었다. 그러나 그녀는 이미 그에게서 두 손을 모두 떼고 있었다.

그의 말은 별로 위로가 되지 못했다. 그녀는 큰 소리로 흐느꼈다.

「자, 울지 마오!」 그가 말했다. 「조을 때도 이꼬 나쁠 때도 이쏘. 이버는 딱 한 번 약간 나쁜 쪼기어쏘.」

그녀가 서럽게 흐느끼며 울었다.

「하지만 난 당신을 사랑하고 싶어요. 그런데 그럴 수가 없어요. 끔찍하게 보일 뿐이에요.」

그가 반은 씁쓸하게, 반은 재미있다는 듯이 살짝 웃었다.

「그건 끔찌칸 이리 아니오.」 그가 말했다. 「설사 당시니 그러케 생각한다 해도 말이오. 그리고 당시니 그거슬 끔찌카게 만들 수도 업쏘. 날 사랑하는 거세 대해 너무 신경 쓰지 마시오! 억찌로 그러케 하려고도 하지 마시오. 바구니 소게 썩은 밤이 하나씨근 드러 이끼 마려니니까. 자연스럽게 바다드리도록 하는 게 조케쏘.」

그는 그녀의 가슴에서 손을 떼고 가만히 누워서 그녀를 만지지도 않았다. 이제 그의 만지는 손길에서 벗어나자 그녀는 거의 심술궂은 만족감을 느꼈다. 그녀는 당시니 같은 사투리가 정말 싫었다. 그는 마음 내키는 대로 일어나서 그녀를 내려다보며 바로 그녀 앞에 서서 그 우스꽝스러운 코르덴 바지의 단추를 채울 수 있는 사람이었다. 어쨌든 마이클리스는 몸을 돌리고 옷을 입어 줄 정도의 품위는 있었다. 이 남자는 자기 자신에 대해 너무 자신감이 넘친 나머지 다른 사람들이 자기를 얼마나 촌뜨기로 여기는지, 얼마나 잡놈으로 여기는지 모르고 있었다.

그러나 그가 몸을 떼어 내고 조용히 일어나서 그녀를 떠나려고 했을 때 그녀는 깜짝 놀라서 그에게 매달렸다.

「가지 마요! 가지 마요! 날 두고 가지 마요! 나한테 화내지 마요! 날 안아 줘요! 꼭 안아 줘요!」 그녀는 자신이 무슨 말을 하는지조차 모른 채 불가사의할 정도로 무서운 힘으로 그에게 바싹 매달려 맹목적으로 미친 듯이 속삭였다. 그녀는 바로 자기 자신으로부터, 자신의 마음속 분노와 저항으로부터 구원받고 싶었다. 그러나 그녀를 사로잡고 있던 그 마음속의 저항감은 얼마나 강력했는지!

　그는 그녀를 다시 양팔로 안고 바싹 끌어당겼다. 갑자기 그녀가 그의 품 안에서 작아졌고, 작아져서 기분 좋게 쏙 안겼다. 그것이, 저항감이 사라졌고 그녀는 놀라울 정도의 평화 속에서 녹아내리기 시작했다. 그리고 그녀가 그의 품 안에서 조그맣고 신기하게 녹아들자 그녀가 그에게 무한히 매력적으로 보였다. 그녀에 대한, 그녀의 부드러움에 대한, 그의 팔에 안긴 채 그의 핏속을 꿰뚫고 스며 들어오는 그녀의 날카로운 아름다움에 대한, 강렬하면서도 부드러운 욕망으로 그의 모든 혈관이 들끓었다. 그리고 순수하고 부드러운 욕망에 젖어 그가 놀라운 황홀경을 안겨 주는 애무의 손길로 부드럽게, 부드럽게 그녀의 나긋나긋한 허리의 굴곡을 쓰다듬으며 밑으로, 밑으로 내려가서 부드럽고 따뜻한 엉덩이 사이를 지나 그녀의 바로 그 속살까지 점점 더 가까이 다가갔다. 그리고 그녀는 그를 욕망의 불꽃처럼, 그러나 부드럽게 타오르는 불꽃처럼 느꼈고 자신이 그 불꽃 속에서 녹아드는 것을 느꼈다. 그녀는 자신을 풀어 놓았다. 그녀는 그의 페니스가 조용히 놀라울 정도로 세게, 자신 있게 일어서서 몸에 닿는 것을 느꼈고 자신을 그에게 내주었다. 그녀는 죽음 같은 전율을 느끼며 자신을 내주었고 그에게 온몸을 활짝 열어 주었다. 아, 만일 이 순간 그가 그녀를 부드럽게 대하지 않는다면, 그것은 얼마나 잔인한 짓일 것인가! 그녀는 그에게 온몸을 활짝 열어 젖힌 채 무력한 상태가 되어 있으니 말이다.

　너무나 묘하고 무섭게 그가 자신의 몸 안으로 가차 없이 힘차게 들어올 때 그녀는 다시 전율했다. 그것은 그녀의 부드럽게 열린 몸속으로 칼이 들어오는, 곧 죽음이 들어오는 것과 같았다. 그녀는 갑자기 두려움으로 고통스럽게 그에게 매달렸다. 그러나 그것은 이상하게 천천히 평화와 함께, 태초에 세상을 만들었던 것과 같은 어두운 평화와, 생각에 잠긴 원시적인 부드러움과 함께 찌르며 들어왔다. 그러자 가슴속에서 공포가 가라앉았고, 그녀의 가슴은 평화 속으로 녹아들었으며, 그녀는 아무것도 붙들지 않았다. 그녀는 모든 것을, 자기 자신을 전부 놓아서 물결 속에 사라지게 했다.

　그녀는 바다가, 솟구쳐 올라 일렁이고 거대하게 부풀어 올라 일렁이는 검은 파도가 된 것 같았다. 그래서 그녀의 어둠 전체가 천천히 움직였고 그녀는 검고 말없는 덩어리로 일렁이는 대양이 되었다. 아, 그러자 그녀의 몸속 저 아래 깊은 곳에서 심해가 갈라지면서 깊고 멀리 퍼져 나가는 파도들로 출렁이며 벌어졌다. 그녀의 속살 깊은 곳에서는 그 찌르며 돌진해 들어오는 것이 점점 더 깊숙이 파고 들어오며 점점 더 깊은 곳을 건드림에 따라 부드럽게 찌르는 중심으로부터 심연이 갈라지고 출렁이며 벌어졌다. 그녀는 더 깊이, 더 깊이, 더 깊이, 드러내 보여졌고, 그녀의 큰 파도들은 더 무겁게 넘실거리며 어딘지 모를 해변으로 흔들려 가면서 그녀를 드러내 보였다. 명백히 느껴지는 그 미지의 존재는 점점 더 가까이 찌르며 들어왔고 그녀 자신의 파도는 그녀를 남겨 둔 채 그녀에게서 점점 더 멀어져 갔다. 마침내 갑자기 부드러우면서도 전율하는 듯한 경련을 일으키면서 그녀의 모든 원형질의 핵심이 건드려졌다. 그녀는 자신이 건드려지는 것을 알았고 곧 절정이 밀려왔다. 그녀는 사라져 버렸다. 그녀는 사라져 존재하지 않다가 다시 태어났다. 진정한 여자로.

아, 너무 아름다웠다. 너무 아름다웠다! 썰물 속에서 그녀는 모든 아름다움을 깨달았다. 이제 그녀의 몸 전체가 모르는 남자에게, 시들어 가는 페니스에 부드러운 사랑으로 매달려 있었고 그것은 온 힘을 다해 격렬하게 찔러 낸 후, 너무나 부드럽고 연약해져서 자신도 모르는 사이에 물러나고 있었다. 그것이, 비밀스럽고 예민한 것이 그녀의 몸에서 빠져 나가자 그녀는 자기도 모르게 순수한 상실감에서 소리를 질렀고 그것을 다시 집어넣으려고 애썼다. 그것은 너무 완벽했다. 그리고 그녀는 그것을 너무나 사랑했다!

그리고 이제야 그녀는 페니스의 작은 봉우리 같은 과묵함과 부드러움을 인식하게 되었다. 놀라움과 통렬함에 찬 작은 비명이 다시 저절로 터져 나왔고, 그녀의 여자로서의 마음은 그렇게 강한 힘을 지녔던 것이 부드럽고 연약해진 모습을 보고 탄식했다.

「너무 멋졌어요.」 그녀가 신음하듯 말했다. 「너무 멋졌어요!」 그러나 그는 아무 말도 하지 않았고 단지 부드럽게 키스하고는 그녀의 몸 위에 가만히 엎드려 있었다. 그리고 그녀는 일종의 환희 속에서 제물로서, 새로 태어난 존재로서 신음했다.

그리고 이제 그녀의 마음속에서 그에 대한 묘한 경이감이 일어났다. 남자! 그녀에게 발휘된 남자다움의 묘한 힘! 그녀는 아직도 살짝 두려워하며 두 손으로 그의 몸을 더듬었다. 그녀는 그가 보여 준 그 묘하고 적대적이며 약간은 혐오스러운 존재를, 즉 남자를 두려워했다. 그리고 지금 그녀는 그를 만졌고, 그것은 인간의 딸들과 함께하는 신의 아들들이었다.[109] 그가 얼마나 아름답게 느껴졌는지, 피부 조직은 얼마나 순수했는지! 얼마나 사랑스러운지! 얼마나 사랑스럽고, 강하고, 그러면서도 순수하고 섬세한지! 민감한 몸의 그런 고요함! 힘차고 섬세한 살의 그런 완전한 고요함! 얼마나 아름다운지! 참으로 얼마나 아름다운지! 그녀의 두 손은 조심스럽게 그의 등을 따라 부드러우면서 작고 동그란 엉덩이로 내려갔다. 아름다웠다! 참으로 아름다웠다! 갑자기 새로운 인식의 작은 불꽃이 그녀를 훑고 지나갔다. 예전에는 혐오했던 이곳에 어떻게 이런 아름다움이 있을 수 있을까? 따뜻하고 살아 있는 엉덩이를 만지는 것의 말로 표현할 수 없는 아름다움! 생명 안의 생명, 순수하게 따뜻하고 힘찬 사랑스러움. 그리고 두 다리 사이에 있는 페니스의 묘한 묵직함! 얼마나 신비로운가! 손에 부드럽고 묵직하게 놓일 수 있는 그 묘하고

---

109 창세기 6장 2~4절에 대한 언급이다. 〈하느님의 아들들이 그 사람의 딸들을 보고 마음에 드는 대로 아리따운 여자를 골라 아내로 삼았다. 그래서 야훼께서는 《사람은 동물에 지나지 않으니 나의 입김이 사람들에게 언제까지나 머물러 있을 수 없다. 사람은 120년밖에 살지 못하리라》 하셨다. 그때 그리고 그 뒤에도 세상에는 느빌림이라는 거인족이 있었는데 그들은 하느님의 아들들과 사람의 딸들 사이에서 태어난 자들로서 옛날부터 이름난 장사들이었다.〉

묵직한 신비의 무게! 그것은 뿌리, 사랑스러운 모든 것의 뿌리, 모든 충만한 아름다움의 최초의 뿌리였다.

그녀는 경외스럽고 두렵기까지 한 경이감에 차서 신음을 내며 그에게 달라붙었다. 그는 그녀를 꼭 껴안았지만 아무 말도 하지 않았다. 그는 아무 말도 하려 하지 않았다. 그녀는 그에게 더 가까이 파고들었다. 오로지 그의 관능적인 경이로움에 가까이 있기 위해서 더 가까이 다가갔다. 그리고 그의 이해할 수 없는 완전한 고요함 속에서 그녀는 다시 남근이 천천히 심상치 않게 밀려오며 새로운 힘으로 솟아오르는 것을 느꼈다. 그리고 그녀의 마음은 일종의 경외감으로 녹아내렸다.

그리고 이번에 그녀의 몸 안으로 들어온 그의 존재는 너무나 부드러운 무지갯빛, 인간의 의식으로는 도저히 파악할 수 없는 완전하게 부드러운 무지갯빛이었다. 그녀의 자아 전체가 원형질처럼 무의식 상태에서 살아서 전율했다. 그녀는 그것이 무엇인지 알 수 없었다. 그녀는 그것이 무엇이었는지도 기억할 수 없었다. 단지 그것이 그 어떤 것보다 더 사랑스러웠다는 것만 기억했다. 그것뿐이었다. 그리고 그 후 그녀는 완전한 고요와 완전한 무아지경에 빠졌고, 얼마나 오랜 시간이 흘렀는지도 의식하지 못했다. 그리고 그는 그녀와 함께 깊이를 헤아릴 수 없는 침묵 속에 가만히 누워 있었다. 그리고 이에 대해 그들은 아무 말도 하지 않을 것이다.

외부에 대한 의식이 돌아오기 시작했을 때 그녀는 그의 가슴을 파고들며 속삭였다. 「내 사랑! 내 사랑!」 그는 말없이 그녀를 안았다. 그러자 그녀는 몸을 웅크리며 그의 가슴에 안겨 들었다. 완전히.

그러나 그의 침묵은 깊이를 알 수가 없었다. 그는 양손으로 너무나 조용하고 묘하게 그녀를 꽃처럼 안고 있었다. 「당신 어디에 있어요?」 그녀가 속삭였다. 「무슨 생각을 하는 거예요? 나한테 말 좀 해봐요! 뭐라고 말 좀 해봐요!」

그는 그녀에게 〈아, 내 연인!〉이라고 속삭이면서 부드럽게 키스했다.

그러나 그녀는 그가 무슨 말을 하는지 알지 못했다. 그녀는 그가 어디에 있는지 알지 못했다. 침묵 속에 잠긴 그는 그녀에게 잃어버린 사람처럼 느껴졌다.

「날 사랑하죠? 그렇죠?」 그녀가 중얼거렸다.

「아, 그건 당신이 알잖쏘.」 그가 말했다.

「그렇지만 나한테 말해 줘요!」 그녀가 간청했다.

「이런! 이런! 그걸 느끼지 모태쏘?」 그가 희미하게, 그러나 부드럽고 확실하게 말했다. 그러자 그녀는 그에게 가까이, 더 가까이 파고들었다. 그는 사랑할 때 그녀보다 훨씬 더 평화로웠고 그녀는 그가 자신을 안심시켜 주기를 원했다.

「당신은 날 정말 사랑해요!」 그녀가 단호하게 속삭였다. 그러자 그는 두 손으로 마치 그녀가 꽃이라도 되는 양 욕망의 전율 없이 섬세하고 친밀한 손길로 그녀를 부드럽게 어루만졌다. 그러나 사랑을 꽉 붙잡고 싶은 절박한 갈망이 그녀에게서 떠나지 않았다.

「언제나 날 사랑하겠다고 말해 줘요!」 그녀가 간청했다.

「그래!」 그가 멍하게 말했다. 그리고 그녀는 자신의 질문들이 그를 자신에게서 멀리 쫓아내고 있다는 것을 느꼈다.

「일어나야 하지 않소?」 마침내 그가 말했다.

「아니요!」 그녀가 말했다.

그러나 그녀는 밖에서 나는 소리를 들으면서 그의 의식이 이리저리 흩어지는 것을 느낄 수 있었다.

「어두워질 때가 거의 다 되었소!」 그가 말했다. 그리고 그녀는 그의 목소리에 상황에 대한 압박감이 담겨 있다는 것을 느꼈다. 그녀는 자신의 시간을 포기해야 하는 여자의 슬픔을 담아 그에게 키스했다.

그는 일어서서 등불 심지를 올리고 옷을 입기 시작하더니 금세 옷 속으로 사라졌다. 그런 다음 그곳에 서서 바지 단추를 채우며 검은 눈을 크게 뜨고 그녀를 내려다보았다. 그의 얼굴은 약간 상기되어 있었고 머리는 헝클어졌지만 등불의 희미한 불빛 속에서 묘하게 따뜻하고 고요하고 아름다웠다. 너무나 아름다웠지만 그녀는 그에게 얼마나 아름다운지 말하지는 않을 것이다. 그 모습을 보고 그녀는 그에게 꼭 달라붙어 그를 껴안고 싶었다. 그의 아름다움에는 따뜻하고 반쯤 몽롱한 거리감이 있어서 그녀로 하여금 그를 소리쳐 부르고 그를 꼭 붙잡아서 소유하고 싶은 마음이 들게끔 했다. 그녀는 절대 그를 소유하지 못할 것이다. 그래서 그녀는 둥그렇게 굴곡진 부드러운 허리를 드러낸 채 담요 위에 누워 있었다. 그는 그녀가 무슨 생각을 하는지 전혀 알지 못했지만 그에게도 그녀는 그 무엇보다 아름답고 그가 안으로 들어갈 수 있는 부드럽고 놀라운 존재였다.

「그대를 사랑하니까 내가 그대 안으로 들어갈 수 있소.」그가 말했다.

「날 좋아해요?」그녀가 두근거리는 가슴으로 말했다.

「그것이 날 완전히 치유해 준다오. 그래서 내가 그대 안으로 들어갈 수 있소. 그대를 사랑하니까 당시니 내게 몸을 열어 주는 것이오. 그대를 사랑하니까 내가 그렇게 당신 몸 안으로 들어갈 수 있는 거요.」

그는 몸을 숙여 그녀의 부드러운 옆구리에 키스를 하고 그곳에 뺨을 대고 비빈 다음 담요로 덮어 주었다.

「그러면 당신은 날 절대 떠나지 않을 거죠?」그녀가 말했다.

「그런 거는 무찌 마오.」그가 말했다.

「그렇지만 내가 당신을 사랑한다는 것은 정말로 믿지요?」그녀가 말했다.

「당시는 방금 전에 당시니 생가칸 것보다 훨씬 더 기피 날 사랑해쏘. 그러치만 일딴 당시니 그것에 대해 생각하기 시작하면 무슨 이리 이러날 쭐 누가 알게쏘?」

「아니에요, 그런 말 하지 마요! 그런데 정말로 내가 당신을 이용하려 했다고 생각하는 건 아니죠?」

「어떻게 말이오?」

「아기를 갖기 위해서요.」

「지금은 세상 누구라도 어떤 아기든 가질 쑤 이쏘.」그가 말하고는 앉아서 각반을 묶었다.

「아, 아니에요!」그녀가 소리쳤다. 「당신이 한 말은 진심이 아니에요.」

「아, 글쎄!」 그가 지그시 그녀를 바라보며 말했다. 「이버니 최고로 조아쏘.」

그녀는 가만히 누워 있었다. 그는 조용히 문을 열었다. 하늘은 짙은 파란색이었고 가장자리는 투명한 청록색이었다. 그는 밖으로 나가 암탉들을 닭장에 가두고 개에게 부드럽게 말을 걸었다. 그리고 그녀는 누워서 삶의 경이로움에 대해, 존재의 경이로움에 대해 놀라워했다.

그가 돌아왔을 때 그녀는 여전히 그곳에 누워 있었고 접시처럼 얼굴이 빨갛게 달아올라 있었다. 그는 그녀 옆에 있는 등받이 없는 의자에 앉았다.

「여행을 떠나기 저네 오두막지베 하룻밤 꼭 와요. 그러케 하게쏘?」 그가 그녀를 바라보며 눈썹을 치켜뜨고 두 손을 무릎 사이에 넣고 건들거리며 물었다.

「그러케 하게쏘?」 그녀가 놀리면서 따라 했다.

그가 미소를 지었다.

「조쏘, 그러케 하게쏘?」 그가 되풀이했다.

「조쏘!」 그녀가 사투리 발음을 흉내 내며 말했다.

「나도 조쏘!」 그가 말했다.

「나도 조쏘!」 그녀가 되풀이했다.

「그리고 나와 함께 잡씨다.」 그가 말했다. 「그럴 피료가 이쏘. 언제 오게쏘?」

「언제 오게쏘?」

「아니.」 그가 말했다. 「당시는 내 흉내를 제대로 낼 쑤 업쏘. 그럼 언제 오게쏘?」

「일요일쯔메요.」 그녀가 말했다.

「일요일쯔메라! 조쏘!」

「조쏘!」 그녀가 말했다.

그는 그녀를 보고 재빨리 웃었다.

「안 되오, 당시는 제대로 흉내를 낼 쑤 업쏘.」 그가 반대했다.

「왜 할 쑤 업써요?」 그녀가 말했다.

그가 웃었다. 사투리를 흉내 내려는 그녀의 시도는 어쩐지 너무 우스꽝스러웠다.

「자, 갑씨다. 당시니 가야 할 때가 되엇소!」 그가 말했다.

「갈 때가 되엇소?」 그녀가 말했다.

「갈 때가 되어쏘!」 그가 고쳐 주었다.

「당신은 되엇소라고 해놓고 왜 나더러 되어쏘라고 하라는 거예요?」 그녀가 따졌다. 「공평하지 않아요.」

「공평하지 안타고, 내가!」 그가 말하며 몸을 앞으로 수그려 부드럽게 그녀의 얼굴을 쓰다듬었다. 「그래도 당시는 명기요, 안 그러쏘? 이 세상에 남은 최고의 명기요. 당시니 좋아할 때 마리오! 당시니 원할 때 마리오!」

「명기가 뭐예요?」 그녀가 말했다.

「그걸 모른단 마리오? 명기 마리오! 저기 당신 아래쪼게 이꼬 내가 당신 아네 드러가 이쓸 때 누리는 거시오. 그리고 내가 당신 아네 이쓸 때 당시니 누리는 거시오. 다 거기에서 일어나는 거시오. 다 거기에서 마리오!」

「다 거기에서 마리오!」 그녀가 그의 말을 흉내 내며 놀렸다. 「명기라! 그렇다면 성교와 비슷하네요.」

「아니, 그렇지 않소! 성교는 그냥 하는 거요. 동물들도 성교는 하오. 그러나 명기를 통한 교합은 그 이상이오. 그거슨 당시니오. 아라 두시오. 그리고 당시는 동물 이상이오, 안 그렇소? 성교만 하는 게 아니오! 명기를 통한 교합이라! 그것은 그대의 아름다움이오, 아가씨!」

그녀는 일어서서 그의 두 눈 사이에 키스를 했다. 그녀를 바라보는 그의 눈은 너무나 검고 부드러우며 말로 표현할 수 없이 따뜻했고, 견딜 수 없을 정도로 너무나 아름다웠다.

「그래요!」 그녀가 말했다. 「그리고 당신은 날 좋아하는 거죠?」

그가 대답하지 않고 그녀에게 키스했다.

「당시는 가야 하오. 옷의 먼지를 털어 주게쏘.」 그가 말했다.

그는 그녀의 몸의 곡선을 따라 쓰다듬었는데, 단호하고 아무 욕망도 깃들지 않았지만, 부드럽고 다 알고 있다는 듯한 친밀함이 담긴 손길이었다.

그녀가 황혼의 어스름 속에 집으로 달려갈 때 세상은 꿈처럼 보였다. 공원 안의 나무들은 밀물에 닻을 내린 채 부풀어 오르며 물결치는 것처럼 보였고 저택으로 가는 언덕길은 살아 있는 것 같았다.

제13장

일요일에 클리퍼드는 숲에 가고 싶어 했다. 아름다운 아침이었고 배꽃과 자두나무 꽃이 갑자기 세상에 나타나듯 피어 이곳저곳에 백색의 경이로움을 펼쳐 놓았다.

세상이 꽃으로 만발한 때 남의 도움을 받아 휠체어에서 환자용 모터 의자로 옮겨 타야 하는 것은 클리퍼드에게 잔인한 일이었다. 그러나 그는 다 잊어버리고 불구 상태인 자신에 대해 어떤 자부심을 갖고 있는 것처럼 보이기조차 했다. 움직이지 못하는 그의 다리를 들어 자리를 옮겨 줄 때면 코니는 아직도 괴로웠다. 이제는 볼턴 부인이나 필드가 그 일을 했다.

그녀는 병풍처럼 늘어선 너도밤나무 숲 가장자리의 찻길 끝에서 그를 기다렸다. 그의 모터 의자가 자기 몸만 챙기는 병자처럼 천천히 거드름을 피우며 폭폭거리는 소리를 내며 다가왔다. 아내와 합류하자 그가 말했다.

「거품을 내뿜는 말을 타고 클리퍼드 경이 나가신다!」

「적어도 콧김을 내뿜긴 하네요.」 그녀가 웃었다.

그는 모터 의자를 멈춘 다음 길고 나지막한 오래된 갈색 집의 정면을 휘 둘러보았다.

「랙비는 눈도 깜빡거리지 않는군!」 그가 말했다. 「그렇지만 그럴 이유가 어디 있겠어! 난 인간의 정신이 이룬 업적 위에 올라타 있고 이것이 말[馬]을 능가하는데.」

「나도 그렇게 생각해요. 그리고 플라톤의 책에서 두 마리의 말이 끄는 마차를 타고 천국에 올라갔던 영혼들은 이제 포드 자동차를 타고 갈 거예요.」 그녀가 말했다.

「아니면 롤스로이스를 타거나. 플라톤은 귀족이었으니까!」

「맞아요! 이제는 더 이상 검은 말을 때리고 학대할 필요가 없는 거죠. 플라톤은 우리가 검은 말과 흰 말[110] 보다 더 나은 것을 타게 되어, 지금은 아예 말이 없고 엔진만 있으리라고는 생각도 못 했을 거예요.」

「엔진뿐이지. 그리고 휘발유하고!」 클리퍼드가 말했다. 「내년에는 낡은 저택을 좀 수리할 수 있게 되기를 바라고 있소. 그러려면 천 파운드 정도는 모아 둬야 할 것 같소. 그런데 공사비가 너무 많이 들어!」

「아, 좋아요!」 코니가 말했다. 「파업이 너 이상 없으면 좋으련만!」

「다시 파업을 한다고 무슨 소용이 있다는 건지! 그저 산업만 망칠 뿐이지 파업을 한다고 얻는 게 뭐가 있겠어. 광부들

---

110 『파이드루스Phaedrus』 9권에서 플라톤Platon(기원전 428?~기원전 347?)은 인간의 영혼을 한 쌍의 날개 달린 말들, 하나는 악하고 하나는 선한 두 말을 모는 마부에 비유한다. 열정과 욕망은 검은 말 혹은 악한 말이다.

도 분명히 그 사실을 깨닫기 시작하고 있다고!」

「아마 그 사람들은 산업을 망친다 해도 개의치 않을 거예요.」 코니가 말했다.

「아, 여자처럼 말하지 마시오! 설사 산업이 그들의 주머니를 그리 가득 채워 주지는 못한다 해도 그들의 배는 채워 주고 있잖소.」 그는 묘하게도 볼턴 부인의 콧소리가 배어 있는 말투로 말했다.

「그런데 전에 당신 자신은 보수적 무정부주의자라고 하지 않았나요?」 그녀가 순진하게 물었다.

「그럼 당신은 내가 무슨 뜻으로 그 말을 했는지 이해했소?」 그가 대꾸했다. 「내 말은 사람들이 삶의 형식과 장치들을 온전하게 유지하는 한 엄격히 사적인 면에서 자기들이 좋아하는 것이 될 수 있고, 좋아하는 것을 느낄 수 있고, 좋아하는 것을 할 수 있다는 말이었소.」

코니는 아무 말 없이 몇 발자국 걸어갔다. 그러더니 고집스럽게 말했다.

「그것은 알이 껍질을 온전하게 유지하고 있는 한 마음대로 썩어도 된다는 말처럼 들리는군요. 그렇지만 썩은 알은 결국 저절로 깨지는 법이에요.」

「난 사람들을 알이라고 생각하지는 않소.」 그가 말했다. 「천사들이 낳은 알이라 해도 말이오. 복음 전도사 같은 내 사랑하는 귀여운 마누라님.」

그는 이 화창한 아침에 상당히 기분이 좋은 상태였다. 종달새들은 공원 위로 지저귀며 날아가고 있었고 멀리 분지에 있는 탄갱에서는 조용히 수증기가 피어오르고 있었다. 거의 전쟁 전의 옛 시절 같았다. 코니는 정말로 논쟁을 벌이고 싶지 않았다. 그러나 그녀는 사실 클리퍼드와 함께 숲에 가고 싶지도 않았다. 그래서 그녀는 약간 깐깐한 마음으로 그의 모터 의자 옆에서 걸었다.

「아니.」 그가 말했다. 「일을 제대로 처리하면 파업은 더 이상 없을 거요.」

「왜요?」

「파업이 거의 불가능해질 테니까 말이오.」

「그렇지만 광부들이 그렇게 하도록 가만히 있을까요?」

「그들에게 부탁을 하지는 않을 거요. 그들이 주의하고 있지 않을 때 그 일을 해치워 버릴 테니까. 그것은 그들 자신을 위한 일이고 또한 산업을 구하기 위한 일이오.」

「또한 당신 자신을 위한 일이기도 하죠.」 그녀가 말했다.

「당연하지! 모두를 위해서요! 그러나 나보다는 그들을 더 많이 위한 일이오. 난 광산이 없어도 살 수 있소. 하지만 그들은 그럴 수 없지. 광산이 없다면 그들은 굶어 죽을 거요. 나야 다른 생활 수단이 있지만 말이오.」

그들은 광산이 있는 낮은 골짜기와 그 너머로 검은 지붕을 뚜껑처럼 쓴 테버셜의 집들이 뱀처럼 언덕을 기어 올라가고 있는 광경을 바라보았다. 오래된 갈색 교회에서 종이 울리고 있었다. 〈일요일, 일요일, 일요일!〉이라고 외치는 것 같았다.

「그렇지만 당신이 계약 조건을 마음대로 정하도록 광부들이 가만히 있을까요?」 그녀가 말했다.

「여보, 그들은 그럴 수밖에 없을 거요. 그 일을 부드럽게 처리하기만 한다면 말이오.」

「그렇지만 상호 이해가 있을 수는 없나요?」

「물론이오. 개인보다 산업이 먼저라는 것을 그들이 깨닫는다면 말이오.」

「그렇지만 당신이 꼭 산업을 소유해야 하나요?」 그녀가 말했다.

「내가 소유하고 있는 게 아니오. 그러나 어느 정도까지는 내가 소유하고 있소. 그렇소, 아주 분명히 말이오. 재산의 소유권은 이제 종교적인 문제가 되었소. 예수님과 성 프란체스코[111] 이후에 그랬던 것처럼 말이오. 요점은 〈네가 가진 걸 모두 가져다가 가난한 자들에게 주어라〉[112]가 아니라 〈네가 가진 모든 것을 전부 이용해 산업을 진작하고 가난한 사람들에게 일자리를 만들어 주어라〉요. 그것만이 모두의 입에 먹을 것을 대주고 모두의 몸에 입을 것을 마련해 줄 유일한 방법이오. 우리가 가진 것을 전부 가난한 사람들에게 나눠 주는 것은 우리뿐만 아니라 가난한 사람들 모두 똑같이 굶주리는 결과를 초래할 뿐이오. 그리고 모두가 굶는 것은 고귀한 목표는 아니오. 다 같이 가난한 것도 좋은 일이 아니오. 가난은 추한 것이오.」

「그렇다면 불평등은요?」

111 아시시의 성 프란체스코Francesco(1182~1226)는 예수처럼 부와 가족을 버리고 가난한 삶을 살았다.

112 「루가의 복음서」18장 22절에서 예수는 부자에게 〈있는 것을 다 팔아 …… 가난한 사람들에게 나누어 주어라〉라고 말한다.

「그건 운명이오. 왜 금성은 해왕성보다 더 크겠소? 우리가 세상의 구성 방식을 바꿀 수는 없는 법이오.」

「그러나 이런 시기와 질투와 불만이 일단 시작되면……」 그녀가 말을 시작했다.

「그것을 막기 위해 최선을 다해야겠지. 누군가가 그 일의 우두머리가 되어야 하는 법이고.」

「그렇다면 누가 우두머리가 되는 건데요?」 그녀가 물었다.

「산업을 소유하고 운영하는 사람들이지.」

오랫동안 침묵이 흘렀다.

「내가 보기에 그들은 나쁜 우두머리인 것 같아요.」 그녀가 말했다.

「그렇다면 그들이 어떻게 해야 하는지 한번 제안해 보시오.」

「그들은 우두머리라는 자기들의 위치를 충분히 진지하게 받아들이지 않아요.」 그녀가 말했다.

「그들은 당신이 남작 부인이라는 당신의 지위를 받아들이는 것보다 훨씬 더 진지하게 그것을 받아들이고 있소.」 그가 말했다.

「그건 내게 억지로 맡겨진 거예요. 난 사실 그걸 원지 않아요.」 그녀가 불쑥 내뱉었다.

클리퍼드가 전동 의자를 멈추고 그녀를 바라보았다.

「지금 책임을 회피하고 있는 게 누구요!」 그가 말했다. 「당신이 말한 것처럼, 우두머리라는 지위에 따른 책임에서 벗어나려고 하는 게 누구요?」

「그렇지만 난 우두머리 지위 같은 건 전혀 원하지 않아요.」

그녀가 항변했다.

「아! 그러나 그건 회피요. 당신은 그 지위를 가졌소. 그렇게 운명 지워졌소. 그리고 당신은 그 운명에 따라 살아야 하오. 광부들에게 가질 만한 가치가 있는 것들을 전부 누가 갖게 해주었소? 모든 정치적 자유와 변변치는 않지만 교육, 위생 시설, 보건 환경, 책, 음악, 그 모든 것을 말이오. 누가 그것을 그들에게 주었소? 광부들이 그것을 자신들에게 주었소? 물론 아니오! 랙비와 시플리 같은 영국의 모든 가문이 자기 몫을 나눠 주었고 계속해서 나눠 줄 거요. 거기에 당신의 책임이 있소.」

코니는 귀 기울여 들으면서 얼굴이 시뻘겋게 달아올랐다.

「나도 뭔가를 주고 싶어요.」 그녀가 말했다. 「그러나 내게는 그것이 허용이 안 돼요. 지금은 모든 것을 돈으로 사고팔아요. 당신이 말한 그 모든 것 또한, 랙비와 시플리가 사람들에게 상당한 이익을 남기고 팔고 있는 거지요. 모든 것은 돈을 주고 사야 해요. 당신은 심장 박동 한 번만큼도 진정한 공감을 나눠 주지 않아요. 그리고 게다가 누가 그들에게서 자연스러운 삶과 인간다움을 빼앗아 버리고 이 끔찍한 산업의 현실을 준 거죠? 누가 그런 짓을 했나요?」

「그렇다면 내가 어떻게 해야 하는 거요?」 그가 창백해져서 물었다. 「그들에게 날 약탈하러 오라고 요청할까?」

「왜 테버셜이 그렇게 보기 흉하고, 그렇게 끔찍한가요? 왜 그들의 삶이 그토록 절망적인 거죠?」

「그들이 스스로 테버셜을 세웠소. 그것은 그들이 과시하는 자유의 일부요. 그들은 나름대로 보기 좋은 테버셜을 세웠고, 나름대로 보기 좋은 삶을 살고 있소. 내가 그들을 위해 그들의 삶을 살아 줄 수는 없소. 딱정벌레조차 각자 자기 삶을 살아야 하는 법이오.」

「그렇지만 당신이 그들에게 당신을 위해 일하게 시키잖아요. 그들은 당신의 석탄 광산을 위해 살고 있다고요.」

「전혀 아니오. 딱정벌레도 각자 자기 먹을 것을 찾소. 단 한 사람도 날 위해 일하도록 강요당하지 않소.」

「그들의 삶은 산업화되었고 절망적이에요. 우리의 삶도 마찬가지지만요.」 그녀가 소리쳤다.

「난 그렇게 생각하지 않소. 그건 낭만적인 비유법일 뿐이고 서서히 사라지고 있는 초췌한 낭만주의의 유물이오. 여기서 있는 당신은 전혀 절망적인 모습으로 보이지 않소, 여보코니.」

그 말은 사실이었다. 짙푸른 눈은 반짝거리고 빰은 붉게 달아올라 있었기 때문에 그녀는 절망해서 낙담한 것과는 거리가 먼 반항적인 열정으로 가득 차 있는 것처럼 보였다. 그녀는 풀이 무성한 곳에 솜딜이 보송보송한 어린 양취란화들이 아직 솜털에 싸인 채 서 있는 것을 알아차렸다. 그리고 그녀는 마음속으로 격분하면서 왜 클리퍼드가 그토록 틀렸다고 느끼면서도 그것을 그에게 말할 수 없는지, 어디가 틀렸는지 왜 정확히 말할 수 없는지 궁금해했다.

「사람들이 당신을 미워하는 게 당연해요.」 그녀가 말했다.

「그들은 날 미워하지 않소.」 그가 대답했다. 「그리고 잘못

생각하지 마오. 당신이 말하는 그 사람이라는 말의 의미에서 보면 그들은 사람이 아니오. 그들은 당신이 이해하지 못하고 앞으로도 절대 이해할 수 없는 동물이오. 다른 사람들에게 당신의 착각을 강요하지 마오. 대중은 언제나 똑같았고 앞으로도 항상 똑같을 거요. 네로의 노예들은 우리 광부들이나 포드 자동차 공장의 노동자들과 거의 다를 바가 없었소. 내 말은 네로의 광산 노예들과 들에서 일한 노예들 말이오. 그것이 하층 대중이오. 그들은 절대 바뀌지 않소. 간혹 어떤 개인이 하층 대중에서 벗어날 수 있소. 그러나 그렇게 개인들이 벗어난다 해도 대중을 바꾸지는 못하오. 대중은 변할 수 없소. 그것이 사회학의 가장 중요한 사실 중 하나요. 〈빵과 오락Panem et circenses〉![113] 오로지 오늘날에만 교육이 오락을 대신하는 나쁜 대체물 중 하나가 되었소. 오늘날 잘못된 것은 바로 우리가 빵과 오락이라는 프로그램 중에서 오락 부분을 완전히 엉망으로 만들어 놓고 약간의 교육으로 하층 대중에게 해로운 독을 주입했다는 거요.」

　클리퍼드가 하층 대중에 대한 자기 감정에 정말로 고무되었을 때 코니는 무서웠다. 그가 한 말에는 거역하기 어려울 정도로 진실한 점이 있었다. 그러나 그것은 다른 것들을 죽이는 진실이었다. 그녀가 창백한 얼굴로 잠자코 있는 것을 보고 클리퍼드는 다시 모터 의자를 출발시켰다. 그는 나무 출입문

---

113 로마의 풍자 시인 유베날리스Juvenalis(50?~130?)의 「열 번째 풍자 시Tenth Satire」에서 인용된 구절이다. 그는 한때 세계를 정복했던 로마인들이 자신이 살던 시대에는 음식과 화려한 구경거리만 좋아한다고 생각했다.

에서 다시 멈췄고 그녀가 문을 열어 줄 때까지 더 이상 대화는 없었다.

「그리고 지금 우리가 집어 들어야 할 것은 말이오.」 그가 말했다. 「칼이 아니라 채찍이오. 하층 대중은 역사가 시작된 이래로 줄곧 지배당해 왔고 역사가 끝날 때까지 앞으로도 지배당해야 할 거요. 그들이 스스로 지배할 수 있다고 말하는 것은 순전히 위선이고 웃기는 소리요.」

「그런데 당신이 그들을 지배할 수 있나요?」 그녀가 물었다.

「내가? 아, 그럼! 내 정신도, 내 의지도 불구가 되지는 않았소. 지배는 다리로 하는 게 아니오. 난 내 몫의 지배를 할 수 있소. 정말로, 내 몫을 말이오. 그러니 내게 아들을 낳아 주오. 그러면 그 아이가 내 뒤를 이어 자기 몫을 지배하게 될 거요.」

「그렇지만 그 아이는 당신의 친아들이 아니고 당신과 같은 지배 계급의 아이는 아닐 거예요……. 아니, 혹시 아닐 수도 있잖아요…….」 그녀가 더듬거리며 말했다.

「건강하고, 보통 이하의 지능을 가진 남자만 아니라면 그 애의 아비가 누구든 상관없소. 건강하고, 보통의 지능을 지닌 남자의 아이를 낳아 준다면 내가 그 아이를 완벽하게 유능한 채털리 가문의 사람으로 만들겠소. 중요한 것은 우리를 낳아 준 사람이 아니라 운명의 여신이 우리를 어디에 데려다 놓느냐 하는 것이오. 어떤 아이건 지배 계급 속에 데려다 놓으면 그 아이는 자라서 제 능력껏 지배자가 될 거요. 왕이나 공작의 자식이라도 하층 대중 속에 데려다 놓으면 그 애는 하찮은 평민이자 대량 생산물이 될 거요. 그것이 저항할 수 없는 환경의 영향이오.」

「그렇다면 하층민은 원래 타고난 종족이 아니겠죠. 그리고 귀족도 타고난 혈통이 아니고요.」그녀가 말했다.

「맞소, 여보! 그 모든 것은 낭만적인 환상이오. 귀족 계급은 하나의 역할, 운명의 한 부분을 맡은 존재요. 그리고 하층 대중은 운명의 다른 부분을 맡아 하나의 역할을 수행하는 존재요. 개인은 조금도 중요하지 않소. 문제는 우리가 어떤 역할을 하도록 길러지고 길들여지는가 하는 거요. 귀족 계급을 만드는 것은 개인이 아니오. 그것은 전체 귀족의 역할이오. 그리고 하층민을 하층민으로 만드는 것은 하층 대중 전체의 역할이오.」

「그렇다면 우리 인간들 사이에는 공통된 인간성이라곤 전혀 없겠군요!」

「당신 좋을 대로 생각하시오. 우리 모두는 배를 채울 필요가 있소. 그러나 표현하거나 실행하는 기능에 있어서는 지배 계급과 섬기는 계급 사이에 심연이, 절대적인 심연이 존재한다고 난 믿고 있소. 그 두 역할은 서로 상반된 것이오. 그리고 역할이 개인을 결정하오.」

코니는 멍한 눈길로 그를 바라보았다.

「계속 안 갈 거예요?」그녀가 말했다.

그러자 그가 모터 의자를 움직이기 시작했다. 그는 해야 할 말을 다 했다. 이제 그는 특유의 다소 멍한 무감각 상태로 빠져들었다. 코니는 그 모습을 보기가 너무 괴로웠다. 어쨌든 그녀는 숲에서는 논쟁을 벌이지 않기로 결심했다.

그들 앞에 승마로가 담처럼 늘어선 개암나무들과 밝은 회색 나무들 사이를 가르며 막힘없이 펼쳐져 있었다. 모터 의자는 천천히 폭폭거리며 개암나무 그림자 너머로 승마로에 우유 거품처럼 피어 있는 물망초들 속으로 밀고 들어갔다. 클리퍼드는 길의 가운데를 따라갔고 그곳에는 사람들이 지나다녀서 생긴 좁은 길이 꽃들 사이로 나 있었다. 그러나 코니는 뒤에서 걸으면서 의자 바퀴들이 선갈퀴와 자난초 위로 덜컹거리고 지나가면서 금좁쌀풀의 자그마한 노란 꽃받침들을 눌러 뭉개는 것을 보았다. 이제 바퀴들은 물망초 사이를 지나가면서 자국을 남기고 있었다.

온갖 꽃이 그곳에 피어 있었고 올해 처음 핀 초롱꽃들은 푸른 웅덩이처럼 무더기를 이루고 있어서 물이 고여 있는 것 같았다.

「숲이 아름답다고 한 당신 말이 정말 옳았소.」 클리퍼드가 말했다. 「정말 놀라울 정도로 아름답소. 영국의 봄만큼 이렇게 아름다운 것이 또 어디 있을까!」

코니는 그 말이 마치 봄조차 의회의 법령에 의해 피어난다고 말하는 것처럼 들린다고 생각했다. 영국의 봄이다! 이일랜드의 봄이나 유대인의 봄은 왜 안 그렇다는 걸까?

모터 의자는 밀처럼 서 있는 억센 초롱꽃 무더기를 지나고 회색 우엉 잎들 위를 넘어 천천히 앞으로 나아갔다. 나무들이 베어 나가 탁 트인 곳에 이르렀을 때 햇살이 다소 강하게 밀려 들어왔다. 그리고 만발한 초롱꽃들은 여기저기 반짝이는 파란색 천을 펼쳐 놓은 듯했는데, 연보랏빛이나 자줏빛으로

색이 바뀌면서 펼쳐져 있었다. 그 사이에는 이브에게 새로운 비밀을 속삭이는 어린 뱀 떼처럼 고사리가 꼬부라진 갈색 머리를 쳐들고 있었다.

클리퍼드는 계속 모터 의자를 몰고 언덕 꼭대기에 이르렀다. 코니는 천천히 뒤를 따랐다. 참나무의 어린잎들이 부드럽게 벌어지며 갈색을 띠어 가고 있었다. 모든 것이 오래되고 딱딱한 상태에서 부드럽게 돋아나고 있었다. 옹이투성이의 울퉁불퉁한 참나무들조차 아주 부드러운 어린잎들을 피워 놓고 밝은 햇빛 속에서 어린 박쥐의 날개 같은 갈색의 얇고 작은 날개들을 펼치고 있었다. 왜 인간은 그 어떤 새로움도, 새롭게 피워 낼 그 어떤 신선함도 지니고 있지 않은 것일까? 케케묵은 인간들이여!

클리퍼드는 언덕 꼭대기에서 모터 의자를 멈추고 아래를 내려다보았다. 초롱꽃들이 넓은 승마로를 홍수처럼 파랗게 휩쓸며 비탈의 내리막길을 따뜻한 파란색으로 환하게 밝히고 있었다.

「그 자체로는 아주 멋진 색이로군.」 클리퍼드가 말했다. 「하지만 그림으로 그리기에는 마땅치 않군.」

「그렇네요.」 코니는 무관심하게 말했다.

「샘까지 한번 가볼까?」 클리퍼드가 말했다.

「모터 의자가 또 올라갈 수 있을까요?」 그녀가 말했다.

「한번 해봅시다. 모험하지 않으면 아무것도 얻을 수 없잖소!」

그리고 모터 의자는 천천히 앞으로 나아가기 시작해서, 점점 퍼져 나가는 푸른 히아신스로 덮여 있는 아름답고 넓은 승마로를 덜컹거리며 내려갔다. 오, 히아신스 여울을 지나는 세상의 마지막 배여! 오, 인간 문명의 마지막 항해를 하며 마지막 거친 바다 위를 떠가는 작은 배여! 오, 바퀴 달린 괴상한 배여! 그대는 어디를 향해 천천히 나아가고 있는가![114] 조용하고 만족스러운 표정으로 클리퍼드는 낡은 검은 모자를 쓰고 트위드 재킷을 입은 채 꼼짝도 하지 않고 조심스럽게 모험의 바퀴 위에 앉아 있었다. 오, 선장이여. 나의 선장이여. 우리의 멋진 항해는 끝났다네![115] 아니, 아직 완전히 끝난 것은 아니라네! 회색 옷을 입은 콘스턴스는 바퀴 자국을 따라 내리막길을 걸으며 모터 의자가 아래쪽으로 덜컥거리며 내려가는 것을 바라보았다.

그들은 오두막으로 이어지는 좁은 오솔길을 지나쳐 갔다. 다행히도 오솔길은 모터 의자가 들어갈 수 있을 만큼 넓지 않았던 것이다. 한 사람이 다니기에도 충분하지 않았다. 모터 의자는 비탈길 맨 아래쪽에 도착해서 모퉁이를 빙 돌아 사라졌다. 그리고 고니는 뒤에서 나는 휘파람 소리를 들었다, 그녀는 재빨리 돌아보았다. 사냥터지기가 그녀를 향해 비탈길을 성큼성큼 걸어 내려오고 있었고 개도 그의 뒤를 따라오고

---

114 로버트 브리지스Robert Bridges(1844~1930)의 시, 「통행자A Passer-By」 1행, 〈오, 호화로운 배여. 그대는 하얀 돛들을 모두 펼치고 어디를 향해 나아가고 있는가!〉를 참조한 것이다.
115 19세기 미국 시인 월트 휘트먼Walt Whitman(1819~1892)의 시 「오 선장이여, 나의 선장이여O Captain, My Captain」(1865) 1행, 〈오 선장이여. 나의 선장이여. 우리의 무서운 항해는 끝났다네〉를 참조한 것이다.

있었다.

「클리퍼드 경이 우리 집으로 가고 있소?」 그가 그녀의 눈을 들여다보며 물었다.

「아니요. 샘까지만 갈 거예요.」

「아, 그럼 됐소! 그의 눈에 띄지 않을 수 있겠군. 그렇지만 오늘 밤에 당신을 만나고 싶소. 공원 출입문에서 당신을 기다리겠소. 10시쯤에.」

그가 다시 그녀의 눈을 똑바로 들여다보았다.

「알았어요.」 그녀가 더듬거리며 말했다.

그들은 코니를 부르며 빵! 빵! 울리는 클리퍼드의 경적 소리를 들었다. 그녀는 대답으로 〈네에, 가요!〉 하고 정답게 소리쳤다. 사냥터지기는 얼굴을 약간 찡그린 다음 한 손으로 그녀의 가슴을 아래부터 위로 부드럽게 쓰다듬었다. 그녀는 깜짝 놀라 그를 바라보고는 클리퍼드에게 다시 〈네에, 가요!〉 하고 정답게 외치며 언덕 아래로 달려가기 시작했다. 위에서 남자는 그녀를 바라보다가, 몸을 돌려 살짝 웃으며 가던 길로 되돌아갔다.

그녀는 클리퍼드가 천천히 샘물 쪽으로 올라가는 것을 보았다. 샘은 낙엽송이 짙게 우거진 비탈의 중간쯤에 있었다. 그녀가 그를 따라잡을 때쯤 그는 이미 그곳에 도착해 있었다.

「의자가 잘해 냈어.」 그는 모터 의자를 가리키며 말했다.

코니는 낙엽송 숲의 가장자리에서 유령같이 자라난 커다란 회색 우엉 잎들을 바라보았다. 사람들은 그것을 로빈 후드의 대황(大黃)이라고 불렀다. 샘가에 있는 그 우엉 잎들이 얼마나 고요하고 음울해 보이던지! 그러나 샘물은 너무나 맑게 퐁퐁 솟아올라 경이로워 보였다! 근처에는 좁쌀풀과 억센 파란 자난초가 조금 있었다. 그런데 저기, 둑 아래에서 황토가 꿈틀거리고 있었다. 두더지였다! 분홍빛 앞발을 앞뒤로 내저어 흙을 헤치고, 앞을 보지 못하는 송곳처럼 뾰족한 얼굴을 흔들며, 자그마한 분홍색 코끝을 위로 치켜든 채 두더지가 나타났다.

「저 녀석은 마치 코끝으로 보는 것 같아요.」 코니가 말했다.

「눈으로 보는 것보다 더 낫지.」 그가 말했다. 「물을 마시겠소?」

「당신은요?」

그녀는 나뭇가지에 걸려 있던 에나멜 잔을 집어다가 몸을 굽혀 그를 위해 잔을 가득 채웠다. 그가 조금씩 음미하며 물을 마셨다. 그런 다음 그녀는 다시 몸을 굽혀 물을 떠서 자신도 조금 마셨다.

「굉장히 차네요.」 그녀가 숨찬 목소리로 말했다.

「물맛이 좋지 않소? 소원을 빌었소?」

「당신은요?」

「빌었소. 그런데 뭔지 말해 주진 않겠소.」

딱따구리가 나무를 쪼아 대는 소리가 들렸고 이어서 낙엽송들 사이로 불어오는 부드러우면서도 섬뜩한 느낌을 주는 바람 소리가 들려왔다. 그녀는 하늘을 올려다보았다. 하얀 구름이 파란 하늘을 가로질러 흘러가고 있었다.

「구름 좀 봐요!」 그녀가 말했다.

「하얀 양떼구름뿐이군!」 그가 대답했다.

그림자 하나가 작은 공터를 가로질러 갔다. 두더지가 땅을 헤치고 나와 부드러운 황토 쪽으로 가 있었다.

「불쾌한 작은 짐승이야. 저런 건 죽여 버려야 해.」 클리퍼드가 말했다.

「봐요! 설교단에 서 있는 목사님 같아요.」 그녀가 말했다.

그녀는 선갈퀴 가지를 몇 개 모아 그에게 가져다주었다.

「선갈퀴 향이군!」 그가 말했다. 「지난 19세기의 낭만적인 귀부인들 같은 냄새가 나지 않소? 그 귀부인들은 어쨌든 정신은 똑바로 박혀 있었거든.」

그녀는 흰 구름을 바라보고 있었다.

「비가 올 것 같은데요.」 그녀가 말했다.

「비라고? 왜? 당신은 비가 오길 바라오?」

그들은 집으로 돌아가기 시작했고 클리퍼드는 덜컹거리며 조심스럽게 내리막길을 내려갔다. 그들은 언덕 아래의 컴컴한 바닥에 이르러서 오른쪽으로 돌아 백 미터쯤 간 다음, 초롱꽃들이 햇볕을 받으며 서 있는 긴 비탈의 기슭으로 구부러져 올라갔다.

「가자, 낡은 의자야!」 클리퍼드가 모터 의자에 박차를 가하며 말했다.

가파르고 울퉁불퉁한 오르막길이었다. 모터 의자가 안간힘을 쓰며 마지못한 듯이 천천히 나아갔다. 그래도 모터 의자는 비틀거리며 위로 올라갔고 마침내 히아신스가 사방에 피어 있는 곳에 이르렀다. 하지만 그 순간 주춤거리다가 기를 쓰며 움직이려 하더니 갑자기 휙 꽃밭 밖으로 나가 멈춰 섰다.

「경적을 울려 사냥터지기가 오기를 기다려 보는 게 나을 것 같아요.」 코니가 말했다. 「그가 모터 의자를 좀 밀어 줄 수 있을 거예요. 그리고 나도 같이 밀게요. 그럼 도움이 되겠죠.」

「모터 의자가 잠깐 숨을 돌리게 해줍시다.」 클리퍼드가 말했다. 「바퀴 밑을 돌로 좀 괴어 주겠소?」

코니는 돌을 찾아 괴었고 그들은 기다렸다. 얼마 후 클리퍼드는 다시 시동을 켜고 모터 의자를 작동시켰다. 모터 의자는 안간힘을 쓰다가 병든 짐승처럼 비틀거리면서 묘한 소리를 냈다.

「내가 밀어 볼게요!」 코니가 뒤로 가며 말했다.

「아니! 밀지 마시오!」 그가 화를 내며 말했다. 「밀어야 한다면 이 빌어먹을 물건이 무슨 쓸모가 있단 말이오? 돌로 밑을 괴어 주구려!」

잠깐 쉬었다 다시 시동을 켰지만 전보다 더 효과가 없었다.

「내가 밀어야만 해요.」 그녀가 말했다. 「아니면 경적을 울려 사냥터지기를 부르거나요.」

「기다려 보오!」

그녀는 기다렸다. 그리고 그가 다시 시도해 보았지만 좋아지기는커녕 더 나빠졌다.

「나더러 밀지 못하게 할 거면 경적을 울려요.」 그녀가 말했다.

「빌어먹을! 잠깐 조용히 좀 하시오!」

그녀는 잠깐 가만히 있었다. 그는 작은 모터를 망가뜨릴 정도로 노력을 기울였다.

「완전히 부서뜨리고 말 거예요, 클리퍼드.」 그녀가 충고했다. 「게다가 당신은 신경을 소모하고 있어요.」

「내려서 이 빌어먹을 것을 살펴볼 수만 있다면 좋을 텐데!」 그가 화가 나서 말했다. 그러고는 귀에 거슬릴 정도로 경적을 울려 댔다. 「어쩌면 멜러스는 무엇이 잘못되었는지 알아낼 수 있을 거요.」

그들은 짓이겨진 꽃들 속에서 기다렸고 하늘에는 구름이 부드럽게 모여들고 있었다. 정적 속에서 산비둘기 한 마리가 〈구구구구! 구구구!〉 하며 울기 시작했다. 클리퍼드는 경적을 한 번 〈빵!〉 하고 울려 비둘기의 입을 막아 버렸다.

사냥터지기는 곧장 나타나 무슨 일인지 궁금하다는 표정으로 모퉁이를 돌아 성큼성큼 다가왔다. 그가 경례를 했다.

「모터에 대해 아는 게 있나?」 클리퍼드가 날카롭게 물었다.

「잘 모릅니다. 뭐가 고장 났습니까?」

「분명히 그런 것 같네.」 클리퍼드가 퉁명스레 말했다.

남자는 걱정스러운 표정으로 바퀴 옆에 웅크리고 앉아 작은 엔진을 들여다보았다.

「이런 기계에 대해서는 아는 바가 전혀 없습니다, 클리퍼드 경.」 그가 차분히 말했다. 「연료와 기름이 충분하다면…….」

「그냥 찬찬히 잘 살펴보면서 망가진 게 있는지 보게.」 클리퍼드가 퉁명스럽게 말했다.

남자는 나무에 총을 기대 놓고 외투를 벗어 총 옆에 던져 놓았다. 갈색 개가 앉아서 지켰다. 그런 다음 그는 쭈그리고 앉아 모터 의자 밑을 살펴보고 손가락으로 기름투성이의 작은 엔진을 찔러 보면서 마음속으로 깨끗한 나들이용 셔츠에 기름 자국이 나는 것에 분개했다.

「망가진 건 없는 것 같습니다.」 그가 말했다. 그러고는 일어서서 모자를 뒤로 젖히고는 이마를 문지르며 뭐가 문제인지 궁리를 하는 듯했다.

「밑에 있는 연결봉들은 살펴보았나?」 클리퍼드가 물었다. 「그것들이 괜찮은지 살펴보게.」

남자는 바닥에 배를 대고 납작하게 엎드려 목을 뒤로 젖힌 채 엔진 밑으로 꿈틀거리며 들어가서 손가락으로 찔러 보았다. 코니는 거대한 대지 위에 배를 대고 엎드린 그를 보며 인간이란 얼마나 연약하고 왜소해 보이는 가련한 존재인가 하고 생각했다.

「제가 보기에는 괜찮은 것 같습니다.」 그의 목소리가 분명치 않게 들려왔다.

「자네는 할 수 있는 게 없는 것 같군.」 클리퍼드가 말했다.

「제가 할 수 있는 건 없는 것 같습니다!」 그리고 그는 기어나와 광부들이 하는 식으로 다시 쪼그리고 앉았다. 「명백하게 망가진 것은 분명히 없습니다.」

「물러서게! 다시 시동을 걸어 볼 테니!」

클리퍼드가 시동을 걸고 기어를 넣었다. 그러나 모터 의자는 꼼짝도 하지 않았다.

「좀 더 세게 작동시켜 보십시오.」 사냥터지기가 제안했다.

클리퍼드는 그 참견을 불쾌하게 여겼지만 엔진을 금파리처럼 윙윙거리게 해보았다. 그러자 모터 의자가 쿨럭쿨럭대다 부르릉거리면서 조금 나아지는 듯했다.

「괜찮아질 것같이 들리는데요.」 멜러스가 말했다.

그러나 클리퍼드는 벌써 기어를 홱 넣어 버렸다. 모터 의자는 아픈 것처럼 비틀거리며 힘없이 앞으로 나아갔다.

「제가 밀면 나갈 것 같습니다.」 사냥터지기가 뒤로 가며 말했다.

「물러서 있게!」 클리퍼드가 퉁명스럽게 말했다. 「의자 혼자 움직일 수 있을 거야.」

「그렇지만, 클리퍼드!」 둑에 있던 코니가 끼어들었다. 「모터 의자에게 무리라는 걸 당신도 알잖아요. 왜 그렇게 고집을 부리는 거예요?」

클리퍼드는 화가 나서 얼굴이 창백해졌다. 그는 작동 레버를 꽉꽉 눌러 버렸다. 모터 의자는 갈팡질팡하며 몇 미터를 더 비틀거리고 나가다가 다른 곳보다 특히 더 흐드러지게 필 조짐이 보이는 초롱꽃 무더기 한가운데 멈춰 섰다.

「이젠 끝났네요!」 사냥터지기가 말했다. 「동력이 충분하지 않습니다.」

「전에는 여기까지 올라온 적이 있었네.」

「이번에는 안 될 것 같습니다.」 사냥터지기가 말했다.

클리퍼드는 대답하지 않았다. 그는 엔진을 이렇게도 해보고 저렇게도 해보기 시작했고, 빠르게도 돌려 보고 느리게도 돌려 보면서 마치 모터 의자에서 어떤 노래 가락이라도 뽑아내려는 것 같았다. 숲에는 괴상한 소리가 메아리쳤다. 그런 다음 그는 브레이크를 홱 잡아 빼면서 기어를 확 밀어 넣었다.

「그러다가 엔진 내부까지 완전히 박살날 텐데요.」사냥터지기가 중얼거렸다.

모터 의자는 아픈 것처럼 비틀거리며 도랑을 향해 비스듬히 돌진했다.

「클리퍼드!」코니가 앞으로 뛰어가며 소리쳤다.

그러나 사냥터지기가 의자 모서리를 붙잡고 있었다. 하지만 클리퍼드는 전력을 다해 겨우 승마로로 다시 들어섰고 모터 의자는 이상한 소리를 내며 언덕을 힘겹게 올라가려 애쓰고 있었다. 멜러스가 뒤에서 계속 밀어 주자 모터 의자는 마치 스스로 되살아난 듯 위로 올라갔다.

「이거 보라고. 잘 올라가고 있잖아!」클리퍼드가 의기양양하게 말하며 어깨 너머로 힐끗 뒤를 보았다. 그 순간 사냥터지기의 얼굴이 보였다.

「지금 의자를 밀고 있는 건가?」

「그렇지 않으면 못 올라갈 겁니다.」

「그냥 내버려 두게. 그러지 말라고 했을 텐데.」

「못 갈 겁니다.」

「그냥 내버려 두라고!」클리퍼드가 있는 힘을 다해 버럭 호통을 쳤다.

사냥터지기는 뒤로 물러섰다가 돌아서서 외투와 총을 가지러 갔다. 모터 의자는 곧바로 숨이 막히는 것처럼 보였다. 그러더니 맥없이 멈춰 버렸다. 죄수처럼 의자에 앉아 있던 클리퍼드는 애가 타서 얼굴이 창백해졌다. 그는 레버를 손으로 거칠게 움직였다. 그의 다리는 아무 쓸모가 없었다. 모터 의자에서 괴상한 소리가 났다. 그는 화가 나서 조급하게 작은 핸들을 이것저것 움직여 댔고 모터 의자에서는 더 많은 소리가 났다. 그러나 모터 의자는 조금도 움직이지 않았다. 그랬다. 의자는 꼼짝도 하지 않았다. 그는 시동을 끄고 화가 나서 뻣뻣하게 앉아 있었다.

콘스턴스는 둑 위에 앉아 부서지고 짓밟힌 초롱꽃들을 바라보았다. 〈영국의 봄만큼 이렇게 아름다운 것이 또 어디 있을까.〉〈난 내 몫의 지배를 할 수 있소.〉〈지금 우리가 집어 들어야 할 것은 말이오, 칼이 아니라 채찍이오!〉〈지배 계급이야!〉

사냥터지기는 외투와 총을 들고 위로 성큼성큼 걸어올라왔고 플로시는 조심스럽게 그의 발꿈치를 뒤따라갔다. 클리퍼드는 남자에게 엔진을 어떻게 해보라고 부탁했다. 모터의 기술적인 면에 대해서는 아는 게 전혀 없었고 이전에 고장을 여러 번 겪어 보았기 때문에, 코니는 마치 존재하지 않는 것처럼 둑 위에 참을성 있게 앉아 있었다. 사냥터지기는 다시 엎드렸다. 지배 계급과 섬기는 계급!

그는 벌떡 일어서서 참을성 있게 말했다.

「자, 다시 시동을 걸어 보십시오.」

그는 거의 어린아이에게 말하듯 조용한 목소리로 말했다.

클리퍼드가 시동을 걸자 멜러스는 재빨리 뒤로 걸어가서 밀기 시작했다. 모터 의자가 움직이기 시작했다. 반쯤은 엔진이, 나머지는 남자가 그 일을 하고 있었다.

클리퍼드가 화가 나서 노래진 얼굴로 뒤를 돌아보았다.

「거기서 떨어지라니까!」

사냥터지기는 즉시 잡고 있던 손을 놓았고 클리퍼드가 덧붙였다. 「그렇게 밀고 있으면 모터 의자 상태가 어떤지 내가 어떻게 알겠나!」

남자는 총을 내려놓고 외투를 걸치기 시작했다. 그는 할 만큼 한 터였다. 모터 의자가 천천히 뒤로 움직이기 시작했다.

「클리퍼드, 브레이크 밟아요!」 코니가 외쳤다.

그녀와 멜러스, 그리고 클리퍼드가 즉시 움직였고, 코니와 사냥터지기는 살짝 몸이 부딪혔다. 모터 의자가 멈춰 섰다. 쥐 죽은 듯한 침묵이 흘렀다.

「내가 모든 사람의 도움을 받아야 하는 신세라는 게 분명하군!」 클리퍼드가 말했다. 그는 화가 나서 얼굴이 노랬다. 아무도 대답하지 않았다. 멜러스는 총을 어깨에 걸쳐 메고 있었는데, 묘하게도 아무 표정 없는 얼굴에는 그저 무심하게 인내하는 기색만이 서려 있었다. 플로시는 제 주인의 다리 사이로 거의 들어가 지키듯 서서는, 불안한 듯 움직이며, 모터 의자를 의심과 혐오에 찬 눈길로 바라보고 있었는데, 세 명의 인간 사이에서 무척 당황하고 있는 것 같았다. 한 폭의 활인화(活人畵) 같은 장면이 짓이겨진 초롱꽃들 사이에서 펼쳐졌고 어느 누구도 한 마디도 하지 않았다.

「의자를 밀어야만 할 것 같네.」 마침내 클리퍼드가 태연한 척하면서 말했다.

아무도 대답하지 않았다. 멜러스의 멍한 얼굴은 아무것도 듣지 못한 것처럼 보였다. 코니는 걱정스럽게 그를 바라보았다. 클리퍼드 역시 뒤를 돌아보았다.

「의자를 집까지 좀 밀어 주겠나, 멜러스?」 그가 냉정하고 거만한 어조로 말했다. 「내가 한 말에 자네 기분이 상하지 않았길 비네.」 그가 혐오감이 담긴 어조로 덧붙였다.

「전혀 아닙니다. 클리퍼드 경! 제가 저 의자를 밀어 드리길 원하십니까?」

「괜찮다면 그렇게 해주게.」

남자가 모터 의자로 걸어갔다. 그러나 이번에는 밀어도 소용이 없었다. 브레이크가 꽉 끼여 움직이지 않았다. 그들은 쑤셔 보고 당겨 보았고, 사냥터지기는 다시 총과 외투를 벗었다. 그리고 이제 클리퍼드는 한 마디도 하지 않았다. 마침내 사냥터지기는 의자 뒷부분을 땅에서 들어 올리고 동시에 발로 밀어서 바퀴를 풀려고 애썼다. 그러나 실패했고 의자는 주저앉았다. 클리퍼드는 의자의 양쪽을 꽉 붙들고 있었다. 남자는 의자의 무게로 인해 숨을 헐떡였다.

「그렇게 하지 마요.」 코니가 소리쳤다.

「마님께서 이렇게 바퀴를 당겨 주시면…… 이렇게요!」 그가 그녀에게 어떻게 해야 하는지 동작으로 보여 주었다.

「안 돼요! 들어 올리지 마요. 무리하는 거예요.」 그녀는 이제 화가 나서 얼굴이 벌겋게 달아올라 있었다.

그러나 그는 그녀의 눈을 들여다보고는 고개를 끄덕였다. 그래서 그녀는 가서 바퀴를 잡고 준비를 했다. 그는 들어 올리고 그녀는 당겼다. 그러자 의자가 비틀거렸다.

「어이쿠!」 클리퍼드가 공포에 휩싸여 소리쳤다.

그러나 무사히 브레이크가 풀렸다. 사냥터지기는 바퀴 밑에 돌을 괸 다음 둑으로 가서 앉았다. 심장이 빠르게 뛰었고 얼굴은 무리한 탓에 창백해졌으며 정신이 거의 몽롱해질 지경이었다. 코니는 그를 바라보고는 화가 나서 소리를 지를 뻔했다. 잠깐 쉬는 동안 쥐 죽은 듯한 침묵이 흘렀다. 그녀는 허벅지 위에 놓인 그의 두 손이 떨리는 것을 보았다.

「다치지 않았어요?」 그녀가 그에게 다가가면서 물었다.

「아니, 아닙니다!」 그가 화가 난 듯 외면하며 말했다.

쥐 죽은 듯한 침묵이 흘렀다. 클리퍼드는 금발의 뒤통수를 보인 채 움직이지 않았다. 개조차 꼼짝도 하지 않고 서 있었다. 하늘에는 구름이 잔뜩 끼어 있었다.

마침내 그가 한숨을 쉬고는 빨간 손수건에 코를 풀었다.

「지난번에 폐렴을 앓고 나서 몸이 많이 상했습니다.」 그가 말했다.

아무도 대답하지 않았다. 코니는 저 모터 의자와 덩치 큰 클리퍼드를 들어 올리기 위해 그가 얼마나 많은 기운을 썼을지 가늠해 보았다. 너무 많이 썼다. 정말 너무 많은 기운을 썼다! 죽지는 않았어도 죽을힘을 다했을 것이다.

그가 자리에서 일어서서 다시 외투를 집어 늘더니 모터 의자 손잡이에 걸었다.

「자, 준비되셨습니까, 클리퍼드 경?」

「자네가 준비되었으면 나도 준비되었네.」

그가 몸을 구부려 바퀴에 괴어 놓은 돌을 빼낸 다음 몸으로 전동 의자를 밀었다. 그는 지금까지 코니가 본 그 어느 때보다 더 창백했고 더 멍했다. 클리퍼드는 무거웠고 언덕은 가

팔랐다. 코니는 사냥터지기 옆으로 걸어갔다.

「나도 밀게요.」 그녀가 말했다.

그러고는 화난 여자의 난폭한 기세로 의자를 냅다 밀기 시작했다. 모터 의자가 더 빨리 움직였다. 클리퍼드가 돌아보았다.

「당신까지 그럴 필요가 있소?」 그가 말했다.

「물론이죠! 이 사람을 죽일 작정이에요? 아까 상태가 괜찮았을 때 모터를 그대로 작동하게 했더라면…….」

그러나 그녀는 말을 끝내지 못했다. 그녀는 이미 숨을 헐떡이고 있었다. 그녀의 미는 힘이 약간 빠졌다. 그것은 놀라울 정도로 힘든 일이었다.

「아, 더 천천히 하세요!」 그녀 옆에서 남자가 눈가에 살짝 미소를 지으며 말했다.

「정말로 다치지 않은 게 확실해요?」 그녀가 거칠게 물었다.

그가 고개를 저었다. 그녀는 햇빛에 갈색으로 그을린 그의 자그맣고 짧은, 살아 있는 손을 바라보았다. 그녀를 애무했던 손이었다. 그녀는 그 손을 제대로 본 적이 한 번도 없었다. 그 손은 그와 마찬가지로 너무나 조용해 보였고, 마치 닿을 수 없는 것처럼 그녀에게 꼭 잡고 싶게 만드는 그런 묘한 내적인 고요함을 지니고 있었다. 그녀의 영혼 전체가 갑자기 그에게 확 쏠리기 시작했다. 그는 너무나 조용했고 손이 닿을 수 없는 곳에 있었다! 그리고 그는 팔다리에 다시 힘이 솟는 것을 느꼈다. 왼손으로 의자를 밀면서 그는 오른손을 그녀의 둥글고 흰 손목 위에 올려놓고 부드럽게 감싸며 애무하듯 어루만졌다. 그러자 불꽃같은 힘이 등과 허리를 따라 내려가며 그를 되살아나게 했다. 그녀는 숨을 헐떡이며 갑자기 몸을 숙여 그의 손에 키스했다. 그동안 클리퍼드의 매끈한 뒷머리는 꼼짝하지 않은 채 그들 코앞에 있었다.

언덕 꼭대기에서 그들은 쉬었고, 코니는 의자에서 손을 떼게 되어 기뻤다. 그녀는 이 두 남자가 한 사람은 그녀의 남편으로서, 다른 한 사람은 그녀가 낳은 아이의 아버지로서 우정을 나눌 수 있을지 모른다는 덧없는 꿈을 꾼 적이 있었다. 이제 그녀는 자신의 꿈이 기가 찰 정도로 황당하다는 것을 깨달았다. 두 남자는 물과 불처럼 상극이었다. 그들은 서로를 뿌리까지 말살해야 하는 사이였다. 그리고 그녀는 증오라는 것이 얼마나 묘한 것인지 처음으로 깨달았다. 처음으로 그녀는 의식적으로, 분명하게 클리퍼드를 증오했다. 마치 그가 지상에서 흔적도 없이 말살되어야만 할 것 같았다. 그리고 그를 증오하고 그 사실을 완전히 인정하고 나자 너무나 자유롭고 생명력으로 충만해지는 기분이 들었다. 그런 기분은 묘했다. 〈이제 난 그를 증오해. 그래서 그와 절대 계속 같이 살 수 없을 거야〉라는 생각이 그녀의 마음속에 떠올랐다.

평지에서는 사냥터지기 혼자 모터 의자를 밀 수 있었다. 클리퍼드는 자신이 완전히 평정을 되찾았다는 것을 보여 주기 위해 약간의 대화를 나누었다. 디에프[116]에 머물고 있는 에바 숙모와, 편지로 코니에게 함께 작은 자동차를 타고 갈 것인지 아니면 힐다와 함께 기차로 베네치아에 갈 것인지 물어 온 맬

116 영국 해협 연안에 있는 프랑스의 조그만 항구.

컴 경에 대한 이야기였다.

「기차로 가는 게 훨씬 더 좋아요.」코니가 말했다. 「장시간 자동차로 여행하는 건 싫어요. 특히 먼지가 많을 때는요. 그렇지만 힐다 언니가 어떻게 하고 싶은지 물어봐야죠.」

「처형은 자기 자동차를 운전해서 당신을 데려가고 싶어 할 거요.」그가 말했다.

「아마도요! 여기서는 나도 도와야 해요. 이 모터 의자가 얼마나 무거운지 당신은 절대 모를 거예요.」

그녀는 의자 뒤로 가서 사냥터지기와 나란히 서서 걸으며 분홍빛 자갈길을 따라 의자를 밀고 올라갔다. 그녀는 누가 보든 상관하지 않았다.

「내가 여기서 기다릴 테니 필드를 불러오는 게 어떻겠소? 튼튼해서 충분히 이 일을 잘해 낼 수 있을 거요.」클리퍼드가 말했다.

「거의 다 왔어요.」그녀가 숨을 헐떡였다.

그러나 꼭대기에 이르렀을 때, 그녀와 멜러스 둘 다 얼굴에서 땀을 닦아 내야 했다. 그러나 이 일을 함께하고 나자 두 사람은 이전보다 훨씬 더 가까워졌다.

「정말 고맙네, 멜러스.」저택 현관에 도착했을 때 클리퍼드가 말했다. 「모터를 다른 것으로 구해야겠어, 그럼 될 것 같아. 부엌으로 가서 식사를 하지 않겠나? 식사 시간이 거의 된 것 같은데.」

「고맙습니다, 클리퍼드 경. 오늘은 저녁 식사를 하러 어머니에게 가려던 참이었습니다. 일요일이라서요.」

「그럼 좋을 대로 하게.」

멜러스가 외투를 걸치고 코니를 바라본 다음 인사를 하고 가버렸다. 코니는 성이 나서 위층으로 올라가 버렸다.

점심을 먹으면서 그녀는 감정을 억누를 수가 없었다.

「당신은 왜 그렇게 지독하게 남을 배려할 줄 모르는 거예요, 클리퍼드?」 그녀가 말했다.

「누구에게 말이오?」

「사냥터지기에 대해서요! 만약 그런 게 당신이 말하는 지배 계급이라면 당신에게 정말로 유감이에요.」

「왜?」

「병을 앓아서 튼튼하지도 않은 사람이잖아요! 정말이지, 내가 섬기는 계급이라면 당신이 시중을 받을 준비가 될 때까지 기다리게 할 거예요. 당신 따위는 아무래도 상관하지 않을 거예요.」

「당신이라면 그럴 것 같군.」

「만약 그 사람이 다리가 마비된 채 모터 의자에 앉아 당신처럼 행동했다면 당신은 그 사람에게 어떻게 했을까요?」

「귀여운 복음 전도사님, 그렇게 개인의 존재와 인격을 혼동하는 것은 천박한 짓이오.」

「오히려 평범한 동정심조차 없는 심술궂고 메마른 당신의 심성이야말로 천박하기 그지없어요! 노블레스 오블리주라고요! 당신과 당신이 속한 지배 계급요!」

「그렇다면 내가 어떤 의무를 가져야 한다는 말이오? 내가 고용한 사냥터지기에게 여러 가지 쓸데없는 감정을 가지라는 거요? 난 거절하겠소. 그런 것은 전부 내 복음 전도사님에게 맡겨 두겠소.」

「마치 그 사람은 당신과 같은 사람이 아니라는 투네요, 정말!」

「물론 사람이오. 게다가 내가 고용한 사냥터지기이기도 하지. 그래서 그에게 주급 2파운드를 지급하고 집을 주었소.」

「그에게 돈을 지급한다고요! 2파운드와 집을 당신이 도대체 무엇에 대해 지불한다는 건가요?」

「그의 봉사에 대해서요.」

「흥! 나라면 그 2파운드하고 집은 당신이나 그냥 가지라고 말할 거예요.」

「아마 그 사람도 그러고 싶을 거요. 그러나 그런 사치를 부릴 여유가 없겠지!」

「당신 같은 사람이 지배한다고요?」 그녀가 말했다. 「당신은 지배하지 않아요. 우쭐대지 마요. 당신은 그저 당신이 받을 몫보다 더 많은 돈을 가졌을 뿐이고, 주급 2파운드를 주면서 당신을 위해 일하게 만들고 그렇지 않으면 굶어 죽을 거라고 사람들을 협박하는 거죠. 지배한다고요! 그 지배로 당신은 무엇을 해주고 있나요? 아니, 당신은 메말랐어요! 당신은 유대인이나 악덕업자처럼 당신 돈을 가지고 횡포를 부릴 뿐이에요!」

「말씀 참 고상하게 하시는군, 채털리 부인!」

「분명히 말하는데 당신도 숲 속에서 정말로 아주 고상하게 굴더군요. 난 정말로 당신이 창피했어요. 우리 아버지가 당신보다 열 배는 더 인간적이에요. 당신 같은 신사 양반보다요!」

그는 손을 뻗어 볼턴 부인을 부르는 종을 울렸다. 그렇지만 안색이 노래져 있었다.

그녀는 화가 나서 자기 방으로 올라가면서 혼잣말을 했다. 「그와 뭐든지 돈으로 사려는 인간들! 하지만 그가 날 돈 주고 산 것은 아니니 난 그와 함께 머무를 필요가 없어. 셀룰로이드로 이루어진 영혼을 지닌, 죽은 생선 같은 신사 양반 같으니라고! 그런데도 예의 바른 체하고, 거짓 점잔이나 고상을 떨며 사람들을 기만하는 꼴이란. 그들에게는 셀룰로이드만큼의 감정밖에 없어.」

그녀는 그날 밤 계획을 짜고 클리퍼드를 마음에서 지워 버리기로 결심했다. 그녀는 그를 증오하고 싶지 않았다. 그녀는 어떤 종류의 감정으로도 그와 긴밀하게 얽히고 싶지 않았다. 그가 그녀 자신에 대해 아무것도 모르게 하고 싶었다. 그리고 특히 사냥터지기에 대한 그녀의 감정에 대해 아무것도 모르게 하고 싶었다. 하인들에 대한 그녀의 태도 때문에 말다툼하는 것은 오래된 일이었다. 그는 그녀가 너무 친절하다고 생각했고 그녀는 다른 사람들과 관련된 일에서 그가 어리석을 정도로 비정하고 모질며 고무처럼 완고하다고 생각했다.

그녀는 오랜 시간 동안 몸에 익은 얌전한 태도로 저녁 식사 시간에 맞춰 조용히 아래층으로 내려갔다. 그는 아직도 얼굴이 노랬다. 간장 발작이 다시 일어난 것 같았는데 그럴 때면 그는 정말로 몹시 이상하게 굴었다. 그는 프랑스어로 된 책을 읽고 있었다.

「프루스트[117]를 읽어 본 적이 있소?」그가 물었다.

「읽어 보려 했는데…… 지루하더군요.」

「그는 정말로 무척 비범한 작가요.」

「그럴지도 모르죠! 하지만 나한테는 지루해요. 그 모든 궤변하고는! 그에게는 감정이 없어요. 감정에 대한 말의 흐름만 있을 뿐이에요. 난 잘난 척하는 정신성이 지겨워요.」

「그러면 당신은 잘난 척하는 동물성이 더 좋소?」

「그럴지도 모르죠! 그러나 잘난 척하지 않는 뭔가를 얻을 수도 있겠죠.」

「글쎄, 난 프루스트의 섬세함과 점잖은 무질서가 좋소.」

「그런 건 사람을 생기 없이 죽어 있는 상태로 만들 뿐이에요, 사실.」

「복음 전도사 같은 내 귀여운 아내의 말씀이 또 나오는군.」

그들은 다시 맞붙어, 다시 싸움을 벌이고 있었다. 그러나 그녀는 그와 싸우지 않을 수가 없었다. 그는 그곳에 해골처럼 앉아서 그녀에게 해골의 차디찬 소름 끼치는 의지를 발산하는 것 같았다. 그녀는 해골이 자신을 붙잡아서 자기 갈빗대 속에 밀어 넣는 것 같은 기분이 들었다. 그 역시 정말로 한 판 붙으려고 벼르고 있었다. 그녀는 그가 조금 무서워졌다.

코니는 가능한 한 빨리 위층으로 올라가서 아주 일찍 잠자리에 들었다. 그러나 9시 반에 일어나서 밖으로 나가 귀를 기울였다. 아무 소리도 들리지 않았다. 그녀는 화장복을 걸치

---

117 Marcel Proust(1871~1922). 『잃어버린 시간을 찾아서*À la recherche du temps perdu*』를 쓴 프랑스 작가.

고 아래층으로 내려갔다. 클리퍼드와 볼턴 부인은 돈내기 카드놀이를 하고 있었다. 아마 한밤중까지 계속할 것이다.

코니는 자기 방으로 돌아와 파자마를 벗어 헝클어진 침대 위에 던져 놓은 다음 얇은 잠옷을 입고 그 위에 모직 평상복을 걸치고 고무 테니스화를 신은 후 가벼운 외투를 걸쳤다. 그녀는 준비를 마쳤다. 만약 누군가를 만나면 잠깐 산책을 나가는 것이라고 둘러댈 요량이었다. 그리고 아침에 다시 들어올 때는 이슬을 맞으며 잠깐 산책을 나갔다 오는 길이라고 할 생각이었다. 실제로 그녀는 아침 식사 전에 꽤 자주 그렇게 산책하곤 했다. 남아 있는 유일한 위험은, 누군가가 밤에 그녀의 방에 들어오는 것이었다. 그러나 그것은 거의 불가능했다. 백에 하나도 그럴 가능성은 없었다.

베츠는 아직 문을 걸어 잠그지 않았다. 그는 10시에 문을 잠그고 아침 7시에 다시 문을 열었다. 그녀는 조용히 눈에 띄지 않고 밖으로 빠져나왔다. 반달이 떠서 세상을 살짝 밝힐 만큼 빛을 비추고 있었지만, 짙은 회색 외투를 입은 그녀의 모습이 드러날 만큼 충분히 밝지는 않았다. 사실 그녀는 밀회의 흥분이 아니라 마음속에서 불타오르는 어떤 분노와 반항심에 휩싸여 빠르게 공원을 가로질러 걸어갔다. 그것은 사랑의 밀회를 하러 가는 데 어울리는 마음가짐은 아니었다. 오히려 그것은 모든 것을 되어 가는 대로 받아들이겠다는 마음이었다.

제14장

공원 출입문 가까이에 갔을 때 걸쇠가 딸칵하는 소리가 들렸다. 그렇다면 그는 어두운 숲 속에 미리 와서 기다리다가 그녀가 오는 것을 보았다는 얘기 아닌가!

「상당히 일찍 왔군.」 그가 어둠 속에서 말했다. 「나오는 데 어려움은 없었소?」

「아주 수월했어요.」

그는 그녀가 나온 후 출입문을 조용히 닫고 어두운 찻길 위에 작은 불빛을 비추며 밤에도 활짝 핀 채 그곳에 서 있는 창백한 꽃들을 보여 주었다. 그들은 아무 말 없이 떨어져서 걸었다.

「오늘 아침에 의자 때문에 다치지 않은 게 확실하죠?」 그녀가 물었다.

「그렇소, 안 다쳤소!」

「폐렴을 앓은 후유증이 있나요?」

「아, 문제없소! 심장이 예전만큼 튼튼하지 않고, 폐 기능이 좀 떨어졌소. 그러나 폐렴을 앓고 나면 다 그런 법이오.」

「그렇다면 심하게 몸을 쓰는 일은 하지 말아야 하지 않나요?」

「자주 하면 안 되겠지.」

그녀는 화가 나서 아무 말 없이 터벅터벅 걸었다.

「클리퍼드를 증오했나요?」 그녀가 마침내 말했다.

「그를 증오했느냐고? 전혀 아니오! 그런 사람이라면 신물 나게 만나 봐서, 그를 증오하느라 속을 끓이는 짓 따위는 하지 않소. 그런 부류는 내가 좋아하는 유형의 사람이 아니라는 걸 일찌감치 깨달았기에 난 그런 일이 일어나도 그냥 그러려니 하오.」

「그런 부류가 어떤 건데요?」

「아니, 나보다 더 잘 알잖소. 약간 여자 같고 불알도 없는 젊은 신사 양반 부류 말이오.」

「무슨 알이라고요?」

「불알! 남자들 불알 말이오!」

그녀가 이 말에 대해 곰곰이 생각했다.

「그런데…… 그게 그런 문제인가요?」 그녀가 약간 짜증이 나서 말했다.

「남자가 바보면 뇌가 없다고 하잖소. 인색한 남자에게는 가슴이 없다 하고. 겁쟁이에게는 배짱이 없다 하오. 그리고 남자에게 사내다운 씩씩하고 거친 면이 조금도 없으면 불알이 없다고 하오. 남자가 다소 유순한 편일 때 말이오.」

그녀는 이 말에 대해 곰곰이 생각했다.

「그렇다면 클리퍼드가 유순한가요?」 그녀가 물었다.

「유순한 동시에 심술궂기도 하지. 누군가 그들에게 맞서는 경우에 대부분의 그런 사람들이 그러는 것처럼 말이오.」

「그럼 당신은 유순하지 않다고 생각해요?」

「그리 썩 유순한 편은 아닌 것 같소. 그리 썩 말이오.」

마침내 그녀는 멀리서 보이는 노란 불빛을 발견했다. 그녀는 가만히 멈춰 섰다.

「저기 불빛이 보이네요.」 그녀가 말했다.

「집에 항상 불을 켜두고 있소.」 그가 말했다. 그녀는 그의 옆에서 다시 걸음을 옮겼지만 그와 몸이 닿지는 않았고 도대체 왜 자신이 그와 함께 가고 있을까 하는 생각이 들었다.

그가 자물쇠를 열었고 두 사람은 안으로 들어갔다. 그가 빗장을 걸었다. 마치 감옥에 들어온 것 같다는 생각이 들었다. 빨갛게 타고 있는 벽난로 불가에서 주전자가 물 끓는 소리를 내고 있었고 식탁 위에는 찻잔들이 놓여 있었다.

그녀는 벽난로 옆 나무 안락의자에 앉았다. 추운 바깥을 걸어온 후라 따뜻했다.

「신발을 벗을래요. 젖었어요.」 그녀가 말했다.

그녀는 스타킹을 신은 발을 벽난로의 반짝이는 강철 보호망에 올려놓고 앉아 있었다. 그는 식품실로 가서 빵과 버터와 눌린 혓바닥 고기 같은 먹을 것을 가져왔다. 그녀의 몸이 따뜻해졌다. 그녀는 외투를 벗었다. 그가 그것을 문에 걸었다.

「코코아나 차나 커피를 마시겠소?」 그가 물었다.

「아무것도 마시고 싶지 않은데요.」 그녀가 식탁을 바라보며 말했다. 「그렇지만 당신은 먹어요.」

「아니, 먹고 싶지 않소. 개한테나 밥을 줘야겠소.」

그는 벽돌 바닥 위로 조용히, 어쩔 수 없이 쿵쿵거리는 소리를 내며 걸어가서 갈색 대접에 개에게 줄 음식을 담았다. 스패니얼이 간절히 그를 올려다보았다.

「자, 이게 니 저녁이다. 저녁 바블 못 어더 머글 것 가튼 표정을 지찐 마라!」 그가 말했다.

그는 대접을 층계 밑 깔개 위에 놓고 벽 옆 의자에 앉아 각반과 장화를 벗었다. 개는 먹는 대신 다시 주인 곁에 와 앉더니 걱정스러운 듯 그를 올려다보았다. 그는 천천히 각반을 풀었다. 개가 조금 더 가까이 다가왔다.

「뭐가 마음에 안 드러서 그러는 거야? 여기 누가 와 이써서 기부니 나쁘다는 거야? 너도 암커시 마꾸나, 마자! 가서 밥 머거라.」

그가 손으로 개의 머리를 쓰다듬어 주자 암캐가 비스듬히 머리를 그의 몸에 기댔다. 그가 천천히, 부드럽게 개의 길고 부드러운 귀를 잡아당겼다.

「자!」 그가 말했다. 「자! 가서 저녁 밥 머그럼! 어서!」

그가 깔개 위에 놓인 대접을 가리키며 고개를 끄덕이자 개가 유순하게 가서 먹기 시작했다.

「개를 좋아하나요?」 코니가 물었다.

「아니. 정말로 좋아하지는 않소. 개들은 너무 유순한 데다 꼭 달라붙어 있으려고 해서 말이오.」

그는 각반을 다 벗고 나서 지금은 무거운 장화의 끈을 풀고 있었다. 코니는 난롯불에서 몸을 돌렸다. 이 방은 얼마나 휑한가! 그러나 그의 머리 위쪽 벽 위에 보기 흉하게 확대된 젊은 부부의 사진이 걸려 있었다. 분명히 남자는 그였고 당돌한 얼굴을 한 젊은 여자는 그의 아내가 분명했다.

「저게 당신이에요?」 코니가 물었다.

그는 몸을 비틀어 자기 머리 위에 걸려 있는 확대 사진을 바라보았다.

「그렇소! 결혼 직전에 찌근 거시오. 내가 스물한 살 때였소.」 그가 무심하게 사진을 바라보았다.

「저 사진을 좋아해요?」 코니가 물었다.

「좋아하느냐고? 그렇지 않소. 한 번도 좋아한 적이 없소. 그런데 그 여자가 다 결정해서 저렇게 해놓은 것이오, 좋아하다니……」

그는 다시 장화 끈을 풀기 시작했다.

「좋아하지도 않는다면서 왜 저기 걸어 두는 거예요? 당신 아내가 가져가고 싶어 할지도 모르잖아요.」 그녀가 말했다.

그가 갑자기 씩 웃으며 그녀를 올려다보았다.

「그 여자가 이 지베서 가져갈 만한 갑나가는 거슨 전부 마차로 시러 가쏘.」 그가 말했다. 「그런데 저건 남겨 두었소.」

「그렇다면 왜 가지고 있는 거예요? 감상적인 이유 때문인가요?」

「아니. 난 저걸 처다보지도 안쏘. 거기 걸려 이따는 거또 저녀 몰라쏘. 이곳에 처음 왔을 때부터 계속 거기 걸려 이써쏘.」

「태워 버리지 그래요?」 그녀가 말했다.

그는 다시 몸을 비틀어 확대 사진을 바라보았다. 갈색에 금박을 입힌 사진틀 속의 사진은 보기 흉했다. 약간 깃이 높게 달린 옷을 입고 말끔하게 면도를 한 기민하고 무척 젊어 보이는 청년과 한껏 부풀려 곱슬곱슬하게 지진 머리에 검은 공단 블라우스를 입은 약간 포동포동하고 당돌해 보이는 젊은 여자가 사진 속에 있었다.

「나쁜 생각은 아닌 것 같소, 그렇지?」 그가 말했다.

그는 장화를 벗고 슬리퍼를 신었다. 그러고는 의자 위에 올라가 사진을 떼어 냈다. 초록빛이 도는 벽지 위에 희끄무레한 자국이 커다랗게 남았다.

「지금은 먼지를 털어 봐야 아무 소용이 없겠군.」 그가 벽에 사진을 기대 세워 놓으며 말했다.

그는 개수대로 가서 망치와 못뽑이를 가지고 돌아왔다. 방금 전에 앉아 있던 곳에 다시 앉아서 그는 커다란 사진틀에서 뒷면에 달린 종이를 떼어 내고 뒤판을 고정시키고 있는 못을 뽑기 시작했다. 조용하게 즉시 몰두하는 특유의 태도로 그는 일을 했다.

그는 곧 못을 뽑아냈다. 그러고는 뒤판을 잡아서 떼어 내고 빳빳한 희얀 바탕 종이에 인화된 확대 사진을 빼냈다. 그가 재미있다는 듯이 사진을 바라보았다.

「젊은 부목사 같은 내 옛 모습과 왈패 같은 그녀의 옛 모습이 잘 드러나 있소.」 그가 말했다. 「샌님과 왈패라!」

「나한테도 보여 줘요.」 코니가 말했다.

그는 말끔하게 면도를 하고 아주 깔끔한 모습이어서 정말로 20년 전의 깔끔한 청년 중 한 사람처럼 보였다. 그러나 사진에서조차 그의 눈은 기민하고 대담해 보였다. 그리고 여자는 턱이 두툼해 보이긴 했지만 완전히 왈패처럼 보이지는 않았다. 그녀에게는 매력적인 면도 있었다.

「이런 건 가지고 있으면 안 돼요.」 코니가 말했다.

「가지고 있으면 안 되지! 이런 사진은 애초에 만들어서는 안 되오!」

그는 판지로 된 사진을 찢어 무릎 위에 쌓았다가 충분히 작게 찢어지자 불 속에 던져 버렸다.

「이런 걸 넣으면 불길이 약해질 텐데.」 그는 유리와 뒤판을 조심스럽게 위층으로 가져갔다. 그가 사진틀을 망치로 몇 번 쳐서 부서뜨리자 석고가 이리저리 튀어 올랐다. 그는 조각들을 개수대로 가져갔다.

「저건 내일 태울 거요.」 그가 말했다. 「석고가 너무 많이 붙어 있소.」

다 치우고 나서 그가 앉았다.

「아내를 사랑했어요?」 그녀가 물었다.

「사랑했느냐고?」 그가 말했다. 「당신은 클리퍼드 경을 사랑했소?」

그러나 그녀는 그가 말을 피하게 놔두지 않을 작정이었다.

「그래도 그녀를 좋아했죠?」 그녀가 우겼다.

「좋아했느냐고?」 그가 씩 웃었다.

「어쩌면 지금도 그녀를 좋아하는지 모르죠.」 그녀가 말했다.

「내가 말이오!」 그가 눈을 크게 떴다. 「절대 아니오. 그 여자를 생각만 해도 견딜 수가 없소.」 그가 조용히 말했다.

「왜요?」

그러나 그는 고개를 저었다.

「그렇다면 왜 이혼하지 않아요? 언젠가는 그녀가 당신에게 돌아오겠군요.」코니가 말했다.

그가 그녀를 날카롭게 올려다보았다.

「그 여자는 내가 있는 곳에서 1마일 이내로는 절대 오지 않을 거요. 내가 그 여자를 미워하는 것보다 그 여자가 날 훨씬 더 미워하니까.」

「두고 봐요. 그녀는 당신에게 돌아올 거예요.」

「그 여자는 절대 안 돌아올 거요. 다 끝난 일이오! 그 여자를 보기만 해도 구역질이 나.」

「그녀를 다시 만날 거예요. 그리고 법적으로 헤어진 것도 아니잖아요, 그렇죠?」

「맞소.」

「아, 그렇다면…… 그녀가 돌아오겠네요. 그리고 당신은 그녀를 받아들여야 할 거고요.」

그가 코니를 빤히 쳐다보았다. 그러고는 머리를 묘하게 뒤로 젖혔다.

「당신 말이 맞을지 모르겠소. 이곳으로 돌아오다니, 내가 바보였소. 하지만 난 궁지에 몰린 느낌이 들어서 어디로든 가야만 했소. 남자는 바람에 떠밀려 이리저리 떠돌아다니는 불쌍한 부랑자 같소. 그러나 당신 말이 맞소. 이혼을 하고 깨끗이 정리를 해야겠소. 난 그런 것들이 죽도록 싫지만…… 관리며 법정이며 판사 나부랭이 같은 것들 말이오. 그러나 그런 것을 다 참고 해내야겠소. 이혼을 해야겠소.」

그리고 그녀는 그가 입을 굳게 다무는 것을 보았다. 마음 속으로 그녀는 기뻤다.

「연하게 차를 한잔 마셔야겠어요.」 그녀가 말했다.

그가 일어서서 차를 탔다. 하지만 얼굴이 굳어 있었다.

두 사람이 식탁에 앉았을 때 그녀가 물었다.

「왜 그녀와 결혼했어요? 그녀가 당신보다 수준이 낮던데 요. 볼턴 부인이 그녀에 대해 이야기해 주었어요. 볼턴 부인 은 당신이 왜 그녀와 결혼했는지 도저히 이해가 안 된다고 하 던데요.」

그가 그녀를 빤히 쳐다보았다.

「그럼 알려 주겠소.」 그가 말했다. 「난 첫 여자를 열여섯 살 때 만났소. 그녀는 저기 올러턴에 있는 학교 선생의 딸이었 소. 예쁘고 정말 아름다웠소. 난 프랑스어와 독일어를 조금 할 줄 알았고 상당히 돋보이는 편이어서 사람들한테 셰필드 문법 학교를 나온 똑똑한 청년이라는 말을 들었소. 그녀는 평범함을 싫어하는 낭만적인 부류였소. 그녀는 시와 독서에 열중하도록 나를 부추겼소. 어떤 의미에서 그녀가 날 사내대 장부로 만들어 주었소. 난 그녀를 위해 책을 읽었고 맹렬하게 사색을 했소. 그 당시 난 버털리 관청의 사무원으로 일했는데 야윈 몸에 창백한 얼굴을 한 채 책에서 읽은 것들을 모두 떠 벌리고 다니는 놈이었소. 난 모든 것에 대해 그녀와 이야기를 나눴소. 모든 것에 대해 말이오. 페르세폴리스와 팀북투[118]에 대해서까지 이야기를 나눴으니까 말이오. 우리는 이 근방 열개 군에서 문학적인 교양이 가장 높은 한 쌍이었소. 난 황홀해하면서 그녀에게 장황하게 떠들어 댔소. 진짜로 황홀해하면서 말이오. 나 자신의 존재를 완전히 잊어버릴 정도였소. 그리고 그녀는 날 숭배했소. 그런데 숨은 적은 바로 섹스였소. 어찌된 일인지 그녀에게는 그런 욕구가 전혀 없었소. 적어도 그런 욕구가 있으리라고 여겨지는 그런 신체 부위에서조차 없었소. 난 점점 더 수척해졌고 미쳐 갔소. 그래서 난 우리가 연인이 되어야 한다고 말했소. 난 평소처럼 그녀를 설득해서 내 말에 동의하게 했소. 그랬더니 그녀가 그렇게 하도록 해줬소. 난 흥분했지만 그녀는 그것을 원하지 않았소. 그녀는 날 숭배했고, 내가 그녀와 이야기를 나누고 키스하는 것은 좋아했소. 그런 식으로는 그녀도 나에 대한 열정을 가졌소. 그러나 그녀는 다른 것은 원치 않았소. 그리고 세상에는 그런 여자들이 많소. 그리고 내가 정말로 원했던 건 바로 그 다른 것이었소. 그래서 우리는 헤어졌소. 난 잔인했고, 내가 그녀를 떠났소. 다음에 만난 여자는 유부남과 바람을 피워서 그 남자의 정신을 거의 쏙 빼놓았다는 추문이 있는 여선생이었소. 그녀는 부드럽고 하얀 피부에 다정한 여자였고, 나보다 연상으로 바이올린을 연주했소. 그런데 이 여자가 악마였소. 그녀는 섹스만 제외하고 사랑에 관한 모든 것을 사랑했소. 껴안고 애무하고 온갖 방법을 써서 품에 파고드는 것을 말이

118 페르시아의 고대 수도였던 페르세폴리스는 기원전 330년에 알렉산드로스Alexandros(기원전 356~기원전 323) 대왕에 의해 멸망했고 팀북투는 사라하 사막 근처에 있는 고대 아프리카 도시이다.

오. 그러나 막상 섹스 자체를 요구하면 그녀는 그저 이를 갈며 증오심을 내뿜곤 했소. 난 그녀에게 섹스를 강요했고 그러자 그녀는 그것 때문에 증오심으로 가득 차 날 얼어붙게 했소. 그렇게 난 다시 좌절하고 말았소. 그 모든 것이 혐오스러웠소. 난 날 원하고 그것을 원하는 여자를 원했소. 그런 다음 버사 쿠츠를 만났소. 그녀는 내가 어렸을 때 우리 옆집에 살았기 때문에 그 집안사람들을 잘 알았소. 그리고 그들은 평범한 사람들이었소. 그러다가 버사는 버밍엄 어딘가로 나가 있었소. 자기 말로는 어느 귀부인의 말동무로 갔다고 하는데 다른 사람들은 호텔의 여급 비슷한 일을 했다고 했소. 어쨌든 내가 두 번째 여자에게 완전히 질려 있던 바로 그때, 내가 스물한 살이었을 때, 버사가 점잔을 빼며 우아한 태도로 세련된 옷을 입고 활짝 핀 모습으로 돌아왔소. 다른 여자나 매춘부에게서 가끔 볼 수 있는 것처럼 그런 관능적으로 활짝 핀 모습으로 말이오. 글쎄, 난 살인이라도 하고 싶은 상태였소. 난 버털리에서의 일자리도 때려치워 버렸소. 그곳에서 사무원으로 일하면서 내가 잡초처럼 그곳에 맞지 않다고 생각했으니까 말이오. 그러고 나서 테버셜로 돌아와 대장장이 십장 노릇을 하며 주로 말편자를 만들었소. 그건 우리 아버지의 일이었는데 난 항상 아버지를 따라다니며 아버지가 일하는 것을 보며 자랐소. 그건 내가 좋아하는 일로 말을 다루는 일이었고 난 그 일을 자연스럽게 익혔소. 그래서 난 소위 〈훌륭한〉 영어, 그러니까 순수한 영어로 말하는 것을 그만두고 사투리를 다시 쓰기 시작했소. 난 아직도 집에서 책을 읽소. 그러나 대장장이 일을 하며 조랑말이 끄는 이륜 경마차를 한 대 가지고 거들먹거리며 살았소. 그 무렵 아버지가 돌아가시면서 내게 3백 파운드를 남겨 주셨소. 그래서 난 버사와 사귀게 되었고 그녀가 평범해서 좋았소. 난 그녀가 평범하기를 바랐소. 나 자신도 평범하기를 바랐고 말이오. 난 그녀와 결혼했고 그녀는 나쁘지 않았소. 〈순수한〉 다른 여자들은 내게서 불알 달린 사내로서의 면모를 거의 다 없애 버렸지만 그녀는 그 점에서 괜찮았소. 그녀는 날 원했고 그것에 대해 꺼려 하지 않았소. 그리고 난 무척 기뻤소. 그것이 내가 원했던 거였소. 내가 자신과 성교해 주기를 원하는 여자 말이오. 그래서 난 신나게 그녀와 성교를 했소. 그러자 그녀가 날 약간 경멸했던 것 같소. 내가 그것을 너무 즐거워하고 가끔 침대로 아침 식사를 가져다주는 것에 대해서 말이오. 그녀는 집안일을 조금씩 내팽개치더니 저녁에 내가 일을 마치고 집에 돌아와도 제대로 된 저녁밥을 챙겨 주지 않았고, 혹시라도 내가 뭐라고 하면 마구 대들었소. 그러면 나도 열심히 맞받아 대판 싸웠소. 그녀가 내게 잔을 집어 던지면 난 그녀의 목덜미를 잡고 죽어라 비틀고 그랬소. 그런 식이었소! 그러나 그녀는 내게 오만하게 대했소. 그리고 그게 심해져서 내가 그녀를 원할 때 절대 날 받아들이려 하지 않았소. 절대로 말이오. 항상 잔인하게 날 물리쳤소. 그러다가 내가 그녀에게 퇴짜를 맞고 그녀를 원하는 마음이 없어지면, 그녀는 그제야 온갖 아양을 떨며 날 유혹했소. 그러면 난 항상 넘어갔소. 그러나 내가 그녀의 몸에 들어가 절정에 이를 때 그녀는 한 번도 절정에 이르지 않았소. 한 번도 말이오! 그녀는 그냥 기다리곤 했소. 내가 반시간 동안 버티고 있으면 그녀는 더 오래 버텼소. 그러다 내가 절정에 올라 완전히 끝내고 나면 그녀는 자신을 위해 움직이기 시작했소. 그러면 난 그녀가 몸을 비틀고 소리를 지르며 절정에 이를 때까지 그녀의 몸 안에 머물러 있어야 했소. 그리고 내 것이 작아지면 그녀는 저 아래쪽 그 부분으로 날 꽉, 꽉 붙잡았고 그러다가 마침내 절정에 올라 완전히 황홀경에 빠지곤 했소. 그러고 나서는 이렇게 말하곤 했소. 정말로 좋았어요! 하고 말이오. 점차 난 그것이 싫어졌소. 그리고 그녀는 더욱더 고약해졌소. 그녀는 점점 더 힘들게 절정에 이르게 되었고 내 아랫도리를 잡아 찢어 놓는 것 같았소. 마치 부리가 날 찢어 놓는 것처럼 말이오. 틀림없이 당신은 여자의 그곳이 무화과처럼 부드럽다고 생각할 거요. 그러나 자신 있게 말하건대 노련한 색광은 두 다리 사이에 부리가 있어서 그 부리로 남자가 지긋지긋하게 여길 때까지 계속 남자를 쥐어뜯어 놓소. 오로지 자기 혼자만 좋아라 즐기면서 잡아 찢고 소리를 질러 댄다오! 남자들이 성적으로 이기적이라고들 하지만 남자의 이기심이란 여자의 앞뒤 분간 없는 부리질 근처에도 못 간다고 생각하오. 일단 여자가 그쪽으로 빠지면 말이오. 노련한 창녀처럼 말이오! 그리고 그녀도 어쩔 수가 없었소. 난 그녀에게 그것에 대해 말했소. 내가 그것을 얼마나 싫어하는지 말해 주었소. 그랬더니 그녀도 노력은 했소. 그녀는 가만히 누워서 내가 일을 주도하도록 해주었소. 그녀가 애를 쓰긴 했지만 소용이 없었소. 그녀는 그것에서, 내가 움직

제14장 **409**

이는 것에서 아무 느낌도 받질 못했소. 그녀 스스로 그 일을 해야 했소. 자기가 마실 커피를 자기가 갈아서 만드는 것처럼 말이오. 그래서 그것은 미쳐서 날뛰는 욕망처럼 그녀에게 되돌아왔고, 그녀는 자신을 풀어 놓아 버린 채 잡아 찢고 물어 찢었소. 그녀의 부리 끝, 문지르고 잡아 찢는 바깥의 뾰족한 맨 끝부분을 제외하고는 아무 감각도 없는 것 같았소. 바로 노련한 창녀들이 그렇다고 남자들이 말하더군. 그것은 그녀가 지닌 저급한 종류의 자기 의지, 일종의 미쳐 날뛰는 자기 의지였소. 술에 중독된 여자에게 나타나는 것 같은 거요. 그래서 결국에는 내가 참을 수가 없게 되었소. 우리는 따로 떨어져서 잠을 잤소. 일시적으로 나에게서 떨어져 있고 싶을 때 그녀 스스로 따로 자기 시작한 거요. 그럴 때면 그녀는 내가 자기를 좌지우지하려 한다고 말했소. 그러나 시간이 지나면서 오히려 내가 그녀를 내 방에 절대 들어오지 못하게 했소. 내가 그녀에게 들어오지 못하게 했소! 난 그것이 싫었소. 그리고 그녀도 날 증오했소. 정말이지, 아이가 태어나기 전에 그녀가 날 얼마나 증오했던지! 난 그녀가 증오심에서 아이를 임신한 것은 아닌가 하는 생각을 가끔 하오. 어쨌든 아이가 태어났고 난 그녀를 내버려 두었소. 그러다가 전쟁이 일어났고 난 입대를 해버렸소. 그리고 돌아오고 나서야 그녀가 스택스 게이트에서 그 남자와 함께 살고 있다는 것을 알았소.」

그가 말을 중단했는데, 얼굴이 창백해져 있었다.

「그럼 스택스 게이트의 그 남자는 어떤 사람인가요?」 코니가 물었다.

「몸집 큰 아기 같은 남자로 굉장히 입이 거친 작자요. 그녀가 그 남자를 휘어잡고 있고 두 사람 모두 술에 절어 살고 있소.」

「세상에, 만약 그녀가 돌아온다면 어쩌죠!」

「정말이지, 그렇군! 난 그냥 떠날 거요. 다시 사라져 버릴 거요.」

침묵이 흘렀다. 판지는 난롯불 속에서 회색빛 재로 변해 있었다.

「그러니까 당신을 원하는 여자를 실제로 만나긴 했는데」 코니가 말했다. 「바라던 것이 좀 지나치게 이루어진 셈이군요.」

「그렇소! 그런 것 같소! 그러나 그렇다 해도 난 그것을 절대 안 하겠다는 여자들보다 차라리 그녀를 택할 거요. 내 젊은 시절의 그 창백한 애인이나 독기를 뿜어내는 백합 같았던 두 번째 여자나 다른 여자들보다 말이오.」

「다른 여자들은 어땠어요?」 코니가 말했다.

「다른 여자들? 다른 여자들은 없소. 내 경험으로 봤을 때 대부분의 여자들은 이렇소. 즉, 그들 대부분은 남자를 원하지만 섹스를 원하지 않소. 그러나 거래의 일부로 그들은 그것을 참아 내오. 더 구식인 부류의 여자들은 존재하지 않는 것처럼 거기 그냥 가만히 누워서 남자에게 모든 것을 맡겨 두오. 그런 다음에는 전혀 신경을 쓰지 않소. 그러고는 남자에게 만족해하는 것이오. 그러나 실제 행위 자체는 그들에게 아무 의미도 없고 약간 불쾌한 일일 뿐이오. 그리고 대부분의 남자들은 그것을 그런 식으로 하는 것을 좋아하오. 난 그것이 싫소. 그러나 그런 여자임에도 불구하고 아닌 척하는 약삭빠른 여자들이 있소. 그들은 열정에 사로잡혀 짜릿한 쾌감을 느끼는 척하오. 그러나 그것은 전부 사기요. 그저 꾸며 내는 거요. 다음에는 모든 것을, 온갖 종류의 느낌과 포옹과 절정을, 자연스러운 것만 제외하고는 뭐든 다 좋아하는 여자들이 있소. 그들은 남자가 절정에 오를 때 반드시 도달해야 하는 그 유일한 지점에 다다라 있지 않을 때에만 반드시 남자로 하여금 절정에 이르게 만들어 버리오. 그리고 불쾌한 종류의 여자들이 있는데 내 아내처럼 그들은 절정에 이르기는 하되, 스스로 절정에 이르는 악마 같은 여자들이오. 그들은 행위를 할 때 적극적으로 주도하는 쪽이 되고 싶어 하오. 그다음으로는 내면적으로 그냥 죽어 있는 부류요. 그들은 그저 죽어 있고 자신들도 그것을 알고 있소. 다음으로는 상대가 진짜 〈절정에 이르기〉 전에 남자를 밀어내고 남자의 허벅지에 대고 문지르면서 허리를 비틀며 스스로 절정에 이르는 부류요. 그러나 그들은 대부분 레즈비언 부류요. 의식적이든 무의식적이든 여자들이 레즈비언적인 성향을 얼마나 많이 지니고 있는지 놀라울 따름이오. 내가 보기에는 여자들은 거의 전부 레즈비언 성향을 지닌 듯싶소.」

「그런데 당신은 그게 싫은가요?」 코니가 물었다.

「그런 여자들을 죽이고 싶을 정도요. 진짜 레즈비언과 함께 있으면 그 여자를 죽여 버리고 싶어서 마음속으로 얼마나 울부짖는지 모르오.」

「그러면 어떻게 하나요?」

「최대한 빨리 떠나 버린다오.」

「그렇지만 레즈비언들이 남자 동성애자보다 더 끔찍하다고 생각하나요?」

「난 그렇게 생각하오! 그들 때문에 내가 더 많은 고통을 받았기 때문이오. 이론적으로는 잘 모르오. 난 레즈비언과 함께 있으면 그 여자가 자신이 레즈비언이라는 것을 알든 모르든 극도로 화가 치밀어 오르오. 정말 그랬소! 그러나 난 더 이상 어떤 여자와도 관계를 맺고 싶지 않았소. 난 혼자 살고 싶었소. 내 사생활을, 품위를 지키며 살고 싶었소.」

그는 창백해 보였고 이마에는 우수가 깃들어 있었다.

「내가 나타나서 싫었나요?」 그녀가 물었다.

「싫었소. 그러면서도 기뻤소.」

「지금은 어때요?」

「싫소, 외적으로는 말이오. 온갖 복잡한 일과 흉한 일, 비난들이 조만간 닥칠 테니까 말이오. 그럴 때면 피가 식어 가라앉고 우울해진다오. 그러나 피가 솟구칠 때는 기쁘오. 의기양양한 기분이 들기까지 하오. 난 정말로 쓸쓸해지고 있었소. 진짜 섹스가 전혀 남아 있지 않다고 생각했소. 남자와 정말로 자연스럽게 〈절정에 이르는〉 여자가 한 사람도 없었으니까 말이오. 흑인 여자들을 제외하고 말이오. 하지만 글쎄 어쨌든 간에, 우리는 백인 남자고 그들은 좀 진흙같이 느껴져서 말이오.」

「그럼 지금은 나에 대해 기뻐하고 있어요?」 그녀가 물었다.

「그렇소! 나머지 일들을 잊을 수 있을 때는 말이오. 나머지 일들에 대해 잊을 수 없을 때에는 식탁 밑으로 들어가서 죽고 싶소.」

「왜 식탁 밑이에요?」

「왜냐고?」 그가 웃었다. 「아마 숨으려는 거겠지. 귀여운 아가씨!」

「당신은 여자에 대해 정말로 끔찍한 경험을 한 것 같군요.」 그녀가 말했다.

「알다시피 난 나 자신을 속일 수가 없었소. 대부분의 남자들은 그럭저럭 잘 넘어가지만 말이오. 그들은 대충 어떤 태도를 취하고 거짓을 받아들이오. 난 나 자신을 속일 수가 없었소. 난 여자에게 내가 원하는 것이 무엇인지 알고 있었소. 그래서 그것을 얻지 못했을 때 얻었다고 절대 말할 수가 없었소.」

「그런데 지금은 그것을 얻었나요?」

「그런 것 같소.」

「그런데 왜 그렇게 창백하고 우울한가요?」

「엄청나게 많은 기억 때문이오. 그리고 어쩌면 나 자신이 두려워서 그런 것 같소.」

그녀는 아무 말 없이 앉아 있었다. 밤이 깊어 가고 있었다.

「그런데 당신은 그것이 중요하다고 생각하나요. 남자와 여자의 관계가요?」

「나한테는 중요하오. 나한테는 그것이 삶의 핵심이오. 내가 한 여자와 적절한 관계를 맺느냐 아니냐가 말이오.」

「그럼 그것을 얻지 못한다면요?」

「그러면 그것 없이 살아야겠지.」

그녀는 다시 생각에 잠겼다가 물었다.

「그럼 여자들에게 당신은 항상 올바르게 대했다고 생각하나요?」

「천만에. 전혀 아니오! 난 아내가 그런 여자가 되도록 내버려 두었소. 내 잘못이 상당히 컸소. 내가 그녀를 망쳐 놓았소. 그리고 난 사람을 잘 믿질 못하오. 당신도 그건 미리 알고 있어야 할 거요. 누군가를 마음속으로 믿게 되기까지 시간이 오래 걸린다오. 그러니까 어쩌면 나 역시 사기꾼일 거요. 난 남을 믿지 않소. 그리고 애정이란 절대 착각해서는 안 되는 거요.」

그녀가 그를 바라보았다.

「당신은 피가 끓어오를 때 당신의 몸을 믿지 못하는 건 아니잖아요.」그녀가 말했다. 「그렇다면 당신은 믿지 못하는 게 아니에요, 그렇죠?」

「그렇소, 슬프게도! 바로 그래서 내가 온갖 곤경에 처하게 된 거요. 그리고 바로 그것 때문에 내 마음이 그토록 철저하게 남을 믿지 못하는 거고.」

「믿지 못하면 믿지 못하는 대로 당신 마음은 그냥 내버려 둬요. 그게 무슨 문제인가요?」

개가 깔개 위에서 불편한 듯 한숨을 쉬었다. 재로 덮인 불길이 수그러들었다.

「우리는 지쳐서 초라해진 한 쌍의 전사들이군요.」코니가 말했다.

「당신도 지치고 초라해졌소?」그가 웃었다. 「그리고 이제 함께 다시 싸움터로 되돌아가고 있소!」

「그래요! 난 정말로 두려움을 느껴요.」

「그렇소!」

그는 일어서서 그녀의 신발이 잘 마르도록 놓고 자기 신발을 닦아 불 가까이에 놓았다. 내일 아침에 신발에 기름칠을 할 것이다. 그는 판지가 타고 남은 재를 꼬챙이로 쑤셔서 불길 밖으로 최대한 치워 냈다. 「이건 불에 타고 나서도 더럽군.」 그가 말했다. 그런 다음 그는 내일 아침에 땔 장작을 가져다 벽난로 안의 양쪽 시렁에 올려놓았다. 그러고는 개를 데리고 밖으로 나갔다.

그가 돌아왔을 때 코니가 말했다.

「나도 잠깐 나가고 싶어요.」

그녀는 혼자 어둠 속으로 나갔다. 머리 위로 별들이 총총하게 떠 있었다. 한밤의 공기에 실려 오는 꽃향기가 코끝을 스쳐 갔다. 그리고 젖은 신발이 다시 젖어 드는 것이 느껴졌다. 그러나 문득 멀리, 그와 모든 사람들로부터 멀리 떠나고 싶은 기분이 들었다.

날씨가 추웠다. 그녀는 몸을 떨며 집으로 돌아왔다. 그는 낮게 타고 있는 난롯불 앞에 앉아 있었다.

「으! 추워요!」 그녀가 몸을 떨었다.

그가 불 위에 장작을 올려놓고는 장작을 더 가져와서 불길이 탁탁거리는 소리를 내며 굴뚝 가득 치솟도록 불을 피웠다. 너울거리며 타오르는 노란 불길에 두 사람 모두 얼굴과 영혼이 따뜻하게 녹으면서 행복해졌다.

「신경 쓰지 마요!」 그녀가 조용히 떨어져 앉은 그의 손을 잡으며 말했다. 「최선을 다하면 돼요.」

「그렇소!」 그가 억지로 미소를 지으며 한숨을 쉬었다.

그녀는 살그머니 몸을 옮겨, 불 앞에 앉아 있는 그의 품에 안겼다.

「그러니까 잊어요!」 그녀가 속삭였다. 「잊어버려요!」

따뜻하게 퍼져 나가는 난롯불의 온기를 느끼며 그가 그녀를 꼭 껴안았다. 불꽃 자체는 망각하는 과정과도 같았다. 그리고 느껴지는 그녀의 부드럽고 따뜻하며 무르익은 몸의 무게! 천천히 그의 피가 돌면서 다시 힘과 거친 활력을 되찾기 시작했다.

「그리고 어쩌면 그 여자들도 정말로 절정에 이르며 당신을 제대로 사랑하고 싶었을 거예요. 단지 그렇게 할 수 없었던 것뿐이었을 거예요. 그게 전부 그 여자들 잘못만은 아니었을 거예요.」 그녀가 말했다.

「알고 있소. 나 자신이 짓밟혀서 등이 부러진 뱀 같은 꼴을 하고 있었다는 걸 내가 모른다고 생각하오?」

그녀는 갑자기 그에게 바싹 달라붙었다. 그녀는 이 모든 것을 다시 시작하고 싶지 않았다. 그러나 어쩐지 심술이 나서 그런 말을 하고 말았다.

「하지만 지금은 그렇지 않아요.」 그녀가 말했다. 「지금은 그렇지 않아요. 짓밟혀서 등이 부러진 뱀 같은 꼴을 하고 있지 않아요!」

「내가 지금 어떤 존재인지 잘 모르겠소. 앞으로 암담한 날들이 닥쳐올 거요.」

「아니에요!」 그녀가 그에게 바싹 달라붙으며 항변했다. 「왜요? 왜 그렇다는 거예요?」

「암담한 날들이 다가오고 있소. 우리 둘과 다른 모든 사람에게.」 그가 예언하듯 음울하게 되풀이해서 말했다.

「아니에요! 그런 말 하지 마요!」

그는 아무 말도 하지 않았다. 그러나 그녀는 그의 마음속에 있는 암담한 절망의 공허를 느낄 수 있었다. 그것은 모든 욕망을 죽이고 모든 사랑을 죽이는 것이었다. 이 절망은 남자들의 마음속에 존재하는 어두운 동굴과 같아서 그 안에서 그들의 영혼은 상실되어 버렸다.

「그리고 당신은 섹스에 대해 너무 냉정하게 말해요.」 그녀가 말했다. 「당신은 마치 당신 자신의 쾌락과 만족만을 원하는 것처럼 말해요.」

그녀는 신경질적으로 그에게 항변하고 있었다.

「그렇지 않소!」 그가 말했다. 「난 여자에게서 쾌락과 만족을 얻고 싶었지만 한 번도 얻지 못했소. 왜냐하면 여자가 내게서 쾌락과 만족을 얻지 못하면 나도 그 여자에게서 쾌락과 만족을 결코 얻을 수 없기 때문이오. 그런데 그런 경우는 한 번도 없었소. 그것은 두 사람이 함께 이루어 내야 하는 일이니까 말이오.」

「하지만 당신은 상대 여자들을 한 번도 믿지 않았어요. 당신은 나도 진정으로 믿지 않잖아요.」 그녀가 말했다.

「여자를 믿는다는 게 무슨 의미인지 모르겠소.」

「바로 그거예요, 봐요!」

그녀는 여전히 그의 무릎 위에 몸을 웅크린 채 안겨 있었다. 그러나 그의 영혼은 잿빛으로 흐려져 있었고 멍했다. 그의 마음이 먼 곳에 가 있었다. 그리고 그녀가 하는 한 마디 한 마디에 그는 점점 더 멀어져만 갔다.

　　「그럼 당신이 정말로 믿는 건 뭔데요?」 그녀가 우겼다.

　　「모르겠소.」

　　「아무것도 안 믿는 거죠. 내가 지금까지 안 모든 남자들처럼요.」 그녀가 말했다.

　　두 사람 모두 아무 말이 없었다. 그러자 그가 침묵에서 깨어나 말했다.

　　「그렇지 않소. 나도 뭔가를 믿고 있소. 난 마음이 따뜻해지는 것을 믿소. 특히 사랑을 할 때 따뜻한 마음을 갖는 것을, 따뜻한 마음으로 성교하는 것을 믿소. 난 남자들이 따뜻한 마음으로 성교를 할 수 있고 여자들이 그것을 따뜻한 마음으로 받아들여 주면 모든 게 괜찮아질 거라고 믿소. 냉정한 마음으로 하는 그 모든 성교야말로 바로 죽음이고 어리석음이오.」

　　「그러나 당신은 나와 냉정한 마음으로 성교하지 않아요.」 그녀가 항변했다.

　　「난 당신과 성교하고 싶지 않소. 지금 내 마음은 차디찬 감자만큼이나 차갑게 식었소.」

　　「아!」 그녀가 말하고는 놀리듯이 그에게 키스했다. 「그럼 우리 그 감자를 살짝 튀겨 먹어요.」

　　그가 웃으며 똑바로 앉았다.

　　「내 말은 사실이오!」 그가 말했다. 「따뜻한 마음을 조금만 얻을 수 있다면 무엇이든 하겠소. 그러나 여자들은 그것을 좋아하지 않소. 당신도 사실은 그것을 좋아하지 않소. 당신은 근사하고 날카롭고 찌를 것 같은 냉정한 마음으로 하는 성교를 좋아하면서 그것이 전부 설탕처럼 달콤한 것인 양 꾸미고 있소. 나에 대한 당신의 애정은 어디에 있소? 당신은 고양이가 개를 의심하듯이 날 의심하고 있소. 두 사람이 함께 해야 부드럽고 따뜻한 마음이 되는 거요. 당신은 어쨌든 성교를 좋아하오. 그런데도 당신은 그저 당신의 자존심을 위해 그것이 거창하고 신비로운 뭔가로 불리길 바라오. 당신의 자존심이 어떤 남자보다, 혹은 남자와 함께하는 것보다 더, 50배는 더 중요한 것이니까 말이오.」

「하지만 그건 바로 내가 당신에게 하고 싶었던 말이에요. 당신의 자존심이 당신에게는 가장 중요해요.」

「아! 그럼 좋소!」 그가 자리에서 일어서고 싶어 하는 것처럼 몸을 움직였다. 「그렇다면 우리 떨어져 있읍시다. 더 이상 냉정한 마음으로 성교를 하느니 차라리 죽겠소.」

그녀가 그에게서 몸을 빼 빠져나오자 그가 일어섰다.

「그럼 당신은 내가 그런 걸 원한다고 생각하나요?」

「그러지 않기를 바라오.」 그가 대답했다. 「그런데 어쨌든, 가서 자도록 하오. 그러면 난 여기서 자겠소.」

그녀가 그를 쳐다보았다. 그는 창백했고 이마에는 우수가 깃들어 있었으며 추운 북극만큼이나 멀리 떨어져 있었다. 남자들은 모두 똑같았다.

「난 아침까지는 집에 돌아갈 수 없어요.」 그녀가 말했다.

「그렇소! 그러니 올라가서 잠자리에 들라는 얘기요. 벌써 1시 15분이오.」

「절대 그러지 않을 거예요.」 그녀가 말했다.

그는 방을 가로질러 가서 장화를 집어 들었다.

「그럼 내가 밖으로 나가겠소.」 그가 말했다.

그가 장화를 신기 시작했다. 그녀는 그를 노려보았다.

「기다려요!」 그녀가 더듬거리며 말했다. 「기다려요! 우리 사이가 어떻게 된 거죠?」

그는 몸을 구부린 채 장화 끈을 매면서 대답하지 않았다. 몇 순간이 지나갔다. 눈앞이 흐릿해지더니 실신할 것 같은 느낌이 그녀를 덮쳤다. 모든 의식이 사라져 버렸고 그녀는 눈을 크게 뜨고 더 이상 아무것도 의식하지 못한 채, 미지의 세계에서 그를 바라보며 그 자리에 서 있었다.

아무 소리가 들리지 않자 그가 고개를 들었다가 눈을 크게 뜬 채 의식을 잃은 그녀를 보았다. 마치 바람에 휙 던져진 것처럼 그는 벌떡 일어나서 한쪽 신발은 벗고 한쪽 신발만 신은 채 그녀에게 절뚝거리며 뛰어갔다. 그녀를 양팔로 잡아서 자기 몸에 꽉 누르며 껴안자 어쩐지 아픔이 그의 몸 전체를 관통하는 것이 느껴졌다. 그러고는 그 자리에, 그는 그녀를 껴안고 그녀는 그에게 안긴 채, 가만히 있었다.

그러다가 그의 두 손이 맹목적으로 아래로 내려가며 그녀의 몸을 더듬기 시작했고 그녀의 옷 속으로, 부드럽고 따뜻한 그녀의 몸이 있는 곳으로 더듬어 갔다.

「내 사랑!」 그가 중얼거렸다. 「내 귀여운 사랑! 싸우지 맙씨다! 절대 싸우지 맙씨다! 난 그대를 사랑하고 그대를 만지고 싶쏘. 마른 하지 맙씨다! 나하고 말싸움하려 하지 마요! 절대! 그러지 마요! 그러지 마요! 우리 함께 이씁씨다!」

그녀가 얼굴을 들고 그를 바라보았다.

「속상해하지 마요.」 그녀가 차분하게 말했다. 「속상해해봐야 소용없어요. 정말로 나와 함께 있고 싶어요?」

그녀는 눈을 크게 뜨고 뚫어지게 그의 얼굴을 들여다보았다. 그가 움직임을 멈추고 갑자기 잠잠해지더니 얼굴을 옆으로 돌렸다. 그의 몸 전체가 완전히 잠잠해졌지만 물러서지는 않았다. 그러더니 그가 고개를 들고 그녀의 눈을 들여다보며 특유의 묘한 미소를 살짝 지었다. 그의 감정이 가라앉았다.

「그렇소!」 그가 말했다. 「함께 있읍시다! 맹세컨대 함께 있읍시다!」

「그런데 정말로요?」 두 눈에 눈물이 가득 고인 채 그녀가 말했다.

「그렇소, 정말이오! 가슴과 배와 음경까지.」

그가 여전히 살짝 미소를 지으며 그녀를 내려다보았는데, 눈에는 빈정대는 기미가 스쳤고 비통한 빛이 어려 있었다.

그녀는 소리 없이 울고 있었다. 그는 그녀와 함께 누워서 바로 그곳 벽난로 앞 깔개 위에서 그녀의 몸속으로 들어갔다. 그렇게 그들은 어느 정도 평정을 되찾았다. 그러고 나서 그들은 재빨리 침대로 들어갔다. 방이 점점 더 추워졌고 서로 다투느라 지쳤기 때문이다. 그리고 그녀는 그의 품에 바싹 안겨 자신이 자그맣게 푹 감싸이는 듯한 느낌을 받았다. 두 사람은 즉시 잠이 들었다. 한 사람처럼 똑같이 깊은 잠에 빠져들었다. 해가 숲 위로 떠올라 날이 밝기 시작할 때까지 그렇게 그들은 꼼짝도 하지 않은 채 누워 있었다.

그러다가 그는 잠에서 깨어나 환한 빛을 바라보았다. 커튼이 쳐져 있었다. 그는 숲에서 검은지빠귀와 개똥지빠귀가 큰 소리로 요란하게 우는 소리에 귀를 기울였다. 화창한 아침이 밝아 오고 있을 터였고 그가 일어나는 시간인 5시 반쯤 되었을 것이다. 그는 정말 푹 잘 잤다. 너무나 상쾌한 새날이었다. 여자는 여전히 몸을 웅크린 채 사랑스럽게 잠들어 있었다. 그가 손으로 그녀의 몸을 어루만지자 그녀가 파란 눈을 놀란 듯이 뜨고 그의 얼굴을 들여다보며 무심코 미소를 지었다.

「일어났어요?」 그녀가 말했다.

그는 그녀의 눈을 들여다보았다. 그러더니 미소를 지으며 그녀에게 키스했다. 그런데 갑자기 그녀가 벌떡 일어나 앉았다.

「세상에, 내가 여기 있다니!」 그녀가 말했다.

그녀는 하얗게 칠해진 작은 침실을 둘러보았다. 천장은 경사지고, 박공 창문에는 하얀 커튼이 쳐져 있었다. 방은 노란색 칠이 된 작은 서랍장과 의자를 제외하고는 휑하니 아무 장식도 없었다. 그리고 그녀가 그와 함께 누워 있는 자그마한 하얀 침대가 하나 있었다.

「우리가 여기 있다니 놀라워요!」 그녀가 그를 내려다보며 말했다. 그는 누워서 그녀를 바라보며 얇은 잠옷 속으로 손을 넣어 젖가슴을 손가락으로 어루만지고 있었다. 따뜻하고 평온해지자 그는 젊고 잘생겨 보였다. 그의 눈은 너무나 따뜻하게 보였다. 그리고 그녀는 한 송이 꽃처럼 싱싱하고 젊어 보였다.

「이걸 벗기고 싶소!」 그가 그렇게 말하고는 그녀의 얇은 고급 무명 잠옷을 그러모아 그녀의 머리 위로 잡아당겨 벗겼다. 그녀는 어깨와 약간 금빛이 도는 처진 젖가슴을 드러낸 채 그곳에 앉아 있었다. 그는 그녀의 젖가슴을 종처럼 부드럽게 흔드는 것을 좋아했다.

「당신도 파자마를 벗어야 해요.」 그녀가 말했다.

「아, 안 되오!」

「안 돼요! 벗어요!」 그녀가 명령했다.

그러자 그는 낡은 면 잠옷 윗도리를 벗고 바지를 밀어 내렸다. 손과 손목과 얼굴과 목을 제외하고는 우유처럼 하얀 피부에 멋지고 호리호리한 근육질의 몸이었다. 코니가 몸을 씻던 그를 보았던 그날 오후처럼 갑자기 그가 다시 뼈에 사무치도록 아름답게 보였다.

황금빛 햇살이 창문에 드리워진 흰 커튼에 닿았다. 그녀는 햇살이 안으로 들이오고 싶어 한다고 느꼈다.

「아, 커튼을 걷어요! 새들도 그렇게 하라고 노래하고 있네요! 햇살이 들어오게 해줘요.」 그녀가 말했다.

그는 벌거벗은 몸으로 하얗고 야윈 등을 그녀에게 보이며 침대에서 나와 창가로 가서 몸을 약간 수그리고 커튼을 걷은 다음 밖을 잠깐 내다보았다. 그의 등은 하얗고 미끈했으며, 조그만 엉덩이는 섬세하고 우아한 남자다운 아름다움을 지니고 있었다. 불그스름하게 그을린 목덜미는 우아하면서도 튼튼해 보였다. 우아하고 멋진 몸에는 외적인 강인함이 아니라 내적인 강인함이 깃들어 있었다.

「당신은 아름다워요!」 그녀가 말했다. 「너무나 깨끗하고 훌륭해요! 이리 와요!」 그녀가 양팔을 내밀었다.

그는 부끄러워서 그녀에게로 돌아서지 않았는데, 발기된 알몸 때문이었다. 그는 바닥에서 셔츠를 집어 들어 몸을 가리고 그녀에게 갔다.

「안 돼요!」 늘어진 젖가슴께로부터 가느다랗고 아름다운 양팔을 내민 채 그녀가 말했다. 「당신을 보게 해줘요!」

그는 셔츠를 떨어뜨리고 가만히 서서 그녀 쪽을 바라보았다. 낮은 창문을 통해 햇살이 한 줄기 들어와 그의 허벅지와 날씬한 배를 비춰 주었고, 작은 구름을 이루고 있는 선명한 순금색 털 사이로 발기된 남근이 거무스름하고 뜨겁게 달아오른 모습으로 솟아 있었다. 그녀는 깜짝 놀랐고 무서움을 느꼈다.

「너무 신기해요!」 그녀가 천천히 말했다. 「거기 그렇게 서 있는 모습이 너무 신기해요! 정말 크네요! 검고 자신만만해 보여요! 항상 그런가요?」

남자가 호리호리한 하얀 몸의 앞부분을 내려다보고는 웃었다. 날씬한 가슴 사이에 난 털은 거무스름했고 거의 검은 색에 가까웠다. 그러나 배 아래쪽 끝부분에 남근이 굵게 휜 모습으로 솟아 있는 곳에서는 순금색 털이 작은 구름을 이루며 선명하게 나 있었다.

「정말 도도하네요!」 그녀가 불안하게 중얼거렸다. 「그리고 너무 당당해요. 남자들이 왜 그렇게 거만한지 이제야 알겠어요! 그렇지만 사랑스러워요, 정말로요. 또 다른 존재 같아요! 약간 무섭기도 해요! 그렇지만 사랑스러워요, 정말로! 그런데 그가 내게 들어오다니!」 그녀는 두려움과 흥분에 휩싸여 아랫입술을 깨물었다.

남자는 팽팽해진 남근을 말없이 내려다보았고 남근은 변화가 없었다. 「그래!」 마침내 그가 작은 목소리로 말했다. 「그래, 이 녀석아! 이제 그만 돼따. 그래, 그러케 머리를 계속 쳐들고 이써야겐냐! 그러케 니 맘대로, 응? 다른 사람 생가근 저녀 안 하는 거냐! 니가 날 물로 보는구나, 존 토머스.[119] 니가 내 주인 행세를 하는 거야? 아 참, 니가 나보다 더 건방지네. 말수도 더 저근 걸 보니. 존 토머스! 저 여자를 원하는 거야? 내 제인 부인[120]을 원하는 거냐고? 니가 날 다시 끄러드려꾸나, 그래써. 그래, 미소를 지으면서 고개를 쳐드는구나. 그럼 그녀에게 부탁해 봐! 제인 부인에게 부탁해 봐! 말해봐. 〈문들아, 너희 머리를 들지어다. 영광의 왕께서 드러가실 수 이또록〉[121] 하고 마리야. 그래, 이 뻔뻔스러운 놈아! 명기여, 니가 쪼차다니는 게 그거시야. 제인 부인에게 니가 명기를 워난다 말씀드려. 존 토머스, 그리고 제인 부인의 명기!」

119 1928년 3월 13일에 마벨 도지 루한Mabel Dodge Luhan(1879~1962)에게 보낸 편지에서 로런스는 〈당신도 이미 알고 있을지 모르겠지만 존 토머스는 페니스를 나타내는 여러 이름 중 하나〉라고 썼다.
120 여성 성기를 나타내는 속어.
121 시편 24장 7절 〈문들아, 머리를 들어라. 오래된 문들아, 일어서라. 영광의 왕께서 드신다〉 참조.

「아, 그를 놀리지 마요!」 코니가 그렇게 말하고는 침대 위를 무릎으로 기어서 그에게 다가가 양팔로 그의 하얗고 호리호리한 허리를 감싸고는 자기 몸 쪽으로 끌어당겼다. 그러고는 흔들거리는 늘어진 젖가슴을, 꿈틀거리며 서 있는 남근 끝에 대고 거기에 묻어 있는 물방울을 받았다. 그녀가 남자를 꼭 껴안았다.

「누워요!」 그가 말했다. 「어서 누워요! 들어가게 해줘요!」

그는 이제 서둘렀다.

얼마 후 두 사람이 아주 조용히 누워 있을 때 여자는 남자의 몸이 다시 드러나도록 해놓은 다음 신비스러운 남근을 살펴보지 않을 수가 없었다.

「그런데 지금은 그가 작아져서 작은 생명의 봉오리처럼 부드러워요!」 그녀가 부드럽고 작은 페니스를 손으로 쥐며 말했다. 「그가 어쩐지 사랑스럽지 않아요? 정말 자기 마음대로이고 정말로 신기해요! 그리고 정말로 천진난만하네요! 그리고 내 속으로 정말 깊숙이 들어와요! 그를 절대 모욕해서는 안 돼요. 그는 내 것이기도 하니까요. 그가 당신 것만은 아니에요. 그는 내 거예요. 너무나 사랑스럽고 천진난만해요!」 그녀는 페니스를 손으로 부드럽게 감쌌다.

그가 웃었다.

「마음 맞는 사랑으로 우리의 가슴을 묶어 주는 끈은 복되도다.」[122] 그가 말했다.

「물론이에요!」 그녀가 말했다. 「그가 부드럽고 작을 때조

122 제4장에서 토미 듀크스가 인용한 존 포셋의 찬송가 구절.

차 내 마음이 그에게 묶여 있는 것을 느껴요. 그리고 여기 당신 털도 정말로 사랑스러워요! 정말, 아주 달라요!」

「그건 존 토머스의 털이오. 내 것이 아니오!」 그가 말했다.

「존 토머스! 존 토머스!」 그리고 그녀가 재빨리 부드러운 페니스에 키스하자 그것은 다시 꿈틀대기 시작했다.

「아아!」 남자가 거의 고통스러운 듯이 몸을 쭉 펴고 기지개를 켜며 말했다. 「이 녀석은 내 영혼 속에 뿌리를 두고 있소. 이 신사 녀석이 말이오! 가끔 이 녀석을 어떻게 해야 할지 모를 때가 이쏘. 글쎄, 이 녀석은 자기마느 의지를 가지고 이써서 비위를 맞춰 주기가 힘드오. 그래도 이 녀석을 주기거나 하는 이른 업슬 거시오.」

「남자들이 항상 그를 두려워했던 게 당연하네요!」 그녀가 말했다. 「그는 좀 무시무시하네요.」

의식의 흐름이 다시 방향을 바꿔서 아래로 내려가자 전율이 남자의 온몸을 훑고 지나갔다. 그러자 그도 어쩌지 못하는 사이 페니스가 천천히 부드럽게 물결치듯 일어나다 팽팽하게 기득 차며 부풀어 올라 딱딱해지더니 묘하게 우뚝 솟은 모습으로 거기 그 자리에 단단하면서도 도도하게 서 있었다. 여자도 바라보면서 약간 몸을 떨었다.

「자! 이 녀석을 가져가요! 당신 것이니까!」 남자가 말했다.

그러자 그녀는 전율했고, 마음도 녹아내렸다. 그가 그녀의 몸에 들어왔을 때 말로 표현할 수 없는 쾌감의 날카롭고 부드러운 파도가 온몸을 덮쳤다. 그리고 묘하게 녹아내리는 짜릿한 흥분이 시작되더니 점점 더 퍼져 나가다 마침내 극치에 이른 홍분의 가차 없는 마지막 분출과 함께 그녀는 넋을 잃어 버렸다.

그는 멀리 스택스 게이트에서 7시를 알리는 경적 소리를 들었다. 월요일 아침이었다. 그는 약간 몸서리를 치고 나서 얼굴을 그녀의 젖가슴 사이에 묻고는 부드러운 젖가슴으로 귀를 막아 소리가 들리지 않게 했다.

그녀는 경적 소리를 듣지도 못했다. 그녀는 완전히 고요하게 누워 있었고 그녀의 영혼은 투명하게 씻겼다.

「일어나야 하지 않소?」 그가 나직하게 말했다.

「몇 시예요?」 그녀가 흐릿한 목소리로 물었다.

「조금 전에 7시 경적이 울려쏘.」

「일어나야 할 것 같네요.」

그녀는 항상 그랬던 것처럼 외부로부터의 강요에 분개하고 있었다.

그는 일어나 앉아서 멍하니 창밖을 바라보았다.

「날 정말로 사랑하죠, 그렇죠?」 그녀가 조용히 물었다.

그가 그녀를 내려다보았다.

「그런 줄 다 알고 이짢쏘. 그런 걸 왜 묻쏘?」 그가 약간 짜증스럽다는 듯이 말했다.

「난 당신이 날 붙잡아 주길 원해요. 날 가지 못하게 하고요.」 그녀가 말했다.

그의 눈은 따뜻하고 부드러운 어둠으로 가득 차서 아무것도 생각할 수 없는 것처럼 보였다.

「언제 말이오? 지금?」

「지금 당신의 마음속에서요. 그러면 난 당신에게 와서 언제까지나 당신과 함께 살고 싶어요……. 곧이요.」

그는 벌거벗은 채 침대에 고개를 떨구고 앉아 있었다. 그는 아무 생각도 할 수가 없었다.

「당신은 그것을 원하지 않아요?」 그녀가 물었다.

「물론 원하오!」 그가 말했다.

그런 다음 또 다른 의식의 불꽃으로 어두워진, 거의 잠든 듯한 눈으로 그가 그녀를 바라보았다.

「지그믄 나한테 아무거또 무찌 마오.」 그가 말했다. 「그냥 날 내버려 둬주오. 당시니 저기 누워 이쓸 때 난 당시늘 사랑하오. 여자는 성교할 때 기피 빠져 이꼬 그고시 명기면 사랑스러운 거시오. 난 당시늘 사랑하오. 당시느 두 다리를, 당시느 모스블, 당시느 여성스러움을 사랑하오. 난 당시느 여성스러움을 진짜로 사랑하오. 난 당시늘 내 불알로, 내 가스므로 사랑하오. 그러나 지그믄 나한테 아무 거또 무찌 마오. 지그믄 나한테 말하라고 하지 마오. 할 수 인는 동안 그대로 멈춰 이께 해주오. 나중에 모든 거슬 나한테 무러봐도 조쏘. 지그믄 가만히 내버려 둬주오. 이대로 내버려 둬주오!」

그리고 부드럽게 그는 그녀의 베누스의 둔덕에, 부드러운 갈색 털에 손을 얹어 놓고 그 자신은 벌거벗은 채 가만히 침대 위에 앉아 있었다. 멍하니 꼼짝도 하지 않는 그의 얼굴은 거의 부처의 얼굴 같았다. 꼼짝도 하지 않은 채 또 다른 의식의 보이지 않는 불길에 휩싸여 그는 그녀의 몸 위에 손을 얹어 놓고 앉아서 의식이 돌아오기를 기다렸다.

잠시 후 그는 셔츠를 집어서 걸치고는 아무 말 없이 신속하게 옷을 입은 다음 침대 위에 한 송이 디종의 영광[123]처럼 아직도 벌거벗은 채 살짝 금빛을 띠고 누워 있는 그녀를 한 번 바라보고는 방에서 나갔다. 아래층에서 그가 문을 여는 소리가 들려왔다.

그녀는 여전히 골똘하게 생각에 잠겨 누워 있었다. 떠나기가 너무 어려웠다. 그가 발산하는 기운에서 벗어나기가 어려웠다. 그가 계단 밑에서 소리를 질렀다. 「7시 반이오!」 그녀는 한숨을 쉬며 침대에서 빠져나왔다. 휑한 작은 방! 작은 서랍장과 자그마한 침대밖에는 아무것도 없었다. 그러나 마룻바닥은 깨끗하게 닦여 있었다. 그리고 박공 창문 옆 구석에는 책이 몇 권 꽂혀 있는 선반이 있었다. 그중에는 순회도서관에서 빌린 책들도 있었다. 그녀는 찬찬히 살펴보았다. 볼셰비키주의 러시아에 대한 책들과 여행서 몇 권, 원자와 전자에 대한 책 한 권, 지구 중심부의 구성과 지진의 원인에 대한 책이 한 권 있었고 소설 몇 권과 인도에 대한 책 세 권이 있었다. 그래! 그는 결국 책을 읽는 사람이었던 것이다.

박공 창문을 통해 들어온 햇살이 그녀의 벌거벗은 팔다리를 비췄다. 바깥에서는 플로시가 돌아다니고 있었다. 개암나무 숲은 녹색 안개에 싸여 있는 듯했고 나무 밑은 진녹색 산쪽풀로 덮여 있었다. 맑고 깨끗한 아침이었고 새들은 날아다니며 의기양양하게 노래를 부르고 있었다. 그녀가 여기에 머물러 있을 수만 있다면 얼마나 좋을까! 연기와 철로 된 무시

123 장미의 일종으로 주로 노란색이며 무척 화려하다.

무시한 다른 세계가 없다면 얼마나 좋을까! 그가 그녀에게 새로운 세계를 만들어 준다면 얼마나 좋을까!

그녀는 가파르고 좁은 나무 계단을 따라 아래층으로 내려갔다. 그럼에도 불구하고 그녀는 이 작은 집에 만족할 것이다. 이 집이 그 자체로 하나의 세계를 이룬 한 말이다!

세수를 한 남자는 상큼해 보였고 난롯불이 타고 있었다.

「뭘 좀 먹겠소?」 그가 말했다.

「아니요! 빗만 좀 빌려 줘요.」

그녀는 그를 따라 개수대로 가서 뒷문 옆에 걸려 있는 손바닥만 한 거울 앞에서 머리를 빗었다. 그걸로 떠날 준비가 끝났다.

그녀는 자그만 앞뜰에 서서 이슬에 젖은 꽃들을 바라보았다. 회색빛 화단의 패랭이꽃들은 이미 봉오리를 맺고 있었다.

「세상의 다른 모든 것들을 전부 사라지게 만들고 싶어요.」 그녀가 말했다. 「그리고 여기서 당신과 살고 싶어요.」

「그건 사라지지 않을 거요.」 그가 말했다.

그들은 아름다운 이슬에 젖은 숲 속을 거의 아무 말 없이 걸어갔다. 그러나 그들은 그들만의 세계 속에 함께 있었다.

랙비를 향해 계속 가야 하는 것은 그녀에게 고통스러웠다.

「곧 다시 와서 당신과 함께 살고 싶어요.」 그녀가 그와 헤어지며 말했다.

그는 아무 대답 없이 미소만 지었다.

그녀는 조용히, 눈에 띄지 않게 집에 도착해서 자기 방으로 올라갔다.

제15장

아침 식사가 담긴 쟁반에 힐다에게서 온 편지가 놓여 있었다. 〈아버지가 이번 주에 런던에 가실 예정이란다. 다음 주 목요일인 6월 17일에 내가 널 데리러 갈 거야. 즉시 출발할 수 있도록 준비해 놓고 있어. 난 랙비에서 시간을 허비하고 싶지 않으니까. 랙비는 끔찍한 곳이야. 렛퍼드의 콜먼 씨 댁에서 하룻밤 묵을지도 몰라. 그래서 목요일에 너랑 점심을 같이할 수 있을 거야. 그러면 차 마실 때쯤 출발해서 그랜섬에서 잘 수 있을 거야. 클리퍼드와 함께 저녁 시간을 보내 봐야 쓸데없는 짓이야. 네가 가는 것을 싫어한다면 함께 시간을 보내는 것이 그에게는 전혀 즐거운 일이 아닐 테니까.〉

그랬다! 그녀는 다시 체스 판의 말처럼 이리저리 옮겨지고 있었다.

클리퍼드는 그녀가 떠나는 것을 싫어했지만 그것은 단지 그녀가 없으면 안전하다는 느낌이 들지 않기 때문이었다. 그녀가 옆에 있으면 어떤 이유에서인지 그는 안전하다는 느낌을, 그리고 하고 있는 일을 마음 놓고 할 수 있다는 느낌을 받았다. 그는 탄광에서 많은 시간을 보내면서 석탄을 가장 경제적인 방법으로 캐내고 그렇게 캐낸 석탄을 판매하는 거의 가망 없는 문제들과 정력적으로 씨름을 벌이고 있었다. 그는 석탄을 이용하는 방법, 즉 그것을 화학적으로 변화시키는 방법을 찾아내 아예 석탄을 팔 필요가 없게 하거나 아니면 그것을 팔지 못하게 되는 분한 일을 당하지 않도록 해야 한다는 것을 알고 있었다. 그러나 만약 그가 전력을 만들어 낸다 해도 그것을 팔거나 사용할 수 있을까? 그리고 그것을 석유로 변화시키는 것은 아직은 비용이 너무 많이 들고 복잡한 일이었다. 산업을 계속 살아 있게 하려면 미친 것처럼 계속해서 더욱더 많은 산업이 필요했다.

그것은 일종의 광기였고 그것에 성공하기 위해서는 미친 사람이 필요했다. 그런데 그는 살짝 미쳐 있었다. 코니는 그렇게 생각했다. 탄광 일에 대한 그의 바로 그 강렬한 집중력과 날카로운 통찰력은 그녀가 보기에 일종의 광기의 표출 같았고 그의 그 영감은 광기에서 나온 영감 같았다.

그는 자신의 온갖 진지한 구상에 대해 말해 주었고 그녀는 일종의 놀라움에 사로잡혀 그의 말에 귀를 기울이며 그가 말을 하도록 내버려 두었다. 그러다가 거침없이 나오던 말이 끊겼고 그러면 그는 확성기를 켜고 멍한 상태가 되었다. 그동안 그의 구상들은 그의 마음속에서 일종의 꿈의 상태로 계속 꿈틀거리는 것이 분명했다.

그리고 이제 매일 밤 그는 볼턴 부인과 함께 6펜스 내기를 하며 — 영국 육군 병사들이 즐겨 했던 카드놀이인 — 폰툰

게임을 했다. 그리고 내기 게임을 하면서 다시 그는 그것이 무엇이든 일종의 무의식 상태, 멍하게 취해 있는 상태, 혹은 멍함에 취해 있는 상태에 빠져들었다. 코니는 그런 그의 모습을 보는 것이 견딜 수 없었다. 그러나 그녀가 잠자리에 들면 그와 볼턴 부인은 새벽 두세 시까지 편안하게, 그리고 이상한 욕망에 사로잡혀 내기 게임을 하곤 했다. 볼턴 부인도 클리퍼드만큼 그런 욕망에 사로잡혀 있었다. 그녀가 거의 항상 졌기 때문에 더욱더 그랬다.

그녀가 어느 날 코니에게 말했다. 「어젯밤에 클리퍼드 경에게 23실링이나 잃었어요.」

「그래서 그가 당신한테 그 돈을 받았어요?」 코니가 놀라서 물었다.

「아, 물론이죠, 마님! 노름빚인데요!」

코니는 단호하게 타이르며 두 사람 모두에게 화를 냈다. 그 결과 클리퍼드 경은 볼턴 부인의 연봉을 백 파운드 인상해서 그녀는 그 돈으로 내기를 할 수 있게 되었다. 한편 코니가 보기에 클리퍼드는 정말로 점점 더 죽어 가는 것 같았다.

그녀는 마침내 그에게 17일에 떠날 것이라고 알렸다.

「17일이라고!」 그가 말했다. 「그럼 언제 돌아올 거요?」

「늦어도 7월 20일까지는 돌아올 거예요.」

「그래! 7월 20일이라고 했지.」

아이처럼 멍청하게, 그러나 노인처럼 묘하게 멍하고 교활하게, 그가 이상하면서도 멍한 표정으로 그녀를 바라보았다.

「당신이 날 실망시키지는 않겠지, 이번에. 그렇지?」 그가 말했다.

「어떻게요?」

「당신이 떠나 있는 동안 말이오. 그러니까 내 말은, 틀림없이 돌아올 거지?」

「그럼요! 당연하죠! 7월 20일에요!」

그가 그녀를 너무나 이상하게 바라보았다.

그러나 그는 사실 그녀가 가기를 바랐다. 그것은 너무 이상했다. 그는 그녀가 집을 떠나 자잘한 사건들을 겪고 혹시라도 임신해서 집으로 돌아오기를, 그 모든 것을 절대적으로 바랐다. 동시에 그는 그녀가 떠나는 것이 무서웠다. 그저 무서웠다.

그녀는 흥분으로 떨면서, 그를 완전히 떠날 진짜 기회가 오기를 주시하며, 때가 무르익어 자신과 그 모두 준비될 날이 오기를 기다리고 있었다.

그녀는 사냥터지기와 함께 앉아서 자신의 외국 여행에 대해 이야기를 나눴다.

「그리고 돌아와서는 클리퍼드에게 헤어지겠다고 말할 수 있을 거예요.」 그녀가 말했다. 「그런 다음 당신과 함께 멀리 떠날 수 있을 거예요. 그게 당신이라는 것을 사람들이 알 필요도 없어요. 우리는 다른 나라로 갈 수도 있을 거예요. 그렇죠? 아프리카나 호주로요. 그럴 거죠?」

그녀는 자신의 계획에 몹시 흥분해서 몸을 떨었다.

「당신은 식민지에 가본 적이 한 번도 없잖소?」 그가 그녀에게 물었다.

「네, 없어요. 당신은요?」

「인도와 남아프리카, 이집트에 가보았소.」

「그럼 남아프리카에 가는 건 어때요?」

「그럴 수도 있겠지!」 그가 천천히 말했다.

「거기로 가고 싶지 않아요?」 그녀가 물었다.

「상관없소. 난 뭘 하건 별로 상관없소.」

「당신은 행복하지 않나요? 왜 그렇죠? 우리는 가난하지 않을 거예요. 나한테 1년에 6백 파운드 정도가 들어오거든요. 내가 편지를 써서 물어보았어요. 큰돈은 아니지만 그걸로 충분해요. 그렇지 않나요?」

「그 정도면 큰돈이오, 나한테는.」

「아, 그러면 얼마나 좋을까요!」

「그렇지만 난 먼저 이혼을 해야 하오. 당신도 마찬가지고. 복잡한 일을 겪지 않으려면 말이오.」

생각해야 할 일이 너무 많았다.

어느 날 그녀는 그에게 그 자신에 대해 물었다. 그들은 오두막에 있었고 밖에는 천둥이 치고 있었다.

「그런데 당신이 중위에 장교이자 신사가 되었을 때 행복하지 않았나?」

「행복했느냐고? 괜찮았소. 대령님을 좋아했으니까.」

「당신은 그분을 사랑했나요?」

「그렇소! 그분을 사랑했소.」

「그럼 그분도 당신을 사랑했나요?」

「그렇소! 어떤 의미에서는 그분도 날 사랑했소.」

「그분에 대해 이야기해 줘요.」

「이야기해 줄 게 뭐가 있겠소? 그분은 사병에서 시작해서 장교가 되었고 군대를 사랑했소. 그리고 결혼은 안 했소. 나보다 스무 살이 많았소. 무척 지적인 사람이었소. 그리고 그런 사람이 으레 그렇듯이 군대에서 외톨이였소. 그 나름대로 열정적인 사람이었고 아주 똑똑한 장교였소. 그분과 함께 있을 때 난 그분의 매력에 빠져 살았소. 그분이 내 인생을 좌지우지하게 내버려 두었소. 하지만 난 그것을 결코 후회해 본 적이 없소.」

「그분이 죽었을 때 크게 상심했나요?」

「나도 거의 죽을 뻔했소. 그러나 의식이 돌아왔을 때 난 내 다른 부분이 끝나 버렸다는 것을 알았소. 그러나 죽음으로 그것이 끝나리라는 것을 전부터 알고 있었소. 그 문제에 있어서는 모든 것이 다 그렇게 끝나는 법이니까.」

그녀는 생각에 잠긴 채 앉아 있었다. 밖에서는 천둥이 쳤다. 마치 노아의 홍수 때 작은 방주 속에 들어가 있는 것 같았다.

「당신은 과거가 굉장히 많은 것 같아요.」

「그런가? 난 이미 한두 번은 죽었다 살아난 것 같소. 그러나 여기 이렇게 살아 움직이면서 앞으로 더 많은 어려움을 겪겠지.」

그녀는 깊이 생각에 잠겨 있으면서도 폭풍우 소리에 귀를 기울이고 있었다.

「대령이 죽었을 때 당신은 장교이자 신사로서 행복하지 않았나요?」

「그렇소! 장교니 신사니 하는 자들은 쩨쩨한 족속이었소.」
그가 갑자기 웃었다. 「대령님은 이렇게 말하곤 했소. 〈이보
게, 영국의 중산층은 음식을 한 입 먹을 때마다 서른 번은 씹
어야 할 걸세. 창자가 너무 좁아서 완두콩만 한 음식도 막혀
버리니까 말이야. 그들은 여자같이 비열한 사람들로 이루어
진, 지금까지 창조된 것들 중에서 가장 쩨쩨한 무리야. 자만
심으로 가득 차 있고, 구두끈이 정확하게 매여 있지 않아도
기겁을 하고, 높이 걸어 둔 사냥감 고기[124]만큼 썩어 있는데도
항상 자기네가 옳다고 한다네. 난 그런 것에 질려 버렸네. 굽
실굽실 절을 해대고 혓바닥에 군은살이 박힐 때까지 똥구멍
을 핥으면서 아첨을 해대지. 그러면서도 자기들이 항상 옳다
는 거야. 무엇보다 잘난 체하는 놈들이지. 유식한 체하는 놈
들! 반쪽짜리 불알을 차고 여자같이 잘난 체하는 놈들의 세
대야.〉」

코니는 웃음을 터뜨렸다. 비가 억수같이 쏟아지고 있었다.
「그분은 그들을 증오했군요!」

「그렇지 않소.」 그가 말했다. 「그분은 상관하지 않았소. 그
저 그들을 싫어했을 뿐이오. 그건 다르오. 그분 말씀대로 영
국 병사들도 그들과 마찬가지로 잘난 체하고 불알 반쪽짜리
에 속 좁은 사람들이 되어 가고 있소. 그렇게 되는 것이 인류
의 운명이오.」

「하층민도 그런가요? 노동자 계급 말이에요?」

124 엽조를 일단 총으로 잡으면 살을 부드럽게 하기 위해 며칠 동안 걸어
둔다.

「모두 그렇소. 그들의 기백은 죽어 버렸소. 자동차와 극장과 비행기가 그들에게서 마지막 남은 기백까지 다 빨아먹어 버렸소. 분명히 말하지만 모든 세대가 고무관으로 된 창자와 양철 다리와 양철 얼굴을 한, 점점 더 토끼같이 소심해진 세대를 낳고 있소. 양철 인간들을! 그 모두가 확고한 볼셰비키주의요. 인간적인 것을 모조리 죽여 없애 버리고 기계적인 것들을 숭배하는 거지. 돈, 돈, 돈뿐이오! 모든 현대인은 인간에게서 오래된 인간적인 감정을 죽여 버리고 예전의 아담과 이브를 잘게 토막내 버리는 것에서 진짜 쾌감을 느끼고 있소. 그들은 전부 똑같소. 세상이 전부 똑같소. 인간의 실체를 죽여 없애고 포피[125]에 1파운드, 불알 한 쌍에 2파운드 하는 식으로 말이오. 명기를 통한 교합은 이제 기계적인 성행위에 불과할 뿐이오! 그 모든 게 다 똑같소. 돈을 줘서 온 세상 사람의 음경을 잘라내 버리는 것이오. 돈, 돈, 오로지 돈을 줘서 인류에게서 기백을 다 빼내 버리고 그들 모두를 보잘것없는 장난감 기계로 만들어 버리는 것이오.」

그는 오두막에 그렇게 앉아 있었는데, 얼굴에는 조롱하듯 빈정대는 표정이 어려 있었다. 그러나 그럴 때조차 그는 한쪽 귀를 뒤로 쫑긋 세우고 숲 위로 불어닥친 폭풍우 소리에 귀를 기울이고 있었다. 그 소리에 그는 너무나 큰 외로움을 느꼈다.

「그렇지만 그것도 언젠가는 끝이 나지 않겠어요?」 그녀가 말했다.

125 남성의 귀두를 덮는 피부와 점막 두개의 층으로 이루어진, 신축성이 있는 주름.

「그렇소. 그럴 거요. 스스로 구원을 이룰 것이오. 마지막 남은 진정한 인간이 살해되고 사람들이 전부 길들여지면, 백인이고 흑인이고 황인종이고 모든 인종이 길들여지면, 그러면 그들은 모두 제정신이 아니게 될 거요. 온전한 정신의 뿌리는 불알에 있으니까 말이오. 그러면 그들 모두 제정신이 아닌 상태가 될 것이고 그들은 거대한 화형식*auto da fé*을 치를 거요. 화형식이란 말은 원래 신앙의 행위라는 의미잖소? 그렇소. 그러니까 그들은 그들 나름대로 거창하지만 작은 신앙의 행위를 행할 거요. 그들은 서로를 제물로 바칠 거요.」

「서로 죽인다는 말인가요?」

「그렇소, 귀여운 아가씨! 우리가 현재의 속도로 계속 나아간다면 백 년 후에는 이 섬나라에 만 명도 남아 있지 않을 거요. 열 명도 남지 않을 거요. 그들은 서로를 완벽하게 해치워 없앨 거요.」 천둥소리가 점점 더 멀어지고 있었다.

「너무 멋져요!」 그녀가 말했다.

「정말 멋지지! 인류가 멸종해 버리고 다른 종(種)이 나타나기 전에 오랫동안 공백이 이어질 것이라는 생각을 하면 다른 어떤 것보다 내 마음을 진정시켜 주오. 그리고 우리가 이런 식으로 계속한다면, 모든 사람이, 지식인, 예술가, 정부, 산업가, 그리고 노동자 모두가 미친 듯이 마지막 남은 인간적인 감정과 마지막 한 조각 남은 직관과 마지막 남은 건강한 본능을 죽여 없애는 일을 계속한다면, 만약 그런 일이 지금처럼 계속 산술급수적으로 진행된다면 짜잔! 인류여, 안녕, 내 사랑! 해야 할 날이 올 거요! 뱀이 자기 몸을 삼켜서[126] 텅 빈 자리를 남기면 상당히 혼란스럽겠지만 절망적이진 않소. 아주 멋질 거요! 사나운 들개들이 랙비에서 짖어 대고 사나운 갱내용 야생 당나귀들이 테버셜의 갱구 위를 짓밟고 돌아다니는 때가 온다면! 오, 하느님. 당신을 찬양하나이다*Te deum laudamus!*」[127]

코니가 웃었지만 그리 행복한 웃음은 아니었다.

「그렇다면 당신은 사람들이 모두 볼셰비키주의자라서 기쁘겠군요!」그녀가 말했다. 「그들이 종말을 향해 부지런히 가고 있어서 기쁘겠어요.」

「그렇소. 난 그들을 막지 않을 거요! 그러고 싶어도 그럴 수가 없으니까!」

「그렇다면 당신은 왜 그렇게 괴로워하는 건가요?」

「그렇지 않소! 내 음경이 마지막 울음소리를 내고 죽는다 해도 난 상관없소.」

「그렇지만 우리에게 아이가 생긴다면요?」그녀가 말했다.

그가 고개를 떨어뜨렸다.

「아.」마침내 그가 말했다. 「내 생각에 그건 잘못되고 가혹한 일처럼 보이오. 이런 세상에 아이를 낳는다는 것 말이오.」

「아니에요! 그런 말 하지 마요! 그렇게 말하지 마요!」그녀가 간청했다. 「나한테 아이가 생길 거예요. 당신도 기쁠 거라고 말해 줘요.」그녀가 그의 손을 잡았다.

「당신이 기쁘다면 나도 기쁘오.」그가 말했다. 「그러나 내가 보기에 그건 태어나지도 않은 아이에게 끔찍한 배반 행위

---

126 입에 자기 꼬리를 물고 있는 뱀은 영원의 상징이다.
127 『일반 기도서*Book of Common Prayer*』(1549)의 한 구절.

를 하는 것 같소.」

「아, 안 돼요!」 그녀가 충격을 받아서 말했다. 「그렇다면 당신은 날 정말로 원한 것일 리가 없어요! 당신이 그렇게 느낀다면 당신이 날 원한 것일 리가 없어요!」

다시 그는 시무룩한 얼굴로 아무 말도 하지 않았다. 밖에서는 비가 후드득거리며 떨어지는 소리만 들려왔다.

「그 말이 꼭 맞는 건 아니에요!」 그녀가 속삭였다. 「꼭 맞는 건 아니라고요! 또 다른 진실이 있어요.」 그녀는 그가 지금 비통해하는 것이 부분적으로는 자신이 그를 떠나 일부러 베네치아로 가는 것 때문이라고 느꼈다. 그리고 이런 느낌 때문에 그녀는 어느 정도 기뻤다.

그녀는 그의 옷을 당겨 올려서 배를 드러내고 배꼽에 키스했다. 그러고는 배에 뺨을 대고 팔을 뻗어 그의 따뜻하고 잠잠한 허리를 감았다. 대홍수 속에 둘만 있는 것 같았다.

「희망에 차서 아기를 원한다고 말해 줘요!」 그녀가 얼굴을 그의 배에 대고 누르면서 속삭였다. 「그렇다고 말해 줘요!」

「글쎄!」 그가 마침내 말했다. 그러자 그녀는 의식의 흐름이 바뀌고 긴장이 풀리면서 묘한 전율이 그의 몸을 훑고 지나가는 것을 느꼈다. 「글쎄, 가끔 생각해 보곤 해쏘. 이곳 광부들 중에서 누군가 한번 시도라도 해본다면, 정말로 누군가 한번 시도라도 해본다면! 하고 말이오. 그드른 요즘 이른 고되게 하는데도 돈을 많이 벌질 모타고 이쏘. 누군가 그드레게 〈돈만 생가카지 맙씨다. 필요한 것들로 마라자면 우리에게는 거의 다 이씀니다. 돈 때문에 살지 맙씨다〉라고 말해 줄 수만 있다면.」

그녀는 그의 배에 뺨을 대고 부드럽게 비비며 그의 불알을 한 손으로 그러모았다. 페니스가 이상한 생명력으로 부드럽게 꿈틀거렸지만 솟구쳐 일어서지는 않았다. 밖에서는 비가 부슬 듯이 세차게 내리고 있었다.

「〈다른 거슬 위해 삽씨다. 도늘 벌기 위해 살지 맙씨다. 우리 자시늘 위해서도, 다른 어느 누구를 위해서도 말입니다. 지금 우리는 그러케 살도록 강요받고 있습니다. 우리 자시늘 위해서는 눈곱만큼 벌고 고용주드레게는 마니 버러다 바치도록 강요받고 있습니다. 그런 생활을 그만둡시다! 조금씩, 조금씩 그것을 그만둡시다. 고래고래 고하믈 칠 필요가 없습니다. 조금씩, 조금씩 산업에 물든 생활을 전부 접고 도라갑씨다. 최소한의 적은 도니면 충분할 것입니다. 모두에게, 나와 여러부네게, 고용주와 주인 드레게, 심지어는 왕에게도 충분할 것입니다. 최소한의 적은 도니면 충분할 것입니다. 그렇게 하겠다고 결심하고 혼란 상태에서 버서나야만 합니다.〉」 그가 말을 삼산 넘췄다가 다시 계속했다.

「글이고 난 그드레게 말할 것이오. 〈봐요! 조를 봐요! 그는 멋지게 움직입니다! 그가 활기차고 빈틈없이 움직이는 모습을 봐요. 그는 아름답습니다! 글이고 조나를 봐요! 그는 촌스럽고 못생겼습니다. 그것은 그가 스스로 각성해서 일어나 보려는 마음이 업끼 때무닙니다.〉 또한 난 그드레게 말할 거시오. 〈봐요! 여러분 자시늘 봐요! 한쪽 어깨가 다른 쪽 어깨보다 더 올라가 이꼬 두 다리는 휘어져 있고 두 발은 혹투성입니다! 도대체 그 빌어먹을 노동으로 여러분 자시네게 무슨 지슬 한 겁니까? 여러분 자신과 여러분 살믈 망쳐 노아쓸 뿐님니다. 절때 여러분 자시늘 망칠 때까지 일하지 마십씨오. 여러분은 활기차고 아름다워야 합니다. 그런데 여러분은 보기 흉하고 반쯤 주거 이써요.〉 그렇게 그드레게 말할 거시오. 글이고 난 날 따르는 사람들에게 다른 옷을 입힐 거시오. 몸에 착 달라붙는 빨간, 새빨간 바지에, 흰색의 작고 짧은 웃옷을 입힐 것이오. 정말이지, 그들에게 빨간 옷과 멋진 다리만 있으면 그것만으로도 한 달 후면 그들이 바뀔 것이오. 그들은 다시 사내대장부가 되기 시작할 것이오! 글이고 여자들은 원하는 대로 옷을 입을 수 이쏘. 일단 남자들이 꽉 끼는 선홍색 바지를 입은 다리와 작은 흰색 웃옷 아래로 선홍색으로 보이는 멋진 엉덩이로 걸어 다니면 여자들이 여자다운 여자가 되기 시자칼 거시오. 남자들이 남자답지 않기 때문에 여자드리 여자답지 못한 거시오. 글이고 곧 테버셜를 허물어 버리고 우리 모두를 수용할 수 있는 크고 아름다운 건물을 몇 채 지을 거시오. 글이고 이 고장을 다시 깨끗하게 만들어 놓을 거시오. 글이고 아이들은 많이 낳지 않을 거시오. 세상이 이미 만원이니까 말이오.

그러나 난 사람들에게 설교를 하지는 않을 것이오. 그냥 그드르 오슬 버끼고 말할 거시오. 〈여러분 자신의 모습을 보십시오! 돈만을 위해 일하고 인는 자신드르 모습을! 여러분 자신드르 소리를 들어 보십시오! 돈만을 위해 일하고 인는 자신드르 소리를. 여러분은 돈을 위해 일해 왔습니다! 테버셜을 보십시오! 그것은 흉측합니다. 바로 여러분이 돈을 위해 일하는 동안 지어졌기 때문입니다. 여러분의 여자를 보십시오! 그들은 여러분에게 관심이 없습니다. 그들 자신에게도 관심이 없습니다. 그것은 바로 여러분이 돈을 위해 일하고 돈에만 신경을 쓰면서 시간을 보냈기 때문입니다. 여러분은 이야기도 나누지 못하고 돌아다니지도 못하고 살지도 못하며 여자와 잘 지내지도 못합니다. 여러분은 살아 있지 않습니다. 여러분 자신을 보십시오!」

완전히 침묵이 흘렀다. 코니는 반쯤 건성으로 들으며 오두막으로 오는 길에 꺾어 온 물망초 몇 송이를 그의 아랫배 끝에 난 털에 꿰고 있었다. 밖에서는 온 세상이 잠잠해졌고 날씨가 약간 쌀쌀해졌다.

「당신 몸에는 네 가지 종류의 털이 나 있어요.」 그녀가 말했다. 「가슴에 난 털은 거의 검은색에 가까운데 머리카락은 검은색이 아니에요. 그러나 콧수염은 뻣뻣하고 짙은 붉은색인데 여기에 난 털, 당신의 사랑 털은 선명한 순금색 겨우살이가 모여 있는 작은 수풀 같아요. 이게 제일 예뻐요!」

그는 아래를 내려다보고 사타구니 털 속에 꽂힌 우윳빛 물망초를 보았다.

「그래요! 바로 그곳이야말로 물망초를 놓아야 할 곳이오. 총각 털이나 처녀 털 말이오. 그런데 당신은 미래가 걱정되지 않소?」

그녀가 그를 올려다보았다.

「아, 걱정되죠. 아주 많이요!」 그녀가 말했다.

「인간 세상이 파멸할 운명이고, 그 자체의 비열한 야만성에 의해 스스로 파멸할 운명이 되었다고 느껴질 때, 그럴 때면 식민지들도 안전하게 도망칠 수 있을 만큼 충분히 멀리 떨어져 있는 것처럼 느껴지지 않소. 달조차 충분히 멀리 떨어져 있지 않을 거요. 그곳에서도 뒤를 돌아보면 온갖 별들 가운데 지저분하고 짐승 같고 고약한 냄새가 나는 지구가 보일 테니까 말이오. 인간들에 의해 더럽혀진 지구가 말이오. 그러면 난 쓸개를 삼켜서 그것이 내 속을 갉아먹고 있으며 안전하게 도망칠 수 있을 만큼 충분히 멀리 떨어진 곳이 어디에도 없는 것 같은 기분이 드오. 그러나 기분이 바뀌면 난 그 모든 것을 잊어버리오. 지난 백 년 동안 인간들에게 일어난 일들은 정말 수치스럽기 짝이 없소. 남자들은 오로지 일벌레로 바뀌었고, 남자다움과 진짜 삶을 모두 빼앗겨 버렸소. 난 지상에서 다시 기계들을 다 쓸어내 버리고 산업 시대를 완전히 끝내고 싶소. 끔찍한 실수를 끝내는 것처럼 말이오. 그러나 그렇게 할 수가 없고 어느 누구도 그렇게 할 수 없기 때문에 난 나만의 평화를 유지하면서 나 자신의 삶을 살려고 노력하는 게 나을 것 같소. 내가 살아야 할 삶이 있다면 말이오. 그게 있을지 의심스럽긴 하지만 말이오.」

밖에서는 천둥이 멈춰 있었지만 잠잠해졌던 빗줄기가 갑자기 밀어닥치며 쏟아져 내리자 멀어져 가던 폭풍우가 마지막으로 번쩍하고 번개를 치고 천둥을 울렸다. 코니는 불안했다. 그는 지금 너무 오랫동안 이야기를 했고, 그녀가 아니라 사실 자기 자신에게 혼잣말을 하고 있었다. 절망이 그를 완전히 덮쳐 버린 것 같았다. 그녀는 행복함을 느끼고 있었고 절망이 싫었다. 자신이 그를 두고 떠난다는 사실을 그가 이제야 마음속으로 실감했기 때문에 이런 기분에 빠졌다는 것을 그녀는 알고 있었다. 그래서 그녀는 조금 우쭐해졌다.

그녀는 문을 열고 강철 커튼처럼 일직선으로 쏟아지는 굵은 빗줄기를 바라보다가 갑자기 빗속으로 뛰어 들어가 멀리 달려 보고 싶은 충동을 느꼈다. 그녀는 일어나서 재빨리 스타킹을 끌어내려 벗어 버린 다음 겉옷과 속옷을 벗기 시작했다. 그가 숨을 죽였다. 그녀의 움직임에 따라 뾰족하고 민감하며 동물적인 느낌을 주는 젖가슴이 흔들리며 출렁거렸다. 그녀는 초록색 빛 속에서 상앗빛을 띠었다. 그녀는 다시 고무 신발을 신고 작은 소리로 미친 듯이 웃어 대면서 밖으로 뛰어나가 젖가슴을 쏟아지는 굵은 빗줄기를 향해 내밀고 두 팔을 활짝 펼친 채, 빗줄기에 가려 모습이 희미해진 가운데, 아주 오래전에 드레스덴에서 배운 율동적인 춤 동작을 하며 달려 나갔다. 그것은 이상하고 희끄무레한 형상이었다. 몸을 들어 올렸다 내렸다 하나가, 앞으로 구부려서 엉덩이에 빗줄기가 부딪혀 반짝이며 부서지도록 했다가, 다시 몸을 세운 다음 배를 앞으로 내민 채 빗속을 달리다가, 다시 몸을 구부려서 그에게 경의를 표하는 것처럼 허리 전체와 엉덩이만 드러낸 채 격렬하게 절을 되풀이했다.

그는 장난스럽게 웃으며 옷을 벗어 던졌다. 도저히 참을 수가 없었다. 그는 벌거벗은 하얀 몸으로 살짝 몸서리를 치고는 비스듬히 사선으로 세차게 내리는 빗속으로 뛰어나갔다. 플로시가 미친 듯이 작게 짖으며 그보다 앞서 뛰어 나갔다. 머리카락이 온통 젖어서 머리에 찰싹 달라붙은 채 코니가 빨개진 얼굴을 돌리고 그를 보았다. 그녀의 파란 눈은 흥분으로 이글거렸다. 그녀가 몸을 휙 돌리더니 묘하게 돌진하는 듯한 동작으로 공터를 빠르게 달려 나가 오솔길을 따라 내려갔다. 젖은 나뭇가지들이 그녀의 몸을 갈겼다. 그녀는 뛰었고 그에게는 젖은 동그란 머리와 뛰어가느라 앞으로 숙인 젖은 등과 반짝이는 둥그런 엉덩이밖에 보이지 않았다. 웅크린 채 도망치는 여자의 멋진 나체였다.

그녀가 넓은 승마로에 거의 다 갔을 때에야 그는 그녀를 따라잡아서 벌거벗은 한 팔로 부드럽고 비에 젖은 그녀의 벌거벗은 허리를 감싸 안았다. 그녀가 비명을 지르며 몸을 똑바로 세웠다. 그녀의 부드럽고 차가운 살덩어리가 그의 몸에 부딪히며 닿았다. 그는 그녀의 몸을 미친 듯이 와락 끌어안았고 여자의 부드럽고 차가운 살덩어리는 그의 몸에 닿자 금세 불꽃처럼 뜨거워졌다. 빗물이 두 사람의 몸에 계속 흘러내렸고 그들의 몸에서는 김이 났다. 그는 사랑스럽고 묵직한 그녀의 엉덩이를 한 손에 한 쪽씩 붙잡고 미친 듯이 자기 몸 쪽으로 끌어당겨 안으면서 빗속에 꼼짝도 하지 않고 서서 전율했다. 그러다가 갑자기 그녀를 옆으로 넘어뜨리고 자신도 오솔길 위에 함께 쓰러졌다. 아무 소리도 들리지 않고 빗소리만 요란한 가운데 그는 짧고 날카롭게 그녀의 몸에 들어가서 동물처럼 짧고 날카롭게 끝냈다.

그는 곧 일어서서 눈에서 빗물을 닦아 냈다.

「안으로 들어갑시다.」 그가 말했고 그들은 다시 오두막을 향해 뛰기 시작했다. 그는 곧바로 빨리 뛰어갔다. 그는 비를 좋아하지 않았다. 그러나 그녀는 그보다 더 천천히 가면서 물망초와 석죽과 초롱꽃을 따기도 하고 몇 발자국을 뛰다가 멈춰서서 저만치 날쌔게 뛰어가는 그의 모습을 바라보기도 했다.

그녀가 꽃을 들고 숨을 헐떡이며 오두막에 도착했을 때는 그가 벌써 불을 피워 놓아서 나뭇가지들이 탁탁 소리를 내며 타고 있었다. 그녀의 뾰족한 젖가슴이 솟아올랐다 가라앉았다 했고 머리는 비에 젖어 착 달라붙어 있었다. 얼굴은 발갛게 달아올라 있었고 반들거리는 몸에서는 물이 똑똑 떨어지고 있었다. 눈을 크게 뜨고 숨을 헐떡이며, 머리는 비에 젖어 조그맣게 보이고, 풍만하고 때 묻지 않은 엉덩이에서 빗물이 뚝뚝 떨어지고 있는 모습의 그녀는 다른 존재처럼 보였다.

그는 헌 이불보를 가져가다 그녀의 몸을 위에서부터 닦아 주었고 그녀는 어린아이처럼 가만히 서 있었다. 그러고 나서 그는 자기 몸을 닦으면서 오두막 문을 닫았다. 난롯불이 활활 타오르고 있었다. 그녀는 이불보의 나른 쪽 끝에 머리를 파묻고 젖은 머리를 문질러 닦았다.

「같은 수건으로 함께 닦고 있으니까 우린 앞으로 싸우게 될 거요!」[128] 그가 말했다.

그녀가 잠깐 올려다보았다. 그녀의 머리가 제멋대로 헝클어져 있었다.

「아니에요!」 그녀가 눈을 크게 뜨고 말했다. 「이건 수건이

128 영국에는 수건을 두 사람이 함께 쓰면 싸우게 된다는 미신이 있다.

450

아니라 이불보예요.」

그리고 그녀는 부지런히 머리를 비벼 닦았고 그도 부지런히 자기 머리를 문질러 댔다.

격렬하게 뛰었기 때문에 아직도 숨을 헐떡이면서 그들은 각자 군용 담요로 몸을 감싼 채 몸 앞부분을 불 쪽으로 드러내 놓고 통나무 위에 나란히 앉아 활활 타오르는 불길을 쬐며 진정시켰다. 코니는 살에 닿는 담요의 감촉이 싫었다. 그러나 이불보는 지금 완전히 젖어 있었다.

그녀는 담요를 내려놓고 진흙으로 만든 벽난로 앞에 무릎을 꿇고 앉아 머리를 불 쪽으로 대고 머리카락을 흔들며 말렸다. 그는 아름답게 곡선을 이루며 내려가는 그녀의 엉덩이를 바라보았다. 오늘 그는 그 모습에 매료되었다. 묵직하고 둥그런 엉덩이까지 흘러내리는 부드럽고 풍만한 곡선은 얼마나 아름다운지! 그리고 그 사이에서 은밀한 따뜻함에 감싸여 있는 그 비밀스러운 입구들!

그는 손으로 그녀의 엉덩이를 쓰다듬으며 완만한 굴곡과 둥그런 곡선의 풍만함을 오랫동안 은근하게 음미했다.

「당시느 엉덩이는 정말 근사하오.」 그가 목구멍에서 나오는 애무하는 듯한 사투리로 말했다. 「당시는 그 누구보다 더 근사한 엉덩이를 가지고 이쏘! 세상에서 제일 근사한, 최고로 근사한 엉덩이요! 글이고 구석구석 정말로 여자다운 엉덩이요. 당시는 남자아이들처럼 단추만 한 엉덩이를 가진 그런 사라미 아니오! 당시느 엉덩이는 진짜 부드럽게 굴곡을 이루고 이써서 남자가 창자 속까지 진정으로 사랑하게 되는 그런 엉덩이요. 그건 세상을 받쳐 들 수 있는 엉덩이요, 정말로.」

그는 이렇게 말하는 내내 그녀의 둥그런 엉덩이를 섬세하게 쓰다듬었고, 마침내 그곳에서 그의 손으로 알 수 없는 불길이 전해져 온 것 같았다. 그러자 그의 손가락 끝이 그녀의 몸으로 들어가는 두 개의 비밀의 문을 부드러운 작은 불길이 스치듯이 여러 번 반복해서 쓰다듬었다.

「글이고 당시니 똥을 싸고 오줌을 눈다 해도 난 조쏘. 난 똥도, 오줌도 싸지 모타는 여자는 원하지 안쏘.」 코니는 깜짝 놀라서 코웃음이 터져 나오는 것을 참을 수가 없었지만 그는 태연하게 계속 말을 이어 갔다. 「당시는 진짜요, 진짜! 당시는 진짜요. 약간 암캐 같기도 하지만 마리오. 당시는 여기로 똥을 싸고 여기로는 오줌을 누지. 글이고 난 그 두 고슬 소느로 만지며 오히려 그것 때문에 당시늘 사랑하오. 오히려 그것 때문에 당시니 조쏘. 당시는 스스로를 자랑스러워하는, 제대로 된 여자다운 엉덩이를 가져쏘. 자시늘 저녀 부끄러워하지 안는 엉덩이를 가져쏘, 정말이오.」

그는 그녀의 비밀스러운 두 부분에 손을 넜고 쏙 눌렀다. 마치 다정하게 인사라도 하는 것 같았다.

「그것이 좋소.」 그가 말했다. 「정말로 그것이 좋소! 글이고 딱 10분만 산다 해도 당시느 엉덩이를 쓰다듬꼬 그것을 알게 된다면 난 한평생을 살았다고 여길 것이오! 산업사회의 제도든 뭐든 상관없소! 여기에 내가 산 여러 평생 중 하나가 있으니까 말이오.」

그녀는 몸을 돌려 그의 무릎 위로 올라가서 그에게 바싹 매달리며 안겼다.

「키스해 줘요!」 그녀가 속삭였다.

그리고 그녀는 그들이 헤어져 있어야 한다는 생각이 두 사람 모두의 마음속에 도사리고 있다는 것을 깨달았고 마침내 슬퍼졌다.

그녀는 그의 허벅지 위에 앉아 그의 가슴에 머리를 기대고 상앗빛으로 빛나는 두 다리를 느슨하게 벌리고 있었다. 두 다리 위로 불꽃이 고르지 않게 비쳤다. 머리를 숙인 채 앉아 있던 그는 불빛 속에서 그녀의 몸이 접힌 부분들을, 그리고 벌어진 넓적다리 사이에서 한 점으로 모인 양털 같은 부드러운 갈색 털을 보았다. 그는 뒤에 있는 식탁으로 손을 뻗어 그녀가 꺾어 온 꽃다발을 집어 들었다. 꽃다발은 여전히 비에 흠뻑 젖어 있어서 물방울이 그녀의 몸에 떨어졌다.

「꽃들은 비가 오나 눈이 오나 밖에서 산다오!」 그가 말했다. 「꽃들에겐 집이 없소.」

「오두막조차 없어요!」 그녀가 중얼거렸다.

그는 조용한 손길로 물망초 몇 송이를 봉긋한 베누스의 둔덕에 난 고운 갈색 털에 꿰어 엮었다.

「자!」 그가 말했다. 「물망초들이 그 이름에 딱 맞는 곳에 자리를 잡아쏘!」

그녀는 자기 몸 아래쪽 끝에 있는 갈색 처녀 털 사이에 꽂혀 있는 묘하게 생긴 작은 우윳빛 꽃들을 내려다보았다.

「정말 예쁘지 않아요?」 그녀가 말했다.

「생명처럼 예쁘군.」 그가 대답했다.

그리고 그는 분홍색 석죽 꽃봉오리 하나를 털 사이에 꽂았다.

「자! 이건 바로 나요, 당신이 날 결코 잊지 않을 자리에 꽂혀 있지. 갈대 상자에 든 모세와도 같소.」[129]

「내가 여행을 떠나는 게 싫은 건 아니죠, 그렇죠?」 그녀가 그의 얼굴을 올려다보며 안타까운 듯이 물었다.

그러나 울적해 보이는 이마 아래 그의 얼굴은 헤아릴 수가 없었다. 그는 계속 멍한 얼굴을 하고 있었다.

「당신 하고 싶은 대로 하오.」 그가 말했다.

그는 표준어를 썼다.

「당신이 원하지 않으면 안 갈게요.」 그녀가 그에게 바싹 달라붙으면서 말했다.

침묵이 흘렀다. 그는 몸을 숙여 불에 장작을 하나 더 넣었다. 불꽃이 멍한 표정으로 잠자코 있는 그의 얼굴을 빨갛게 비췄다. 그녀는 기다렸지만 그는 아무 말도 하지 않았다.

「그렇게 하는 게 클리퍼드와 헤어지는 좋은 방법이라고 생각했을 뿐이에요. 난 정말로 아이를 원해요. 그리고 그렇게 하면 내게 기회가 생길 거예요. 어떤 기회냐면…….」 그녀가 말을 계속했다.

「사람들이 몇 가지 잘못된 추측을 할 수 있게 해줄 기회겠지.」 그가 말했다.

「그래요. 다른 무엇보다 그거예요. 당신은 사람들이 사실대로 생각하길 바라는 건가요?」

---

129 「출애굽기」 2장에 의하면 파라오의 딸이 갈대 상자에 든 모세를 발견하고 그를 양자로 삼았다고 한다.

「난 사람들이 어떻게 생각하든 상관없소.」

「난 상관있어요! 사람들이 불쾌하고 냉담한 마음으로 날 대하는 건 싫어요. 내가 랙비에 있는 동안에는요. 내가 완전히 떠나고 나면 사람들이 뭐라 생각하든 상관없어요.」

그는 아무 말도 하지 않았다.

「그런데 클리퍼드 경은 당신이 돌아올 거라고 기대하고 있소?」

「아, 돌아와야만 해요.」그녀가 말했다. 침묵이 흘렀다.

「그럼 랙비에서 아기를 낳을 거요?」그가 물었다.

그녀는 한쪽 팔로 그의 목을 감쌌다.

「당신이 날 데리고 멀리 가지 않으면 그래야겠죠.」그녀가 말했다.

「당신을 데리고 어디로 말이오?」

「어디든지요! 멀리! 랙비에서 멀리 떨어진 곳이기만 하면 돼요!」

「언제 말이오?」

「그러니까…… 내가 돌아오면…….」

「하지만 뭣 하러 다시 돌아와서 두 번 일을 해야 하오? 한 번에 떠나 버리면 될 것을 말이오.」그가 말했다.

「아, 돌아와야만 해요. 그렇게 약속했거든요! 철석같이 약속을 했어요! 게다가 사실 난 당신에게 돌아오는 거고요.」

「당신 남편의 사냥터지기에게 말이오?」

「왜 그게 문제가 되는지 모르겠어요.」그녀가 말했다.

「모르겠소?」그가 잠시 생각에 잠겼다.「그럼 당신은 언제 다시, 완전히 떠날 생각이오? 정확히 언제 말이오?」

「아, 잘 모르겠어요. 일단 베네치아에서 돌아오고 나서……
그때 우리가 함께 모든 것을 준비할 거예요.」

「어떻게 준비를 할 거요?」

「아…… 클리퍼드에게 말할 거예요. 그에게 알려야만 할 거
예요.」

「그렇소?」

그는 아무 말 없이 가만히 있었다. 그녀는 두 팔로 그의 목
을 꼭 안았다.

「일을 어렵게 만들지 마요.」 그녀가 간청했다.

「무엇을 어렵게 만든다는 거요?」

「내가 베네치아에 가서…… 여러 가지 준비를 하는 것 말이
에요.」

반쯤 이를 드러내며 씩 웃는 웃음이 그의 얼굴을 살짝 스
치고 지나갔다.

「일을 어렵게 만들려는 게 아니오.」 그가 말했다. 「난 그저
당신이 무엇을 추구하는지 알고 싶었을 뿐이오. 그런데 당신
자신도 잘 모르고 있소. 당신은 시간을 벌고 싶어 하오. 멀리
가서 살펴볼 시간을 말이오. 당신을 비난하는 게 아니오. 난
당신이 현명하다고 생각하오. 당신은 아마 랙비의 안주인으
로 남아 있고 싶은 마음이 더 많을지도 모르오. 그렇다고 당
신을 비난할 생각은 없소. 내게는 당신에게 내놓을 랙비 같은
대저택이 없으니 말이오. 사실 내게서 당신이 뭘 얻을 수 있
을지 당신은 알고 있소. 아니, 아니오. 난 당신이 옳다고 생각

하오! 정말로 그렇소! 그리고 나도 당신에게 얹혀 당신의 부양을 받으며 살고 싶진 않소. 그런 문제도 있소.」

그녀는 어쩐지 그가 자신에게 앙갚음을 하는 것 같은 느낌이 들었다.

「그렇지만 당신은 날 원하잖아요, 아닌가요?」 그녀가 물었다.

「당신은 날 원하오?」

「그렇다는 건 당신도 알잖아요. 그건 너무 분명하잖아요.」

「좋소! 그럼 당신은 언제 날 원하오?」

「내가 돌아오면 함께 모든 걸 준비할 수 있다는 걸 당신도 알잖아요. 지금은 당신과 있는 것만으로도 숨이 차요. 좀 진정하고 정신을 차려야겠어요.」

「그렇소! 진정하고 정신을 차려야 하오!」

그녀는 약간 기분이 나빠졌다.

「그런데 당신은 날 믿죠, 그렇죠?」 그녀가 말했다.

「아, 절대적으로 믿소!」

그녀는 그의 어조에서 빈정거리는 느낌을 받았다.

「그럼 말해 봐요.」 그녀가 냉정하게 말했다. 「내가 베네치아에 가지 않는 게 나을 거라고 생각하나요?」

「당신이 베네치아에 가는 게 더 낫다고 확신하오.」 그는 냉정하고 약간 빈정대는 목소리로 대답했다.

「그게 다음 목요일이라는 건 알고 있나요?」 그녀가 말했다.

「알고 있소!」

그녀는 이제 곰곰이 생각하기 시작했다. 마침내 그녀가 입을 열었다.

「내가 돌아오면 우리가 어떤 상황에 처해 있는지 더 잘 알게 될 거예요, 그렇죠?」

「아, 물론이오!」

그들 사이에 묘한 침묵의 심연이 자리 잡았다.

「내 이혼 문제를 알아보러 변호사를 만나고 왔소.」 그가 조금 어색해하며 말했다.

그녀는 살짝 몸을 떨었다.

「그랬군요!」 그녀가 말했다. 「그런데 변호사가 뭐라 하던가요?」

「그가 말하길 진즉 그렇게 했어야 했다는군. 이제는 그게 좀 힘들 거라고. 하지만 내가 군대에 가 있었기 때문이니까, 결국에는 잘 해결될 것 같다고 했소. 그것 때문에 그 여자 생각을 해야 하는 일만 없으면 좋을 텐데!」

「그 여자도 알아야만 하나요?」

「물론이오! 그 여자한테도 통지서가 발송되었소. 공동 피고인으로 그 여자와 함께 사는 남자에게도…….」

「그 모든 절차를 거쳐야 한다니 끔찍하지 않나요? 나도 클리퍼드와 함께 그걸 다 겪어야만 할 거예요…….」

침묵이 흘렀다.

「그리고 물론,」 그가 말했다. 「앞으로 여섯 달에서 여덟 달은 모범적인 생활을 해야만 하오. 그래서 당신이 베네치아에 가면 적어도 유혹이 한두 주 정도는 없어지는 것이오.」

「내가 유혹이라고요!」 그녀가 그의 얼굴을 쓰다듬으며 말했다. 「내가 당신에게 유혹이 된다니 너무 기뻐요. 그 문제에 대해서는 생각하지 마요! 당신이 생각을 시작하면 난 겁이 나요. 당신이 날 납작하게 눌러 버리는 것 같아요. 그 문제에 대해서는 생각하지 마요. 우리가 떨어져 있을 때 실컷 생각할 수 있으니까요. 우리 이야기의 핵심은 그것뿐이에요! 아까부터 생각했는데 떠나기 전에 꼭 당신과 하룻밤을 더 보내야겠어요. 당신 집에 한 번 더 가고 싶어요. 목요일 밤에 가도 되나요?」

「당신 언니가 오는 날 아니오?」

「그래요! 그런데 언니 말로는 차 마시는 시간에 출발할 거라고 했어요. 그러니까 아마 그때쯤 출발할 거예요. 그렇지만 언니는 다른 곳에서 잘 수 있을 거고 난 당신과 잘 수 있을 거예요.」

「그러면 당신 언니가 알게 될 텐데.」

「아, 언니에게 말할 거예요. 벌써 어느 정도는 말했어요. 이 문제에 대해 힐다 언니에게 전부 털어놓을 거예요. 언니가 큰 도움이 되거든요. 아주 현명하니까요.」

그는 그녀의 계획에 대해 생각하고 있었다.

「그러니까 런던에 가는 것처럼 꾸미고, 차 마시는 시간쯤에 랙비에서 출발할 거라는 얘기요? 어느 쪽 길로 갈 예정이오?」

「노팅엄과 그랜섬을 지나는 길 쪽으로요.」

「그렇다면 당신 언니가 당신을 어딘가에 내려 줄 거고 당신은 여기로 걸어오거나 다시 차를 타고 돌아온다는 말이오? 내가 듣기엔 너무 위험한 것 같소.」

「그래요? 그렇다면…… 그렇다면 힐다 언니가 다시 데려다 줄 수 있을 거예요. 언니는 맨스필드에서 잘 수 있을 테니까 저녁에 날 여기로 데려다 주고 아침에 다시 데리러 올 수 있을 거예요. 아주 쉬워요.」

「그러다 사람들 눈에 띄기라도 하면 어쩔 거요?」

「안경과 베일을 쓸 거예요.」

그가 잠깐 동안 생각에 잠겼다.

「글쎄.」 그가 말했다. 「당신 좋을 대로 하오. 평소와 마찬가지로 말이오.」

「그런데 당신 마음에는 안 드나요?」

「아, 아니! 나도 마음에 드오.」 그가 약간 완강하게 말했다. 「쇠도 뜨거울 때 두드리는 게 더 나으니까.」

「내가 무슨 생각을 했는지 알아요?」 그녀가 갑자기 말했다. 「갑자기 떠올랐어요. 당신은 〈불타는 절굿공이 기사〉[130] 예요.」

「그래! 그럼 당신은? 그럼 당신은 달아오른 절구 부인이오?」

「그래요!」 그녀가 말했다. 「그래요! 당신은 절굿공이 경이고 난 절구 부인이에요.」

「좋소. 그럼 내가 기사 작위를 받은 셈이군. 존 토머스는 제인 부인에 대응해서 존 경이 되는 거고.」

「그래요! 존 토머스가 기사 작위를 받았어요! 난 처녀 털

---

130 영국의 극작가 프랜시스 보몬트Francis Beaumont(1584~1616)의 희극 제목.

부인이고 당신에게도 꽃이 있어야 해요. 그래요!」

그녀가 그의 페니스 위에 수북하게 난 순금색 털에 분홍색 석죽 두 송이를 꿰었다.

「자, 봐요!」 그녀가 말했다. 「예뻐요! 정말 예뻐요! 존 경!」

그리고 그녀는 그의 가슴에 난 검은 털에 물망초를 조금 꽂았다.

「그리고 당신은 그 부분에서 날 잊지 않을 거예요, 그렇죠?」 그녀가 그의 가슴에 키스하고 양 젖꼭지 위에 물망초를 조금씩 올려놓은 다음 다시 그에게 키스했다.

「날 달력으로 만드는군!」[131] 그가 말했다. 그가 웃자 꽃들이 그의 가슴에서 흔들렸다.

「잠깐 기다려요!」 그가 말했다.

그가 일어서서 오두막의 문을 열었다. 입구에 누워 있던 플로시가 일어나서 그를 바라보았다.

「그래, 나야!」 그가 말했다.

비가 그쳐 있었다. 축축하고 무거우면서도 꽃향기가 실려 있는 정적이 흐르고 있었다. 저녁이 다가오고 있었다.

그는 밖으로 나가 승마로와 반대 방향에 있는 작은 오솔길을 따라 내려갔다. 코니는 마르고 하얀 그의 모습을 바라보았다. 그 모습이 그녀에게는 유령처럼, 점점 더 멀어지는 환영처럼 보였다. 그의 모습이 더 이상 보이지 않자 가슴이 철렁 내려앉았다. 그녀는 담요를 두르고 오두막 문간에 서서 비에 젖은 채 움직임이 없는 세상의 정적을 들여다보고 있었다.

131 이 당시 인쇄된 달력에는 꽃 그림 장식이 많았다.

그러나 그가 이상한 총총걸음으로 꽃을 안고 돌아오고 있었다. 그녀는 그가 확실하게 사람이 아닌 것처럼 느껴져서 살짝 겁이 났다. 그리고 그가 가까이 다가와서 그의 눈이 그녀의 눈을 들여다보았지만 그녀는 그 의미를 알 수가 없었다.

　그는 매발톱꽃과 석죽, 선갈퀴와 잎이 술처럼 달린 참나무 가지, 작은 꽃봉오리가 맺혀 있는 인동을 가져왔다. 그는 솜털이 보송보송한 어린 참나무 가지는 그녀의 머리에, 인동 가지는 젖가슴에 빙 둘러서 묶은 다음 초롱꽃과 석죽을 일정한 간격으로 술처럼 늘어지게 꽂았다. 그리고 그녀의 배꼽에는 분홍색 석죽 한 송이를 바르게 올려놓고 처녀 털에는 물망초와 선갈퀴를 올려놓았다.

　「이것이 당신의 가장 영광스러운 모습이오!」 그가 말했다. 「존 토머스와 혼례를 올리는 제인 부인이오.」

　그리고 그는 자신의 몸에 난 털에도 꽃들을 꽂고, 약간의 금좁쌀풀로 페니스를 감았으며, 배꼽에는 종 모양의 히아신스를 한 송이만 꽂았다. 그녀는 묘하게 열중해 있는 그를 즐거워하며 바라보았다. 그리고 그녀가 그의 콧수염에 석죽을 한 송이 찔러 넣자, 그것이 코 밑에 매달려 달랑거렸다.

　「이것은 제인 부인과 결혼하는 존 토머스요.」 그가 말했다. 「그리고 우리는 콘스턴스와 올리버가 각짜 자기 기를 가게 해줘야 하오. 어쩌면…….」 그는 손을 앞으로 펼치며 뭔가 손짓을 하려다가 재채기를 했고 그 바람에 코와 배꼽에 꽂혀 있던 꽃들이 날아가 버렸다. 그는 다시 재채기를 했다.

　「어쩌면 뭐요?」 그녀는 그가 말을 계속하기를 기다리면서 말했다.

그는 약간 당황한 표정으로 그녀를 바라보았다.

「뭐라고?」 그가 말했다.

「어쩌면 뭐냐고요? 당신이 하려고 했던 말을 계속해 봐요.」 그녀가 고집스럽게 말했다.

「아, 내가 무슨 말을 하려고 했지?」

하려던 말을 그가 까먹어 버린 것이다. 그리고 그가 그렇게 말을 끝내지 못한 것이 그녀가 평생 동안 겪은 가장 실망스러운 일 중 하나였다.

황금빛 햇살이 나무들 위로 비쳤다.

「해가 떴소!」 그가 말했다. 「그리고 당신이 가야 할 시간이오. 시간이 되었소, 마님, 시간이! 날개도 없이 날아가는 게 뭔지 아오, 마님? 시간! 시간이오!」

그가 손을 뻗어 셔츠를 집어 들었다.

「존 토머스에게 작별 인사를 해주오.」 그가 자기 페니스를 내려다보며 말했다. 「그는 금좁쌀풀의 품속에 안전하게 있소! 지금은 그가 불타는 절굿공이처럼 보이지는 않지만 말이오.」

그리고 그는 얇은 플란넬 셔츠를 머리 위로 뒤집어썼다.

「남자에게 가장 위험한 순간은 말이오.」 머리가 옷 밖으로 나오자 그가 말했다. 「바로 셔츠를 입을 때요. 그럴 때 머리를 자루 속에 처박는 것이니까 말이오. 그래서 난 재킷처럼 입는 미국식 셔츠가 더 좋소.」 그녀는 여전히 서서 그를 바라보고 있었다. 그는 짧은 속바지 속에 발을 집어넣고 허리로 올린 다음 단추를 채웠다.

「제인을 좀 보시오!」 그가 말했다. 「온통 꽃에 둘러싸인 모습을. 내년에 누가 당신 몸에 꽃을 얹어 줄까, 지니?[132] 나일까, 아니면 다른 사람일까? 〈안녕, 나의 초롱꽃. 당신에게 작별을 고하노라!〉[133] 난 이 노래가 싫소. 전쟁 초기의 노래요.」 그는 앉아서 양말을 당겨 신고 있었다. 그녀는 여전히 꼼짝하지 않고 서 있었다. 그는 굴곡진 그녀의 엉덩이 위에 한 손을 얹었다. 「예쁘고 귀여운 제인 부인!」 그가 말했다. 「어쩌면 당신은 베네치아에서 당신의 처녀 털에 재스민을, 배꼽에 석류꽃을 놓아 줄 남자를 만날지도 모르지. 가엾고 귀여운 제인 부인!」

「그런 말 하지 마요!」 그녀가 말했다. 「당신이 그런 말을 하면 내 마음만 아파요.」

그가 고개를 떨구었다. 그러고는 사투리로 말했다.

「그래, 아마도 그럴지도 모르오. 아마 그럴지도 모르오! 그럼 좋소. 그런 말은 이제 그만두겠쏘. 더 이상 하지 않게쏘. 그러나 당시는 이제 옷을 입꼬 너무나 아름답게 서 있는 그 웅장한 영국 서딕으로 돌아가야 하오. 이제 시간이 다 되었소! 존 경과 귀여운 제인 부인을 위한 시간은 다 되었소! 당시느 소고슬 입구려, 채털리 부인! 당시니 소곳조차 입찌 안코 꽃 몇 쪼가리만 걸치고 서 이쓰면 그냥 보통 사람처럼 보

132 제인의 애칭.
133 1904년에 크게 유행했던 행진곡, 「초롱꽃Blue Bell」의 일부로 전체 가사는 다음과 같다. 〈안녕, 나의 초롱꽃. 당신에게 작별을 고하노라. 너무나 푸른 당신의 눈을 마지막으로 한번 다정하게 들여다보노라. 번쩍이는 모닥불 속에서도, 총격과 폭격 속에서도 나는 나의 초롱꽃을 꿈꾸고 있으리라.〉

일 거요. 그러니 자, 자. 내가 그 꽃 몇 쪼가리를 벗겨 줄께요. 꼬리 짧은 어린 개똥지빠귀님……」그리고 그는 그녀의 머리카락에서 나뭇잎을 떼어 내고 젖은 머리에 키스를 했고, 젖가슴에서 꽃들을 떼어 내고 거기에 키스했으며, 배꼽에도 키스를 했고, 처녀 털에도 키스했지만 그곳에 꿰여 있는 꽃들은 그대로 두었다. 「이 꽃들은 할 수 인는 한 여기 그대로 이써야 하오.」그가 말했다. 「자! 당시는 다시 벌거버서서 엉덩이를 다 드러낸 아가씨에다 제인 부인이 조금 남아 인는 존재에 불과하오! 이제 당신 소고슬 입으시오. 당시는 가야 하니까. 그렇지 않으면 채털리 부인이 저녁 식사에 느즐 거시고 그러면 내 예쁜 아가씨는 어디에 가썬느냐고 질무늘 바들 테니까 마리오!」

그가 이렇게 사투리를 쓰고 있으면 그녀는 그에게 어떻게 대꾸해야 할지 알 수가 없었다. 그래서 그녀는 옷을 입고 약간 수치스럽게 랙비로 돌아갈 준비를 했다. 아니 그녀는 그렇게 느꼈다. 약간 수치스럽게 집으로 돌아가는 것 같은 느낌이 들었다.

그는 넓은 승마로까지 그녀를 바래다 주려고 했다. 그가 기르는 어린 새끼 꿩들은 피신처에 들어가 잘 있었다.

그와 그녀가 승마로로 나왔을 때, 볼턴 부인이 창백한 얼굴로 머뭇거리며 그들을 향해 걸어오고 있었다.

「아, 마님! 무슨 일이라도 일어났나 싶어 모두 걱정하고 있었어요.」

「아니에요! 아무 일도 없었어요.」

볼턴 부인은 남자의 얼굴을 들여다보았다. 그의 얼굴은 사랑의 감정으로 나긋나긋하고 싱싱해 보였다. 그녀의 눈이 반쯤 웃고 반쯤 빈정거리는 듯한 그의 눈과 마주쳤다. 재수 없는 일을 당하면 그는 항상 웃었다. 그러나 그는 그녀를 다정하게 바라보았다.

「안녕하세요, 볼턴 부인! 마님은 이제 괜찮으실 것 같군요. 그럼 전 이제 그만 가보겠습니다. 마님, 안녕히 가십시오. 볼턴 부인도 안녕히 가십시오.」

그는 인사를 하고 돌아섰다.

제16장

코니는 집에 도착하자 추궁하는 질문 공세에 시달렸다. 클리퍼드는 차 마시는 시간에 밖에 나갔다가 폭풍우가 닥치기 직전에 들어와 마님은 어디에 계시느냐고 물었다. 그러나 아무도 아는 사람이 없었다. 볼턴 부인만이 그녀가 숲으로 산책을 간 것 같다고 말해 주었다. 숲으로 갔다니! 이런 폭풍우에! 클리퍼드는 이번만은 불안해서 미칠 것 같은 상태에 빠져들도록 자신을 내버려 두었다. 그는 번개가 칠 때마다 깜짝 놀랐고 천둥이 한 번 칠 때마다 하얗게 질렸다. 그는 차가운 폭우를 마치 세상의 종말이 온 것처럼 바라보았다. 그는 점점 더 심하게 흥분했다.

볼턴 부인은 그를 진정시키려 애썼다.

「폭풍우가 끝날 때까지 마님은 오두막에서 잘 피하고 계실 거예요. 걱정하지 마세요. 마님은 괜찮으실 거예요.」

「그녀가 이런 폭풍우 속에 숲에 가 있다는 게 마음에 안 들어! 숲에 가 있다는 것 자체가 전혀 마음에 안 들어! 숲에 간 지 두 시간 이상이 지났소. 그녀가 언제 나갔소?」

「나리가 들어오시기 조금 전에요.」

「공원에서 그녀를 못 봤소. 그녀가 어디 있는지, 그녀에게 무슨 일이 일어났는지 아무도 알 수가 없으니.」

「아, 마님께는 아무 일도 없을 거예요. 두고 보세요. 비가 그치면 바로 집으로 오실 거예요. 단지 비 때문에 못 오고 계신 것뿐이에요.」

그러나 마님은 비가 그친 후에도 곧장 집으로 돌아오지 않았다. 시간은 계속 흘렀고 태양이 얼굴을 드러내 마지막 황금빛 햇살을 흩뿌렸지만 여전히 그녀는 흔적도 보이지 않았다. 해가 졌고 날이 어두워지기 시작했으며 저녁 식사를 알리는 첫 번째 종소리도 이미 울렸다.

「안 되겠어!」 클리퍼드가 미친 듯이 말했다. 「필드와 베츠를 보내 그녀를 찾아보도록 해야겠소.」

「아, 그러지 마세요.」 볼턴 부인이 소리쳤다. 「사람들이 무슨 자살 사건이라도 생긴 줄 알 거예요. 아, 괜히 쓸데없는 소문만 나도록 하지 마세요. 제가 살짝 오두막으로 가서 마님이 계시는지 살펴볼게요. 분명히 마님께서는 그곳에 잘 계실 거예요.」

그렇게 얼마 동안 설득을 하자 클리퍼드는 그녀에게 가보라고 허락을 해주었다.

그리고 그렇게 해서 코니는 찻길에서 혼자 창백하게 서성거리던 그녀와 마주친 것이었다.

「제가 마님을 찾으러 온 것 때문에 기분 나빠하지 마세요, 마님! 클리퍼드 경이 너무 흥분해서 불안해하셨거든요! 마님이 벼락을 맞았거나 쓰러지는 나무에 깔려 죽은 것이 틀림없다고 생각하셨으니까요. 그래서 필드와 베츠를 숲으로 보내 시신을 찾을 작정이셨어요. 전 하인들을 전부 동원해서 법석을 떨게 하는 것보다 제가 오는 게 더 나을 것 같다고 생각했어요.」

그녀는 초조하게 말했다. 그녀는 코니의 얼굴에 평온함과 반쯤 몽롱한 열정이 여전히 남아 있는 것을 보았고 코니가 자기에게 짜증을 내고 있다는 것을 느낄 수 있었다.

「잘했어요!」 코니가 말했다. 그리고 더 이상 아무 말도 할 수 없었다.

두 여자는 비에 젖은 세상을 아무 말 없이 터벅터벅 걸어갔다. 숲에서는 커다란 물방울들이 떨어져 물을 튀기며 터졌다. 그들이 공원에 이르렀을 때 코니는 앞장서서 성큼성큼 걸어갔고 볼턴 부인은 약간 숨을 헐떡이며 쫓아갔다. 그녀는 점점 더 포동포동하게 살이 찌고 있었다.

「그렇게 야단법석을 떨다니 클리퍼드는 참 바보 같아!」 마침내 코니가 화가 나서 말했지만 사실은 자신에게 하는 말이었다.

「아, 마님도 아시다시피 남자들은 다 그래요! 남자들은 흥분하는 것을 좋아해요. 그렇지만 클리퍼드 경이 마님을 보면 즉시 괜찮아지실 거예요.」

코니는 볼턴 부인이 자신의 비밀을 알고 있다는 것에 몹시 화가 났다. 분명히 그녀는 그것을 알고 있었다.

갑자기 콘스턴스가 오솔길 위에 가만히 멈춰 섰다.

「누가 내 뒤를 밟다니 끔찍하군요!」 눈에서 불꽃을 번쩍이며 그녀가 말했다.

「아, 마님. 그런 말씀 마세요! 나리께서는 틀림없이 두 남자를 보냈을 거예요. 그러면 그들은 곧장 오두막으로 갔을 거고요. 전 오두막이 어디에 있는지도 몰랐어요, 정말로요.」

코니는 그 말에 들어 있는 암시에 격분해서 얼굴이 더 붉게 달아올랐다. 그러나 코니는 정열에 사로잡힌 동안 거짓말을 할 수가 없었다. 자신과 사냥터지기 사이에 아무 일도 없는 척조차 할 수가 없었다. 그녀는 고개를 떨구고 너무나 교활한 모습으로 서 있는 다른 여자를 바라보았다. 그러나 같은 여성이라는 것 때문인지는 모르겠지만 어쩐지 그녀가 같은 편처럼 느껴졌다.

「아, 좋아요!」 그녀가 말했다. 「그렇다고 치죠. 상관없어요!」

「그럼요. 괜찮아요, 마님! 마님은 오두막에서 그저 비를 피하고 계셨던 것뿐이에요. 전혀 아무 일도 아니죠.」

그들은 계속 지택을 향해 걸어갔다. 코니는 곧장 클리퍼드의 방으로 밀고 들어갔다. 그녀는 그에 대해, 그의 창백하고 잔뜩 긴장한 얼굴과 튀어나온 눈에 대해 잔뜩 격분해 있었다.

「분명히 말해 두겠는데요. 하인들을 보내 내 뒤를 밟을 필요는 없다고 생각해요!」 그녀가 분통을 터뜨리며 말했다.

「뭐라고!」 그가 폭발했다. 「어딜 갔었소, 이 여자야? 몇 시간이나, 몇 시간이나 나가서 안 들어오다니. 그것도 이런 폭풍우 속에서 말이오! 도대체 무슨 이유로 그 빌어먹은 숲에 들어간 거요? 무슨 일이 있었던 거요? 비가 그치고 나서도 몇 시간이 지났소. 몇 시간이나! 지금이 몇 시인 줄 알고나 있소? 당신은 사람을 미치게 하고도 남소. 어디 갔었소? 도대체 뭘 하고 있었소?」

「말하지 않겠다고 하면 어쩔 건데요?」 그녀는 머리에서 모자를 벗고 머리카락을 흔들었다.

그녀를 바라보는 그의 눈은 놀라 튀어나올 지경이었고 흰자위가 노란색으로 바뀌고 있었다. 이렇게 격분하는 것은 그의 몸에 몹시 좋지 않았다. 볼턴 부인은 그 후 며칠 동안 그를 대하며 힘든 시간을 보내야 했다. 코니는 갑자기 양심의 가책을 느꼈다.

「그렇지만 말이에요!」 그녀가 좀 더 온순한 태도로 말했다. 「정말이지 누가 들으면 내가 어디 모르는 곳에라도 갔다고 생각하겠어요! 폭풍우가 치는 동안 오두막에 불을 조금 피워 놓고 기분 좋게 앉아 있었을 뿐이에요.」

그녀는 이제 편안한 마음으로 이야기했다. 어쨌든 더 이상 그를 자극해서 흥분시킬 이유가 어디 있겠는가! 그는 그녀를 의심스럽게 바라보았다.

「당신 머리카락을 좀 보시오!」 그가 말했다. 「당신 모습을 보라고!」

「알아요!」 그녀가 차분히 대답했다. 「아무것도 걸치지 않고 빗속을 뛰어다녔거든요.」

그가 할 말을 잃고 그녀를 노려보았다.

「당신 미쳤소?」 그가 말했다.

「왜요? 빗물로 샤워하는 걸 좋아해서요?」

「그럼 어떻게 몸을 닦았소?」

「낡은 수건으로 닦고, 불에 말렸어요.」

그는 어이없다는 표정으로 그녀를 여전히 노려보았다.

「그러다 누가 오기라도 하면 어쩌려고.」 그가 말했다.

「누가 오겠어요?」

「누구냐고? 세상에, 누구라도 올 수 있지! 그리고 멜러스가 있잖소. 그가 오지 않았소? 저녁때면 그가 거기 틀림없이 올 텐데…….」

「왔어요, 나중에, 날이 개었을 때, 꿩들에게 모이를 주러 왔어요.」

그녀는 놀라울 정도로 태연하게 말했다. 옆방에서 듣고 있던 볼턴 부인은 완전히 감탄했다. 여자가 저렇게 아무렇지도 않게 시치미를 뗄 수 있다니!

「하지만 당신이 아무것도 입지 않은 채 미친 사람처럼 빗속을 뛰어다니고 있을 때 그가 왔으면 어쩔 뻔했소?」

「아마 일생일대의 경악을 하고는 최대한 빨리 줄행랑을 쳤을 것 같은데요.」

클리퍼드는 꼼짝도 하지 않은 채 여전히 그녀를 노려보았다. 그는 의식 저 밑바닥에서 자신이 무슨 생각을 하는지 알지 못했다. 그리고 너무 깜짝 놀란 나머지 그는 의식의 표면에서도 조금도 명확하게 생각을 정리할 수가 없었다. 그는 멍한 상태에서 그녀가 하는 말을 그저 받아들일 뿐이었다. 그리고 그는 그녀에게 감탄했다. 감탄하지 않을 수 없었다. 그녀는 발그스름하게 홍조를 띠고 아름다웠으며 나긋나긋해 보였다. 사랑으로 나긋나긋해져 있었다.

「적어도 말이오.」 그가 진정이 되면서 말했다. 「심한 감기에 걸리지 않으면 다행일 거요.」

「아, 감기는 안 걸렸어요.」 그녀가 대답했다. 그녀는 마음속으로 다른 남자의 말을 떠올리고 있었다. 〈당시는 그 누구보다 더 근사한 엉덩이를 가지고 이써요!〉 그녀는 그 대단한 폭풍우가 치는 동안 자신이 이 말을 들었다는 것을 클리퍼드에게 말해 주고 싶은 마음이, 정말 그러고 싶은 마음이 굴뚝같았다. 그렇지만 차마 그럴 수는 없었다! 그녀는 대신 화난 여왕 같은 표정을 지으며 옷을 갈아입으러 위층으로 올라갔다.

그날 저녁 클리퍼드는 그녀에게 다정하게 대해 주고 싶었다. 그는 최근에 나온 과학적인 종교 서적들을 읽고 있었다. 그는 겉으로만 그럴싸한 종교관을 살짝 지니고 있어서, 자신의 자아의 미래에 대해 자기중심적인 관심을 갖고 있었다. 어떤 책에 대해 코니와 이야기를 나누는 것이 그의 습관이었다. 왜냐하면 그들 사이에는 이야깃거리가 없었기 때문에 그것을 거의 억지로 지어내야만 했기 때문이다. 그들은 각자 머릿속에서 이야깃거리를 거의 억지로 지어내야만 했다.

「그런데 당신은 이것을 어떻게 생각하오?」 그가 손을 뻗어 책을 집어 들며 말했다. 「우리가 진화의 긴 시기를 몇 번 더 겪은 뒤의 시대에 살고 있다면 당신이 빗속을 뛰어다니느라 열난 몸을 굳이 식힐 필요가 없게 될 거요. 아, 여기 있군! 〈우주는 우리에게 두 가지 측면을 보여 준다. 한편으로 우주는 물질적으로 소진되고 있지만 다른 한편으로는 정신적으로 상승하고 있다.〉」

코니는 귀를 기울여 들으면서 말이 더 이어지기를 기대하고 있었다. 그러나 클리퍼드는 그녀의 반응을 기다리고 있었다. 그녀는 깜짝 놀라서 그를 바라보았다.

「그런데 만약 우주가 정신적으로 상승한다면 말이에요.」 그녀가 말했다. 「그 꼬리가 있던 아래쪽에는 뭐가 남아 있게 되나요?」

「아!」 그가 말했다. 「작가가 무슨 말을 하려는 것인지 그대로 받아들여 보시오. 상승한다는 말은 소진된다라는 말과 반대되는 개념인 것 같소.」

「말하자면 정신적으로 부푼다는 말이군요!」

「아니, 농담하지 말고 진지하게 생각해 보구려. 그 말 속에 무슨 의미가 있다고 생각하오?」

그녀는 다시 그를 바라보았다.

「물질적으로 소진된다고요?」 그녀가 말했다. 「당신은 점점 너 살이 찌고 있고 나도 몸이 소진되고 있지 않아요. 당신은 태양이 전보다 더 작아졌다고 생각해요? 내가 보기에는 그렇지 않은데요. 그리고 아담이 이브에게 준 사과 같은 게 있다 해도 지금 우리가 먹는 오렌지색 피핀종 사과보다 실제로 훨씬 더 크지는 않았으리라고 생각해요. 당신은 더 컸을 거라고 생각해요?」

「글쎄, 그가 한 말을 계속 들어 보구려. 〈우주는 천천히, 우리가 가진 시간의 척도로는 상상할 수도 없을 만큼 아주 천천히 새로운 창조의 상태로 변해 가고 있고, 그런 상태에서는 현재 우리가 아는 것과 같은 물리적 세계는 존재하지 않는 것이나 다를 바 없을 만큼 아주 작은 잔물결 정도로 그 존재가 표시될 것이다.〉」

그녀는 재미있다는 듯이 눈을 반짝이며 귀를 기울였다. 온갖 종류의 심한 비판의 말이 저절로 떠올랐다. 그러나 그녀는 그저 다음과 같이 말했을 뿐이었다.

「정말 어리석은 헛소리네요! 마치 그의 알량하고 오만한 의식으로 그토록 천천히 일어나고 있는 일들을 다 알 수 있다는 것처럼요! 그것은 그 자신이 이 세상에서 육체적 실패작이라 우주 전체를 물질적 실패작으로 만들고 싶어 한다는 것을 의미할 뿐이에요. 잘난 체하면서 알량하게 시건방을 떠는 거예요!」

「아, 그래도 더 들어 보시오! 위대한 사람의 엄숙한 말씀을 끊지 말고 말이오! 〈현재와 같은 세상 질서의 유형은 상상조차 할 수 없는 먼 과거에 생겨났고 상상조차 할 수 없는 먼 미래에 그 무덤에 들어가게 될 것이다. 추상적인 형태들과, 그 자신의 창조물들에 의해 항상 새롭게 결정되는 변화하는 특성을 지닌 창조성과, 모든 형태의 질서의 토대가 되는 지혜를 지닌 하느님. 이 세 가지로 이루어진 고갈되지 않는 영역이 남게 된다.〉 바로 그렇게 그는 말을 끝맺고 있소!」

코니는 경멸하는 얼굴로 앉아서 듣고 있었다.

「그 사람이 정신적으로 부풀다가 완전히 터져 버렸나 보네요.」 그녀가 말했다. 「말도 안 되는 소리가 너무 많군요! 상상

할 수조차 없다느니, 질서의 유형이 무덤에 들어간다느니, 추상적인 형태들의 영역이라느니, 변화하는 특성을 지닌 창조성이라느니, 여러 형태의 질서와 섞여 있는 하느님이라느니! 정말, 바보 같은 소리예요!」

「그래, 조금 막연하게 온갖 것이 마구 뒤섞여 있긴 하지. 말하자면 허튼소리의 혼합이라고 할까.」 클리퍼드가 말했다. 「그럼에도 불구하고 난 우주가 물질적으로는 소진되고 있고 정신적으로는 상승하고 있다는 생각에 특별한 점이 있다고 생각하오.」

「그래요? 그렇다면 그냥 상승하게 내버려 둬요. 난 여기 아래에 안전하고 확실하게 육체적으로 남아 있을 테니까요.」

「당신은 당신 몸이 마음에 드오?」 그가 물었다.

「아주 마음에 들어요!」 그리고 그녀의 마음속으로 〈당신은 그 누구보다 더 근사한 엉덩이를 가지고 이써요!〉라는 말이 스쳐 지나갔다.

「그런데 그건 사실 좀 이상하오. 몸이 거추장스러운 장애물이라는 것을 무정하는 건 불가능하니까 말이오. 그렇다면 여자들은 정신적인 삶에서 최상의 기쁨을 느끼지 않는 것 같소.」

「최상의 기쁨이라고요?」 그녀는 그를 올려다보며 말했다. 「그런 식의 바보 같은 소리를 하는 게 정신적인 삶의 최상의 기쁨이라고요? 난 사절할게요! 내게는 육체를 줘요. 난 육체적 삶이 정신적 삶보다 더 훌륭한 실재라고 믿어요. 육체가 진정으로 깨어나서 살게 된다면 말이에요. 그러나 너무나 많은 사람이 당신의 그 유명한 바람 소리 장치처럼 육체적으로

476

죽은 시체나 다름없는 몸뚱이에 정신을 덧붙여 놓았을 뿐이에요.」

그가 놀라서 그녀를 바라보았다.

「육체의 삶이라.」 그가 말했다. 「그건 동물의 삶일 뿐이오.」

「그렇다면 그것이 지성만 발달하고 몸은 죽은 시체의 삶보다 더 나아요. 그리고 당신 말은 맞지 않아요! 인간의 육체는 이제야 겨우 진정으로 다시 살아나고 있어요. 육체는 그리스인들에게 아름다운 불꽃을 한 번 깜빡여 주었지만 플라톤과 아리스토텔레스가 그것을 꺼버렸고 예수가 완전히 끝장을 내버렸죠. 하지만 이제 육체가 진정으로 다시 살아나고 있고, 정말로 무덤에서 다시 일어나고 있어요. 그리고 아름다운 우주 속에서 아름다운, 정말로 아름다운 삶으로 피어날 거예요. 인간의 육체적 삶이 말이에요.」

「여보, 당신은 마치 당신이 그 모든 것의 도래를 알리는 것처럼 말하는군! 물론, 당신은 곧 멀리 휴가를 떠날 거요. 그러나 제발 그렇게 점잖지 못하게 즐거워하진 말아 주구려. 분명코, 어떤 신이 존재하든 그 신은 인간에게서 내장과 소화 기관을 천천히 제거해서 인간을 더 고상하고 더 정신적인 존재로 진화시키고 있소.」

「클리퍼드, 왜 내가 당신 말을 믿겠어요? 어떤 신이 존재하든 그 신은, 당신의 표현을 빌리면, 내 내장이라는 것 속에서 마침내 깨어나 마치 새벽처럼 너무나 행복하게 그곳에서 물결치고 있다는 것이 느껴지는 마당에요. 당신 말과 정반대로 느끼고 있는데, 왜 내가 당신 말을 믿겠어요?」

「아, 그랬군! 그리고 무엇이 당신에게 이 이상한 변화를 불러일으켰소? 빗속에서 알몸으로 뛰어다니면서 바쿠스의 여사제 행세를 했기 때문이오? 아니면 감각에 대한 욕망 때문이오, 아니면 베네치아로 떠나는 것에 대한 기대 때문이오?」

「둘 다요! 여행을 떠나는 것 때문에 내가 이렇게 흥분해서 즐거워하는 것이 무척 불쾌한가 보죠?」 그녀가 말했다.

「그런 기분을 그렇게 적나라하게 드러내는 게 좀 불쾌하긴 하오.」

「그럼 감출게요.」

「그럴 필요 없소! 나한테도 당신 흥분이 전해질 지경이니까. 떠나는 사람이 바로 나인 것 같은 기분이 들 지경이오.」

「그렇다면 당신도 가는 게 어때요?」

「그 문제는 이미 이야기를 끝냈잖소. 사실 난 당신이 느끼는 가장 큰 흥분은 이 모든 것에 잠시 작별을 고할 수 있다는 데서 오는 것이라 생각하오. 잠깐이라도 모든 것에 작별을 고하는 것만큼 그렇게 흥분되는 일은 없을 테니 말이오. 그러나 모든 이별은 다른 곳에서의 만남을 의미하오. 그리고 모든 만남은 새로운 속박이지.」

「내가 새로운 속박에 얽매이는 일은 없을 거예요.」

「신들이 듣고 있으니 큰소리치지 마시오.」 그가 말했다.

그녀가 갑자기 멈칫했다.

「그래요! 큰소리치지 않을게요!」 그녀가 말했다.

그러나 그럼에도 불구하고 그녀는 여행을 떠난다는 것에 흥분했다. 속박의 끈이 뚝 끊어져 버리는 느낌이었다. 그녀도 어쩔 수 없었다.

잠을 잘 수 없었던 클리퍼드는 볼턴 부인이 졸려서 죽을 지경이 될 때까지 그녀와 함께 밤새 내기 카드놀이를 했다.

그리고 힐다가 도착하기로 한 날이 왔다. 코니는 일이 잘되어 같이 밤을 보낼 수 있을 것 같으면 방 창문에 녹색 숄을 걸어 두겠다고 멜러스와 약속을 해두었다. 차질이 생기면 빨간색 숄을 걸어 두기로 했다.

볼턴 부인이 코니를 도와 짐을 꾸려 주었다.

「변화를 가져 보는 것이 마님께는 아주 좋을 거예요.」

「나도 그럴 거라 생각해요. 한동안 클리퍼드 경을 혼자 돌봐야 할 텐데 괜찮겠어요?」

「아, 그럼요! 나리를 아주 잘 다룰 수 있어요. 제 말은 나리가 제 도움을 필요로 하시는 일은 뭐든 잘해 낼 수 있다는 뜻이에요. 나리가 예전보다 좋아졌다고 생각하지 않으세요?」

「아, 많이 나아졌죠! 당신이 그 사람한테 기적을 일으키고 있어요.」

「그런가요? 그런데 남자들은 다 똑같아요. 그저 아기들이나 마찬가지예요. 칭찬해 주고 얼러 주고 자기 마음대로 하고 있다는 생각이 들게 해주면 돼요. 그렇게 생각하지 않으세요, 마님?」

「난 경험이 많지 않아서요.」

그녀는 하던 일을 잠시 멈췄다.

「당신은 당신 남편도 슬슬 다뤄 가면서 아기처럼 얼러 주었나요?」 그녀가 상대방 여자를 바라보며 물었다.

볼턴 부인 역시 일손을 잠시 멈췄다.

「글쎄요!」 그녀가 말했다. 「그이도 상당히 많이 달래고 얼러 줘야만 했어요. 그러나 분명히 말씀드리지만 그이는 제가 무엇 때문에 그러는지 항상 알고 있었어요. 그러나 대개는 그이가 저한테 져주곤 했어요.」

「그는 주인 행세를 하며 지배하려 드는 사람이 전혀 아니었나 보군요.」

「네! 그렇지만 적어도, 그이 눈에 심상치 않은 표정이 서리는 때가 가끔 있긴 했어요. 그러면 그런 때에는 제가 져줘야만 한다는 것을 알아차렸죠. 하지만 대개는 그이가 제게 져주었어요. 그래요, 그 사람은 한 번도 주인 행세를 하며 지배하려 하지 않았어요. 저도 그러지 않았고요. 저는 그이에게 더 이상 우기면 안 되는 때가 언제인지 알고 있었고 그럴 때에는 그이에게 져주었어요. 때로는 그렇게 함으로써 제가 많은 것을 포기해야 했지만요.」

「당신이 끝까지 그에게 맞서 고집을 부렸다면 어떻게 되었을까요?」

「모르겠어요. 한 번도 그러질 않아서요. 설사 그이가 틀렸다 해도 그이의 태도가 확고부동하면 전 져주었어요. 아시다시피 전 우리 사이를 결코 망치고 싶지 않았어요. 그리고 만약 여자가 남자에게 맞서 자기 뜻을 정말로 고집하면 두 사람 사이는 끝장이 나죠. 남자를 정말로 좋아한다면, 그의 뜻이 정말로 확고한 경우에는 져주어야만 해요. 여자의 생각이 옳건 그르건 상관없이 그냥 남자에게 져주어야 해요. 그렇지 않으면 뭔가가 깨져 버리고 말아요. 그렇지만 분명한 건 테드도 제가 뭔가를 고집하면 제 생각이 틀렸다 해도 저한테 때로는 져주곤 했어요. 그래서 전 피장파장이라고 생각해요.」

「그럼 바로 그게 당신이 모든 환자를 대하는 방식인가요?」 코니가 물었다.

「아, 그건 달라요. 절대 똑같은 방식으로 환자들을 대하지 않아요. 전 그들에게 무엇이 좋은지 알고 있고, 아니면 알려고 노력해요. 그런 다음에는 그들 자신을 위해서 그들을 그럭저럭 다룰 뿐이에요. 그건 정말로 좋아하는 사람을 대하는 것과는 달라요. 완전히 다르죠. 한 남자를 정말로 좋아해 본 적이 있으면 어떤 남자든지 당신을 필요로 할 때 그에게 애정을 가지고 대해 줄 수 있어요. 하지만 그건 같은 게 아니에요. 그 경우 당신은 진정으로 좋아하는 게 아니기 때문이에요. 정말로 누군가를 좋아했다면 다시 다른 사람을 좋아할 수 있을지 의심스러워요.」

이 말에 코니가 깜짝 놀랐다.

「그럼 당신은 사람이 딱 한 번만 진정으로 좋아할 수 있다고 생각해요?」 그녀가 물었다.

「아니면 아예 좋아해 보질 못하거나요. 대부분의 여자들은 한 번도 진정으로 좋아하지 못해요. 시작도 하지 않아요. 그들은 그게 무슨 의미인지조차 몰라요. 남자들도 마찬가지고요. 그러나 누군가를 진정으로 좋아하는 여자를 보면 제 심장이 멎어 버리는 것 같답니다.」

「그럼 당신은 남자들이 쉽게 화를 낸다고 생각해요?」

「그럼요! 자존심에 상처를 받으면요. 그런데 그건 여자들도 마찬가지 아닌가요? 단지 남자의 자존심과 여자의 자존심이 약간 다를 뿐이죠.」

코니는 이 말에 대해 곰곰이 생각했다. 그녀는 다시 여행을 떠나는 것에 다소 불안감을 느끼기 시작했다. 결국 짧은 시간이라 해도 그녀가 자기 남자를 외면하는 것이 아닌가? 그리고 그는 그것을 알고 있었다. 바로 그 때문에 그가 그렇게 묘하게 빈정거리는 태도를 보인 것이었다.

그럼에도 불구하고! 인간의 존재는 외적인 상황이라는 기계적 힘에 상당 부분 지배된다. 그녀는 이런 기계적 힘에 지배되고 있었다. 그 힘에서 5분 안에 벗어나는 건 불가능했다. 그러고 싶지도 않았다.

힐다는 목요일 아침에 날렵한 2인승 자동차를 타고 여행 가방을 끈으로 차 뒤에 단단하게 묶고서 제시간에 도착했다. 그녀는 예전과 마찬가지로 새침하고 얌전한 모습이었지만 특유의 강한 의지는 여전히 지니고 있었다. 그녀는 나름대로 정말 시녹할 정도로 대단한 의지력을 지니고 있었고 그녀의 남편도 그 점을 이미 파악하고 있었다. 그러나 그는 지금 이혼 수속을 밟고 있었다. 그랬다. 그녀는 연인이 없음에도 불구하고 남편이 자기와 더 쉽게 이혼할 수 있도록 거들어 주기까지 했다. 당분간 그녀는 남자들로부터 〈벗어나〉 있었다. 그녀는 자기 삶의 주인으로, 두 아이의 어머니로 독립된 삶을 살아가는 것에 아주 만족해했고 그 두 아이를, 그 말의 의미가 무엇이든 간에 〈제대로〉 기를 작정이었다.

코니 역시 여행 가방 하나만 가지고 갈 수밖에 없었다. 그러나 그녀는 기차를 타고 가기로 되어 있는 아버지에게 트렁크 하나를 미리 보내 놓았다. 베네치아까지 차를 몰고 가는 게 무슨 소용이 있겠는가? 그리고 7월의 이탈리아는 자동차를 타고 다니기에는 너무 더웠다. 맬컴 경은 편안하게 기차를 타고 갈 예정이었다. 그는 스코틀랜드에서 막 내려와 있었다.

그래서 점잔 빼는 순박한 육군 원수처럼 힐다가 여행에 필요한 실질적인 것들을 준비했다. 그녀와 코니는 위층 방에 앉아 이야기를 나누고 있었다.

「그런데 언니!」 코니가 약간 겁먹은 얼굴로 말했다. 「오늘 밤에 난 이 근처에서 머물고 싶어. 여기 말고 여기 근처에서 말이야!」

힐다가 의중을 헤아리기 힘든 잿빛 눈으로 동생을 빤히 바라보았다. 그녀는 아주 차분해 보였지만 무섭게 화를 내는 경우가 많았다.

「어디, 여기 근처에서?」 그녀가 부드럽게 물었다.

「그러니까…… 내가 누군가를 사랑하고 있는 건 언니도 알지?」

「뭔가 있다고 짐작은 했어.」

「그러니까 말인데 ― 그이가 이 근처에 살아 ― 그래서 이 마지막 밤을 그이와 함께 보내고 싶어. 꼭 그래야 해! 그러겠다고 약속했거든.」 코니가 고집을 부렸다.

힐다는 미네르바 여신[134] 같은 머리를 숙인 채 아무 말도

134 로마 신화에서 지혜의 여신으로, 그리스 신화의 아테나에 해당된다.

하지 않았다. 그러다가 고개를 들고 바라보았다.

「그가 누구인지 말해 줄 수 있니?」 그녀가 말했다.

「우리 집 사냥터지기야.」 코니가 더듬거리며 말했고 부끄러워하는 아이처럼 얼굴을 붉혔다.

「코니!」 힐다가 혐오감으로 코를 살짝 쳐들었다. 그것은 그녀가 어머니에게서 물려받은 몸짓이었다.

「나도 알아. 그래도 그이는 정말로 사랑스러워. 그이는…… 그이는…… 정말로 애정이 무엇인지 이해하는 사람이야.」 코니가 그를 변호하려고 애쓰면서 말했다.

힐다는 불그스름하고 다채로운 혈색을 지닌 아테나 여신처럼 고개를 숙이고 생각에 잠겼다. 그녀는 사실 심하게 화가 나 있었다. 그러나 감히 그것을 표시할 수가 없었다. 잘못하면 아버지를 닮은 코니가 곧바로 난폭해져 다룰 수 없는 상태가 되기 때문이었다.

힐다가 클리퍼드를 좋아하지 않는 것은 사실이었다. 자기가 대단한 사람이라도 되는 양 구는 그의 뻔뻔한 자신감이 마음에 들지 않았다! 그녀는 그가 코니를 염치없이 뻔뻔하게 이용하고 있다고 생각했다. 그녀는 동생이 그와 헤어지길 바랐다. 그러나 확고한 스코틀랜드 중산 계급이었기 때문에 그녀는 자신이나 집안의 체면을 〈깎아내리는 것〉을 끔찍이 싫어했다.

그녀가 마침내 고개를 들고 동생을 올려다보았다.

「넌 그걸 후회하게 될 거야.」 그녀가 말했다.

「안 그럴 거야.」 코니가 얼굴을 붉히면서 소리쳤다. 「그이는 정말 예외적인 사람이야, 난 진심으로 그이를 사랑해. 그이는 정말 사랑스러운 연인이야.」

힐다가 가만히 생각에 잠겼다.

「넌 곧 그를 잊게 될 거야.」 그녀가 말했다. 「그리고 그 사람 때문에 너 자신을 부끄럽게 여기며 살게 될 거야.」

「안 그럴 거야! 그이 아이를 낳을 거야.」

「코니!」 힐다가 망치로 내려치는 것처럼 단호하게, 화가 나서 창백한 얼굴로 말했다.

「그럴 수 있다면 그럴 거야. 그이의 아이를 갖게 되면 난 대단히 자랑스러울 거야.」

코니에게 말해 봐야 소용이 없었다. 힐다는 생각에 잠겼다.

「그런데 클리퍼드가 의심하지는 않니?」 그녀가 말했다.

「아, 아니야! 그럴 이유가 어디 있겠어?」

「네가 그에게 의심할 만한 계기를 충분히 주었을 거라고 믿어 의심치 않는다만.」 힐다가 말했다.

「전혀 아니야.」

「그리고 오늘 밤 일은 정말 터무니없이 어리석은 짓인 것 같아. 그 남자는 어디에 사는데?」

「숲 건너편 끝에 있는 집에 살아.」

「총각이야?」

「아니! 그이 아내가 집을 나갔어.」

「나이는?」

「몰라. 나보다 많아.」

힐다는 대답을 들을 때마다 더욱더 화가 났고, 그녀의 어머니가 그랬던 것처럼 일종의 발작을 일으키는 것처럼 격하게 화가 치밀었다. 그러나 여전히 그녀는 그러한 마음을 드러내지 않았다.

「내가 너라면 오늘 밤의 모험은 그만두겠는데.」 그녀가 차분하게 충고했다.

「그럴 수 없어! 오늘 밤 반드시 그이와 함께 지내야 해. 안 그러면 난 베네치아에 아예 안 갈 거야. 그냥 그럴 수 없어!」

힐다는 아버지의 고집을 빼닮은 면을 다시 보는 듯했고, 단지 상황을 악화시키지 않으려는 전략의 일환으로 코니에게 양보했다. 그래서 그녀는 함께 맨스필드로 차를 타고 가서 저녁을 먹은 다음, 어두워진 후에 오솔길 끝까지 코니를 데려다 주었다가 다음 날 아침에 오솔길 끝으로 다시 데리러 오겠다고 동의했다. 힐다 자신은 30분밖에 걸리지 않는 맨스필드에서 잘 예정이었기 때문에 쉽게 오갈 수 있는 거리였다. 그러나 그녀는 화가 치밀었다. 그녀는 동생에 대한 분노를, 자신의 계획을 이렇게 망쳐 놓은 데 대한 분노를 꾹꾹 눌러 참았다.

코니는 창문턱 위에 에메랄드 빛이 도는 녹색 숄을 내던져 걸쳐 놓았다.

동생에게 화가 난 탓에 힐다는 클리퍼드에게 따뜻하게 대해 주었다. 어쨌든 그에게는 정신이라는 것이 있었다. 그리고 그에게 성적인 면이 없다 해도 그것이 오히려 더 나았다. 그만큼 싸울 일이 줄어드는 것이니까 말이다! 힐다는 더 이상 그런 성적인 관계를 원하지 않았다. 그런 관계에서는 남자들이 비열하고 이기적이고 시시하기 그지없는 끔찍한 존재가

486

되어 버렸다. 그 점에서 코니는 많은 여자들보다 견뎌야 할 것이 정말로 적은데 그것을 모르고 있었다.

한편 클리퍼드는 힐다가 결국은 확실하게 지적인 여성이고, 만약 남자가 정치판 같은 곳에 뛰어든다면 그 남자에게 최상의 내조자가 되어 줄 것이라고 단정 지었다. 그랬다. 그녀에게는 코니가 지닌 어리석음이 전혀 없었다. 코니는 오히려 어린애 같았다. 그녀는 전적으로 믿고 의지할 수 있는 사람이 아니었기 때문에 그는 그녀를 위해 변명을 해야만 했다.

저택에서는 평소보다 일찍 차를 마셨고 저택의 문들은 햇살이 들어오도록 활짝 열려 있었다. 다들 조금 가슴이 두근거리는 듯했다.

「잘 다녀와, 코니 양! 무사히 내게 돌아와.」

「잘 있어요, 클리퍼드! 그래요, 오래 있지는 않을 거예요.」 코니는 거의 다정하게 느껴질 정도로 말했다.

「잘 가요, 힐다 처형! 코니를 잘 지켜봐 줘요, 그럴 거죠?」

「두 눈 똑바로 뜨고 잘 지켜볼게요!」 힐다가 말했다. 「코니가 나쁜 길로 깊이 빠지지 않도록 할게요.」

「약속하신 겁니다!」

「잘 있어요, 볼턴 부인! 클리퍼드 경을 잘 보살펴 드릴 거라 믿어요.」

「최선을 다할게요, 마님.」

「그리고 무슨 일이 있으면 편지를 보내 클리퍼드 경이 어떻게 지내는지 나한테 알려 줘요.」

「잘 알겠어요, 마님. 그렇게 할게요. 그리고 잘 지내다 돌아오셔서 저희도 기운을 낼 수 있게 해주세요.」

모두가 손을 흔들었다. 차가 출발했다. 코니는 뒤를 돌아 실내용 휠체어를 타고 계단 꼭대기에 앉아 있는 클리퍼드를 보았다. 어쨌든 그는 그녀의 남편이었고 랙비는 그녀의 집이었다. 상황이 그렇게 만들어 놓았다.

체임버스 부인이 대문을 붙잡고 마님께서 즐거운 휴가를 다녀오시길 빈다고 인사했다. 차는 공원을 가린 짙은 잡목 숲을 빠져나와 광부들이 줄지어 집으로 돌아가고 있는 큰길로 들어섰다. 힐다가 크로스힐 도로로 방향을 틀었다. 간선 도로는 아니지만 맨스필드로 이어지는 길이었다. 코니는 보안경을 썼다. 그들은 철도 옆을 달렸다. 철도는 길 아래쪽으로 땅을 깎아 낸 곳에 놓여 있었다. 그런 다음 그들은 다리 위로 오목하게 팬 철로를 넘어갔다.

「저게 그 사람 집으로 가는 오솔길이야!」 코니가 말했다.

힐다가 짜증스럽게 그 길을 힐끗 보았다.

「이대로 곧장 갈 수 없다니 대단히 유감스럽구나!」 그녀가 말했다. 「펠멜[135]에 9시쯤이면 도착할 수 있을 텐데.」

「언니한테는 미안해.」 코니가 보안경을 쓴 채 말했다.

그들은 곧 맨스필드에 도착했다. 한때는 낭만적인 곳이었지만 지금은 지극히 실망스러운 탄광촌으로 전락해 있었다. 힐다는 자동차 여행 안내서에 적힌 호텔에 차를 세우고 방을 하나 잡았다. 모든 것이 하나도 재미 없었고 그녀는 너무 화가 나서 말을 할 수가 없었다. 그러나 코니는 언니에게 남자

135 런던의 중심가.

의 이력에 대해 말하고 싶은 마음을 참을 수가 없었다.

「그이가! 그이가! 넌 도대체 그 남자를 뭐라고 부르니? 넌 그냥 그이가!라고만 하잖아!」 힐다가 말했다.

「그이 이름을 불러 본 적이 한 번도 없어. 그이도 나한테 그랬고. 생각해 보니까 이상하긴 하네. 서로 제인 부인이니 존 토머스니 하고 부른 것을 제외하고는 말이야. 그런데 그이 이름은 올리버 멜러스야.」

「그래서 넌 채털리 부인 대신 올리버 멜러스의 아내가 되고 싶다는 거야?」

「기꺼이 그러고 싶어.」

코니를 어떻게 해볼 도리가 없었다. 그리고 어쨌든 그 남자가 인도에서 네댓 해 동안 군대에서 중위로 복무했다면 틀림없이 어느 정도는 남에게 내세울 만한 사람일 것이다. 그리고 인격도 갖춘 사람 같았다. 힐다의 마음이 조금 누그러지기 시작했다.

「그런데 넌 얼마 후면 그 남자와 헤어지게 될 거야.」 그녀가 말했다. 「그러면 그 남자와 관련되었던 것을 부끄럽게 여기겠지. 노동자 계급 사람과는 절대 섞일 수 없으니까 말이야.」

「그런데 언니는 열렬한 사회주의자 아니었어? 언니는 항상 노동자 계급 편이었잖아.」

「정치적인 위기에서는 그들 편이었지만 그들 편에 서다 보니까 그들의 삶과 우리의 삶을 섞는 것이 얼마나 불가능한 일인지 깨닫게 되었어. 속물근성 때문이 아니고 그저 살아가는 리듬이 완전히 다르기 때문이야.」

힐다는 진짜 정치적 지성인들 속에서 살아왔다. 그래서 그녀의 말을 반박할 여지가 전혀 없었다.

호텔에서의 별 볼 일 없는 저녁 시간이 지루하게 지나갔고 마침내 그들은 별 볼 일 없는 저녁 식사를 했다. 그러고 나서 코니는 작은 비단 가방에 몇 가지 물건을 챙겨 넣고 머리를 한 번 더 빗었다.

「어쨌든 말이야, 언니.」 그녀가 말했다. 「사랑은 굉장한 것일 수 있어. 살아 있다는 느낌이 들고 창조의 한가운데에 있을 때는 말이야.」 그녀의 말은 자랑이나 다름없었다.

「모기도 전부 그렇게 느낄 것 같은데.」 힐다가 말했다.

「그렇게 생각해? 그렇다면 모기한테 정말 잘된 일이네!」

이 음산한 마을에서조차 저녁은 놀라울 정도로 맑았고 황혼이 오랫동안 지속되었다. 밤에도 어슴푸레한 빛이 남아 있을 것 같았다. 화가 나서 가면 같은 얼굴을 한 힐다가 다시 차의 시동을 걸었고 두 사람은 왔던 길을 되돌아 달려가면서 다른 길로 볼소버를 지나갔다. 코니는 보안경과 위장용 모자를 쓰고 아무 말 없이 앉아 있었다. 힐다의 반대 때문에 그녀는 오히려 확고하게 남자 편을 들었고 온갖 고난을 무릅쓰고라도 남자 곁에 있을 작정이었다.

그들은 크로스힐을 지날 때쯤 전조등을 켰고, 산을 깎아 만든 철로 위로 칙칙폭폭 소리를 내며 지나가는 불 켜진 작은 기차는 진짜 밤이 된 것처럼 느끼게 해주었다. 힐다는 다리 끝에서 오솔길로 방향을 틀 작정이었었다. 그러나 그녀는 조금 갑작스럽게 차의 속도를 줄이고는 도로에서 벗어났다. 풀이 무성하게 자란 오솔길을 자동차 불빛이 환하게 비췄다. 코니는 밖을 내다보았다. 거무스름한 형상이 보이자 그녀는 문을 열었다.

「다 왔어!」 그녀가 부드럽게 말했다.

그러나 힐다는 전조등을 끄고 후진해서 방향을 바꾸는 일에 몰두해 있었다.

「다리 위에 아무것도 없어요?」 힐다가 무뚝뚝하게 물었다.

「괜찮습니다.」 남자의 목소리가 대답했다.

그녀는 다리까지 후진했다가 방향을 바꿔 도로를 따라 몇 미터 앞으로 전진한 다음 다시 오솔길로 후진해 들어와 느릅나무 밑에 차를 세웠다. 그 과정에서 풀과 고사리가 바퀴에 뭉개졌다. 그런 다음 자동차의 불을 모두 껐다. 코니가 차에서 내렸다. 남자는 나무 밑에 서 있었다.

「오래 기다렸어요?」 코니가 물었다.

「그리 오래 기다리지는 않았소.」 그가 대답했다.

두 사람 모두 힐다가 차에서 나오기를 기다렸다. 그러나 힐다는 차 문을 닫은 채 꼼짝도 하지 않고 앉아 있었다.

「우리 언니 힐다예요. 이리 와서 언니와 인사해요. 힐다 언니! 이 사람이 멜러스 씨야.」

사냥터지기는 모자를 들어 인사를 했지만 더 가까이 다가오지는 않았다.

「우리와 함께 저 사람 집으로 가, 언니.」 코니가 간청했다. 「멀지 않아.」

「차는 어쩌고?」

「사람들이 오솔길에 차를 세워 두곤 합니다. 열쇠만 챙겨서 오십시오.」

힐다는 말없이 생각에 잠겼다. 그러더니 오솔길 쪽을 뒤돌아보았다.

「저 덤불을 돌아 후진할 수 있나요?」 그녀가 말했다.

「아, 네!」 사냥터지기가 말했다.

그녀는 굽은 길을 천천히 후진해서 길에서 보이지 않는 곳에 차를 세우고 나서 차에서 내려 문을 잠갔다. 밤이었지만 어슴푸레한 빛이 남아 있었다. 사람들이 다니지 않는 오솔길 옆에는 산울타리가 제멋대로 높이 우거져 있었고 아주 어두워 보였다. 공기에서는 상쾌하고 달콤한 향기가 났다. 사냥터지기가 앞장서 갔고, 그다음으로 코니가, 그리고 그 뒤를 힐다가 따랐다. 그들 모두 아무 말이 없었다. 그는 손전등으로 걷기 힘든 곳을 비춰 주었고 그러면 그들은 다시 계속해서 걸어갔다. 올빼미 한 마리가 참나무 숲 위에서 부드러운 소리로 부엉부엉 울었고 플로시는 조용히 어슬렁거리며 따라왔다. 나무노 말을 하지 않았다. 할 말이 아무것도 없었기 때문이다.

마침내 사냥터지기의 집에서 흘러나오는 노란 불빛을 보고 코니의 가슴이 빠르게 뛰었다. 그녀는 약간 두려움을 느꼈다. 그들은 여전히 일렬로 줄을 지어 계속 나아갔다.

그는 문을 열고 따뜻하지만 아무 장식 없이 휑한 작은 방으로 앞장서서 들어갔다. 벽난로에는 나직한 불이 빨갛게 타고 있었다. 식탁에는 처음으로 제대로 된 흰 식탁보 위에 접시 두 개와 유리잔 두 개가 놓여 있었다. 힐다는 머리카락을 흔든 다음 아무 장식도 없는 음산한 방을 둘러보았다. 그러고는 용기를 내서 남자를 바라보았다.

그는 적당히 큰 키에 야윈 편이었고 잘생겼다는 느낌을 주었다. 그는 조용히 거리를 지키고 있었는데, 말을 하고 싶은 마음이 전혀 없는 것 같았다.

「앉아, 언니.」 코니가 말했다.

「앉으세요!」 그가 말했다. 「차나 다른 것을 타 드릴까요? 아니면 맥주를 한잔 드시겠어요? 적당히 차가운 맥주가 있는데요.」

「맥주요!」 코니가 말했다.

「나도 맥주로 주세요!」 힐다가 거짓으로 수줍은 체하며 말했다. 그는 그녀를 바라보고 눈을 깜박였다.

그는 파란색 주전자를 들고 설거지 칸 쪽으로 뚜벅뚜벅 걸어갔다. 맥주를 가지고 돌아왔을 때, 그의 얼굴은 다시 달라져 있었다.

코니는 문간에 앉아 있었고, 힐다는 등받이를 벽 쪽으로 향한 채 창문 쪽 구석에 기대어져 있는 사냥터지기의 의자에 앉아 있었다.

「그건 저 사람 의자야.」 코니가 부드럽게 말했다. 그러자 힐다가 의자에 데기라도 한 것처럼 벌떡 일어섰다.

「그대로 안자 계세요. 그대로 안자 계십씨오! 조으실 대로 아무 의자에나 안즈세요. 우리 중에 아무도 상전이 아니니까요.」 그가 매우 침착하게 말했다.

그리고 그는 힐다에게 잔을 가져다주고 파란색 주전자에

서 맨 먼저 맥주를 따라 주었다.

「담배는요.」그가 말했다. 「혹시 가지고 계신지 모르게쯰만 여기는 업씀니다. 담배를 피우지 아나서요. 뭐 좀 드시게씀니까?」그가 코니 쪽으로 똑바로 몸을 돌렸다. 「머글 거슬 조금 가져올 테니 들게쏘? 당시는 조금은 머글 수 이짠쏘?」그는 마치 여관 주인처럼 묘하게 차분하고 자신감 있는 태도로 사투리를 썼다.

「뭐가 있는데요?」코니가 얼굴을 붉히며 물었다.

「삶은 햄하고 치즈하고 호두 피클이 이쏘, 당시니 조아할찌 모르게찌만, 마니는 업쏘.」

「좋아요.」코니가 말했다. 「언니는 안 먹을 거야?」

힐다가 그를 올려다보았다.

「왜 요크셔 사투리를 쓰나요?」그녀가 부드럽게 말했다.

「내 말씨요! 그건 요크셔 사투리가 아니라 더비 사투리임니다.」

그가 특유의 희미하면서도 냉담한 듯한 웃음을 씽긋 지으며 그녀를 마주 쳐다보았다.

「더비라, 좋아요! 왜 더비 사투리를 쓰나요? 처음에는 자연스러운 표준어를 썼잖아요.」

「내가 그랜나요? 내가 쓰고 시픈 대로 바꿀 수 인는 거 아닌가요? 아니, 아니오. 나한테는 더비 사투리를 쓰는 게 편하니까 그냥 놔두세요. 정 실치만 안으시면 말임니다.」

「일부러 꾸민 것처럼 조금 부자연스럽게 들려서요.」힐다가 말했다.

「아, 그래꾼요! 그런데 테버셜에서는 당신 말씨가 부자연스럽게 들릴 겁니다.」 광대뼈를 따라 묘하게 뭔가를 계산하는 듯한 냉담한 표정을 지으며 그가 다시 그녀를 쳐다보았다. 마치 〈그래, 그런데 도대체 당신이 뭔데?〉라고 말하는 것 같았다.

그는 먹을 것을 가지러 식품실로 뚜벅뚜벅 걸어가 버렸다.

자매는 아무 말 없이 앉아 있었다. 그는 다른 접시 하나와 나이프와 포크를 가져왔다. 그러고 나서 이렇게 말했다.

「글이고 괜찮으시다면 제가 항상 그러는 거처럼 겉옷을 좀 벗게쓰미다.」

그런 다음 그는 겉옷을 벗어 못에 걸어 놓고 나서 셔츠 차림으로 식탁에 앉았다. 얇은 크림색의 플란넬 셔츠였다.

「어서 드십씨오!」 그가 말했다. 「어서 드십씨오! 기다리지 마시고요!」

그는 빵을 자른 다음 꼼짝도 하지 않고 앉아 있었다. 힐다는 예전에 코니가 그랬던 것처럼, 그의 침묵과 냉담함에서 나오는 힘을 느꼈다. 그녀는 식탁 위에 놓인 그의 작고 예민하고 보드라운 손을 바라보았다. 그는 단순한 노동자가 아니었다. 절대 아니었다. 그는 연극을 하고 있었다! 연극을!

「그렇지만요.」 그녀가 작은 치즈 한 조각을 집으며 말했다. 「당신이 사투리가 아니라 보통의 표준어를 쓰면 더 자연스러울 것 같아요.」

그가 힐다의 굉장한 의지를 느끼며 그녀를 쳐다보았다.

「그럴까요?」 그가 표준어로 말했다. 「과연 그럴까요? 당신과 나 사이에 오가는 말 중에서 정말로 자연스러운 게 있을까요? 당신 여동생이 날 다시 만나기 전에 내가 지옥에 떨어지면 좋겠다고 당신이 말하는 것 말고 말입니다. 그리고 나도 거의 비슷하게 불쾌한 말로 당신에게 대꾸하는 것 말고 말입니다. 그것 말고는 자연스러운 게 있을까요?」

「아, 그럼요!」 힐다가 말했다. 「예의범절만 잘 지키면 아주 자연스러울 거 같은데요.」

「그러니까 제2의 천성 같은 거 말이죠!」 그가 말하고는 웃기 시작했다. 「아니요.」 그가 말했다. 「난 예의범절 따위는 지겹씁니다. 그냥 내버려 두세요!」

힐다는 노골적으로 거절을 당했고 격하게 화가 났다. 어쨌든 그는 자신이 영광을 입고 있음을 깨달았다는 것을 보여 줄 수 있었다. 그 대신 그는 연극을 하는 듯하고 잘난 체하는 태도로 오히려 영광을 베풀고 있는 사람이 바로 자기 자신이라고 생각하는 것처럼 보였다. 그저 뻔뻔할 뿐이었다! 잘못된 길로 인도되어 남자의 손아귀에 꽉 잡혀 있는 불쌍한 코니!

세 사람은 아무 말 없이 음식을 먹었다. 힐다는 그의 식사 예절이 어떤지 유심히 살펴보았다. 그녀는 그가 자신보다 본능적으로 훨씬 더 우아하고 점잖은 사람이라는 것을 깨닫지 않을 수 없었다. 그녀에게는 어딘지 스코틀랜드인 특유의 촌스러움이 있었다. 게다가 그에게는 영국인 특유의 조용하면서도 자족적인 자신감이 있었고 빈틈이 없었다! 그를 눌러서 이기기란 몹시 어려울 것이다.

그러나 그도 역시 그녀를 눌러서 이길 수는 없을 것이다.

「그런데 당신은 정말로 그렇게 생각하나요?」 그녀가 약간 더 인간적인 태도로 말했다. 「이렇게 위험을 무릅쓸 가치가 있나요?」

「무슨 가치가 있다는 거고 무슨 위험을 무릅쓴다는 겁니까?」

「내 동생과의 이런 불장난 말이에요.」

그가 사람을 짜증나게 만드는 특유의 웃음을 지었다.

「동생에게 물어보십씨오!」

그런 다음 그가 코니를 바라보았다.

「당신 스스로 이러케 하는 거자나요, 아가씨. 그렇지 안나요? 내가 당신한테 강요한 거슨 아니자나요.」

코니가 힐다를 바라보았다.

「괜히 트집 잡지 않으면 좋겠어, 언니.」

「물론 나도 이러고 싶지 않아. 그래도 누군가는 상황에 대해 생각을 해야 할 것 아냐. 살아가는 데는 뭔가 연속성이 있어야 하는 거야. 아무렇게나 살아서는 안 돼.」

잠깐 동안 침묵이 흘렀다.

「아, 연속성이라고요!」 그가 말했다. 「그런데 그게 무슨 뜻심니까? 당신의 삶에는 어떤 연속성이 이씀니까? 이혼하려고 하는 걸로 알고 인는데요. 그건 무슨 연속성임니까? 당신 자시느 완고함의 연속성이게쬬. 그 정도는 나도 암니다. 그런데 그게 당시네게 무슨 소용이 이께씀니까? 당시는 몇 살 더 먹기 저네 그런 연속성에 질릴 겁니다. 고집스러운 여자와 그 여자의 강한 의지. 아, 그 둘이 합쳐지면 단단한 연속성이 만들어지겠네요. 정말로요. 천만다행이네요. 당신 가튼 여자를 상대하며 사라야 하는 남자가 아니라서요!」

「도대체 무슨 권리로 나한테 그런 식으로 말하는 거죠?」
힐다가 말했다.

「권리라고요! 무슨 권리로 다른 사람들을 당신의 연속성에
얽매어 노으려고 합니까? 각자 자기 식의 연속성을 갖도록
사람들을 내버려 둬요.」

「이보세요, 내가 지금 당신하고 무슨 관계라도 된다고 생
각하는 거예요?」 힐다가 부드럽게 말했다.

「그래요.」 그가 말했다. 「관계가 되죠. 왜냐하면 그럴 수바
께 업끼 때문입니다. 당시니 내 처형이나 다름업쓰니까요.」

「그러려면 아직 멀었죠. 분명히 말하지만요.」

「그리 먼 건 아니죠. 당신한테 분명히 마라지만뇨. 당신 삶
과 마찬가지로 나도 나 자신만의 연속성을 가지고 있습니다.
어떤 날이든 당신 것만큼 좋은 연속성을요. 글이고 저기 당신
여동생이 약간의 교합과 애정을 찾아 나한테 올 때 그녀는 자
신이 무엇을 원하는지 잘 알고 있습니다 끄녀는 건에 내 침
내에 와서 잠자리를 같이했습니다. 천만다행하게도 당신은
당신의 그 연속성 때문에 그러지 아나찌만요.」 잠시 죽은 듯
이 침묵이 흘렀고 그가 덧붙였다. 「에, 난 바지를 이블 때 엉
덩이 쪽이 아프로 오게 입찌는 안씁니다. 그래서 뜻밖의 행운
을 얻으면 내 행운의 별에 감사드립니다. 남자는 저기 저 아
가씨한테서 많은 즐거움을 어들 수 이씁니다. 그것은 당신 가
튼 여자들에게서는 절대 어들 수 업는 껌미다. 유감스러운 일
이죠. 당신도 때깔 조은 돌사과가 되는 대신 조은 사과가 될

수 이써쓸찌도 모르니까요. 당신 가튼 여자들은 적절한 접목이 피료합니다.」

그는 그렇게 말하며 약간 육감적이고 감상하는 듯한 묘한 미소를 씩 지으면서 그녀를 바라보았다.

「그리고 당신 같은 남자들은요.」 그녀가 말했다. 「격리시켜야 해요. 자신들의 천박함과 이기적인 정욕을 정당화하니까요.」

「그래요, 부인! 나 같은 남자가 몇 사람이라도 남아 있다는 걸 오히려 감사하게 생각해야 할 겁니다. 그렇지만 당신은 지금과 같은 처지가 된 게 당연해요. 지독히 외롭게 혼자 남겨지는 처지 말입니다.」

힐다는 자리에서 일어나서 문 쪽으로 갔다. 그도 일어나서 못에 걸린 겉옷을 잡아 내렸다.

「나 혼자서도 길을 잘 찾아갈 수 있어요.」 그녀가 말했다.

「그럴 수 없을 겁니다.」 그가 느긋하게 대답했다.

그들은 길을 따라 침묵 속에서 우스꽝스럽게 줄을 지어 오솔길을 터벅터벅 걸어갔다. 올빼미 한 마리가 여전히 부엉부엉 울고 있었다. 그는 그것을 총으로 쏘아 잡아야겠다고 생각했다.

차는 약간 이슬에 젖은 채 아무 일 없이 서 있었다. 힐다는 차에 타고 시동을 걸었다. 다른 두 사람은 기다렸다.

「내가 하고 싶은 말은요.」 그녀가 참호 같은 자리에 앉아서 말했다. 「이런 위험을 무릅쓸 만한 가치가 있었다고 나중에 생각하게 될지 의심스럽다는 거예요. 두 사람 중 누구라도 말이에요.」

「어떤 사람에게는 약이 되는 게 다른 사람에게는 독이 될 수 있죠.」 그가 어둠 속에서 말했다. 「그러나 그것이 나한테는 약도 되고 술도 됩니다.」

자동차 불이 번쩍이며 켜졌다.

「아침에 기다리지 않게 해, 코니.」

「안 그럴게. 잘 가, 언니!」

차는 천천히 도로 위로 올라선 다음 신속하게 미끄러지듯 떠나서 사라졌고 밤은 다시 고요해졌다.

코니는 조심스럽게 그의 팔을 잡았고 두 사람은 오솔길을 따라 내려갔다. 그는 아무 말도 하지 않았다. 마침내 그녀가 그를 멈춰 세웠다.

「키스해 줘요!」 그녀가 중얼거렸다.

「아니, 좀 기다리시오! 분을 좀 삭여야겠소.」 그가 말했다.

그 말에 그녀는 재미있어했다. 그녀는 여전히 그의 팔을 잡고 있었고 두 사람은 아무 말 없이 재빨리 오솔길을 따라 내려갔다. 그녀는 지금 그와 함께 있게 되어 너무 기뻤다. 그녀는 힐다가 자기를 낚아채듯 데려가 버렸을지도 모른다는 것을 알고 있었기 때문에 몸을 떨었다. 그는 의중을 헤아릴 수 없을 정도로 침묵을 지켰다.

그들이 다시 집으로 들어왔을 때 그녀는 언니에게서 벗어나게 된 것에 거의 뛸 듯이 기뻤다.

「그렇지만 당신이 언니한테 심하게 굴었어요.」 그녀가 말했다.

「언젠가는 한 번 당해야 하는 일이었소.」

「그런데 왜요? 언니는 정말 좋은 사람이에요.」

그는 아무 대답 없이 조용하고 판에 박힌 것 같은 동작으로 저녁에 해야 할 집안일을 하면서 돌아다녔다. 그는 겉으로 화가 나 있었지만 그녀에게 화가 난 것은 아니었다. 코니는 그렇게 느꼈다. 그는 화가 나 있었지만 그의 분노 한가운데에는 그녀를 좋아하는 마음이 자리 잡고 있었다. 그리고 그가 화를 내자 얼굴이 묘하게 잘생겨 보였고 정신적인 깊이가 더해졌으며 광채가 나는 것 같아서 그녀는 흥분한 나머지 전율했고 사지가 녹아내리는 것 같은 기분을 느꼈다. 그럼에도 불구하고 그는 그녀를 모른 척하고 있었다.

그가 앉아서 장화 끈을 풀기 시작할 때까지는 그랬다. 그러다 그가 눈을 치켜뜨며 그녀를 올려다보았다. 눈썹에는 아직도 분노가 짙게 어려 있었다.

「올라가지 않을 거요?」 그가 말했다. 「저기 촛불이 있소!」

그가 고개를 옆으로 살짝 젖히며 식탁 위에서 타고 있는 촛불을 가리켰다. 그녀는 고분고분하게 촛불을 들었고, 그는 그녀가 첫 번째 계단을 올라갈 때 풍만한 엉덩이 곡선을 바라보았다.

관능적인 열정의 밤이었다. 그녀는 그 열정에 약간 놀랐고 마음이 거의 내키지 않았다. 그러나 꿰뚫을 것 같은 관능의 전율이 다시 그녀의 몸을 관통했다. 그것은 부드러운 애정의 전율과 다르고, 그것보다 더 날카롭고 더 무서웠지만, 그 순간 더 간절히 원하게 되는 전율이었다. 약간 두렵기도 했지만 그녀는 그가 마음대로 하도록 내버려 두었다. 그러자 무모하고 수치심을 모르는 관능이 그녀의 온몸을 뿌리까지 흔들어 놓고, 그녀를 완전히 마지막까지 벌거벗겼으며, 그녀를 다른 여자로 만들어 주었다. 그것은 사실 사랑이 아니었다. 육욕도 아니었다. 그것은 불꽃처럼 날카롭고 뜨겁게 타오르면서 영혼을 맹렬히 불사르는 관능이었다.

수치심을, 가장 비밀스러운 곳의 가장 깊고 가장 오래된 수치심까지 다 태워 버리는 관능이었다. 그가 자기 뜻대로, 자기 의지대로 그녀를 다루도록 내버려 두기 위해 그녀에게도 노력이 요구되었다. 그녀는 노예처럼, 육체적 시중을 드는 노예처럼 수동적으로 응해 주는 존재여야만 했다. 그러나 정열이 그녀의 온몸을 휘감아 핥아 대며 모든 것을 태워 버리고, 정열의 불꽃이 오장육부와 가슴을 훑고 지나갈 때 그녀는 정말로 자신이 죽고 있다고, 그러나 통렬하면서도 지극히 훌륭한 죽음을 맞이하고 있다고 생각했다.

그녀는 아벨라르가 자신과 엘로이즈[136]가 사랑을 했던 1년 긴 징열의 온갖 단계와 극치를 경험했다고 한 말의 의미가 무엇일까 종종 생각해 보곤 했다. 천 년 전에도, 만 년 전에도 똑같은 일이 일어났다! 그리스 항아리들 위에도 똑같은 일이 있었다. 사방에 있었다! 정열의 극치와 관능의 무절제가! 그

---

136 피에르 아벨라르Pierre Abélard(1079~1142)는 프랑스의 성직자이자 신학자였고 엘로이즈Héloïse(1098?~1164)는 그의 제자였다가 연인이 되었다. 엘로이즈는 연애 사건 후에 수녀가 되었다. 두 사람이 주고받은 사랑의 서간은 오늘날까지도 책으로 읽히고 있다. 아벨라르는 〈사랑의 어떤 단계도 우리의 탐욕 속에서 생략되지 않았다〉라고 쓴 바 있다.

리고 잘못된 수치심을 태워 버리고 육체의 가장 무거운 광석을 순수한 상태로 제련하는 것은 반드시 필요하고, 영원히 필요한 일이다. 순수한 관능의 불길로 말이다.

이 짧은 여름밤에 그녀는 너무나 많은 것을 배웠다. 그녀는 여자가 수치심 때문에 죽을 수도 있다고 생각했을지 모른다. 하지만 그 대신 수치심이 죽었다. 수치심은 두려움이다. 뿌리 깊이 내재된 수치심이, 우리 육체의 뿌리 속에 웅크리고 있어서 오로지 관능의 불길로만 쫓아낼 수 있는 오래되고 오래된 육체적인 두려움이 마침내 남근의 추적에 의해 일깨워져서 내쫓겼고, 그녀는 자기 자신의 밀림 바로 한가운데에 이르렀다. 이제 그녀는 자신이 본성의 진정한 근본에 이르렀고 본질적으로 수치심이 없어졌다고 느꼈다. 그녀는 벌거벗은 채 수치심을 느끼지 않는 관능적인 자아가 되었다. 그녀는 거의 허영심이라 할 수 있는 승리감을 느꼈다. 그랬다! 바로 이것이었다! 이것이 삶이었다! 바로 이것이 자기 자신이 진정으로 존재하는 방식이었다! 가장하거나 수치심을 느낄 것이 전혀 남아 있지 않았다. 그녀는 자신의 궁극적인 벌거벗음을 한 남자, 즉 다른 한 존재와 공유했다.

그리고 그 남자는 얼마나 무모한 정력의 화신이었던가! 정말로 대단한 정력가 같았다! 그를 견뎌 내려면 강해야만 했다. 그러나 그러기 위해서는 육체라는 밀림의 핵심에, 내재된 수치심의 마지막이자 가장 깊숙한 구석에 도달해야만 했다. 남근만이 그곳을 탐험할 수 있었다. 그리고 그는 얼마나 강하게 그녀에게 밀고 들어왔던가! 그리고 두려움 때문에 그녀는 그것을 얼마나 끔찍하게 싫어했던가! 그러나 사실 그녀는 그것을 얼마나 열렬히 원했던가! 그녀는 이제 깨달았다. 그녀는 영혼 저 깊은 바닥에서 근본적으로 이런 남근의 추격을 필요로 했고, 그것을 몰래 원했으며, 그것을 절대 얻지 못할 것이라고 믿었다. 하지만 이제 갑자기 그것이 주어졌고, 한 남자가 그녀와 최후의 궁극적인 벌거벗음을 함께 나누고 있었으며, 그녀는 수치심을 전혀 느끼지 않았다.

시인들을 비롯해 모든 사람은 그 얼마나 거짓말쟁이였던가! 그들은 사람들이 원하는 것이 다정한 감정이라고 착각하게 만들었다. 사람들이 최고로 원하는 것은 바로 이렇게 찌르고, 다 태워 버리며, 차라리 끔찍하기까지 한 관능인데도 말이다. 수치심이나 죄의식, 또는 마지막 눈곱만큼의 불안감도 없이 감히 그렇게 할 수 있는 남자를 찾아내다니! 만약 남자가 나중에 수치심을 느꼈거나 상대방 여자에게 수치심을 느끼게 만들었다면 얼마나 끔찍했을 것인가! 민감하고 관능적인 남자들이 그렇게 드물다니 얼마나 유감스러운 일인가! 대무분의 남자가 너무나 겉멋만 부려 대는 약간 부끄러운 존재라는 것은 얼마나 유감스러운 일인가! 클리퍼드처럼! 심지어는 마이클리스처럼 말이다! 두 사람 모두 관능적인 면에서 겉멋만 부리고 상대에게 굴욕을 느끼게 만들었다. 정신의 지고한 쾌락이라고! 그것이 여자에게 무슨 의미가 있단 말인가? 사실, 그 말을 지껄인 남자 본인에게조차 그게 무슨 의미가 있단 말인가? 그런 남자는 자기 정신 속에서조차 그저 지저분하고 겉멋만 부려 댈 뿐이다. 정신을 정화하고 그것을 자극하려면 순수한 관능이 필요하다. 지저분함이 아니라 순수한 불같은 관능이 필요하다.

아, 하느님! 남자란 얼마나 어이없는 존재인가요! 그들은 모두 이리저리 냄새를 맡고 돌아다니며 교미를 해대는 개들이다. 그러나 두려워하지 않고 수치스러워하지 않는 남자를 찾아냈다! 그녀는 이제 남자를 바라보았다. 그는 정말로 야생동물처럼 잠이 든 채 혼자 멀리, 아득히 먼 곳에 가 있었다. 그녀는 그에게서 떨어지지 않도록 몸을 웅크리고 바싹 다가갔다.

마침내 그가 일어나는 기척에 그녀도 잠에서 완전히 깨어났다. 그는 침대에 앉아 그녀를 내려다보고 있었다. 그녀는 그의 눈 속에서 자신의 벌거벗은 모습을, 자신에 대한 직접적인 이해를 보았다. 그러자 그녀에 대한 남자로서의 이해가 흐르는 물처럼 그의 눈에서 그녀에게로 흘러넘쳐 그녀를 관능적으로 감싸는 것만 같았다. 아, 반쯤 잠에 취한 팔다리와 온몸에 정열이 묵직하게 가득 차 있는 모습은 얼마나 관능적이고 사랑스러운가!

「일어날 시간이 되었어요?」 그녀가 말했다.

「6시 반이오.」

그녀는 8시까지 오솔길 끝으로 나가 있어야 했다. 항상, 언제나, 늘 이런 강요가 존재한다!

「그렇지만 아직 일어날 필요는 없어요.」 그녀가 말했다.

「아침을 만들어 여기로 가지고 올라올까 싶은데, 그래도 괜찮겠소?」

「아, 그럼요!」

플로시가 아래층에서 나직하게 낑낑거렸다. 그는 일어나서 파자마를 벗고 수건으로 몸을 문질러 닦았다. 용기와 생명력으로 넘칠 때 인간의 모습은 얼마나 아름다운가! 그녀는 말없이 그를 바라보면서 그렇게 생각했다.

「커튼 좀 걷어 줄래요?」

태양이 벌써 아침의 부드러운 녹색 잎들 위에서 반짝이고 있었고 숲은 푸르고 싱그럽게 가까이 서 있었다. 그녀는 일어나 침대에 앉아 지붕에 난 창을 통해 꿈꾸듯이 밖을 내다보았다. 벌거벗은 두 팔에 눌려 벌거벗은 젖가슴이 가운데로 몰렸다. 그는 옷을 입고 있었다. 그녀는 반쯤 꿈을 꾸듯이 삶을, 그와 함께 보내는 삶을 그려 보고 있었다. 그저 삶다운 삶을 말이다.

그는 가려 하고 있었다. 몸을 웅크린 채 벌거벗고 있는 위험한 그녀의 존재로부터 달아나고 있었다.

「내 잠옷이 전부 어디로 가버린 거죠?」 그녀가 말했다.

그는 손을 침대 밑에 밀어 넣더니 얇은 비단옷을 끄집어냈다.

「내 발목에 비단이 걸리적거리는 것 가타쏘.」 그가 말했다.

그러나 잠옷은 거의 두 쪽으로 찢어져 있었다.

「신경 쓰지 마요!」 그녀가 말했다. 「그건 오히려 여기 있어야 하는 거예요. 그걸 두고 갈게요.」

「그래, 두고 가도록 하시오. 내가 밤에 다리 사이에 넣고 잘 수 있을 테니까. 친구 삼아서. 이름이나 표시 같은 건 해두지 않았겠지?」

「네, 없어요! 그냥 평범한 낡은 잠옷이에요.」

그녀는 찢어진 옷을 걸치고 몽롱하게 창밖을 바라보며 앉아 있었다. 창문이 열려 있어서 아침 공기와 새 소리가 안으로 실려 들어왔다. 새들이 끊임없이 날아서 지나갔다. 그러다가 플로시가 밖에서 돌아다니는 모습이 보였다. 아침이었다.

아래층에서는 그가 불을 지피고 물을 퍼올리고 뒷문으로 나가는 소리가 들려왔다. 조금씩 베이컨 냄새가 풍기더니 마침내 그가 문을 겨우 통과할 만큼 커다란 검은 쟁반을 들고 위층으로 올라왔다. 그는 쟁반을 침대 위에 내려놓고 차를 따랐다. 코니는 찢어진 잠옷을 입은 채 쪼그리고 앉아 게걸스럽게 음식을 먹기 시작했다. 그는 의자에 앉아 접시를 무릎 위에 올려놓고 먹었다.

「정말 맛있어요!」 그녀가 말했다. 「함께 아침을 먹으니 정말 좋네요!」

그는 말없이 먹기만 했는데, 마음은 온통 빠르게 흘러가는 시간에 대한 생각으로 가득 차 있었다. 그 모습에 그녀는 자신의 처지를 떠올렸다.

「아, 당신과 함께 여기서 같이 살 수 있다면, 그리고 랙비는 백 마일 정도 멀리 떨어져 있다면 얼마나 좋을까요! 사실 내가 떠나는 것은 랙비로부터예요. 당신도 알고 있죠?」

「그렇소!」

「그럼 우리가 함께 살 거고 함께 삶을 꾸려 나갈 거라고 나한테 약속해 줘요, 당신하고 나하고요! 약속해 줘요, 그럴 거죠?」

「약속하오! 우리가 그럴 수 있다면 말이오.」

「그럴 수 있어요! 그리고 우리는 꼭 그렇게 할 거예요. 꼭 그러고 말 거예요, 그렇죠?」 그녀가 몸을 앞으로 수그리며 그의 손목을 잡았다. 그 와중에 차가 엎질러졌다.

「그럴 거요!」 그가 차를 닦으며 말했다.

「이제는 우리가 함께 살지 않는다는 건 도저히 있을 수 없는 일이에요, 그렇죠?」 그녀가 호소하듯 말했다.

그가 특유의 씩 웃는 웃음을 살짝 지으며 그녀를 올려다보았다.

「그렇소!」 그가 말했다. 「그렇지만 당신은 25분 후면 출발해야 하오.」

「정말요?」 그녀가 큰 소리로 외쳤다. 갑자기 그가 아무 소리도 내지 말라는 경고의 의미로 손가락을 입에 갖다 대면서 벌떡 일어섰다.

플로시가 짧게 한 번 짖은 다음 경고하듯 크고 날카롭게 세 번 짖었다. 그는 조용히 쟁반 위에 접시를 내려놓고 아래층으로 내려갔다. 콘스턴스는 그가 앞뜰에 난 길로 걸어 내려가는 소리를 들었다. 바깥에서 자전거 종소리가 따르릉 하고 울렸다.

「안녕하세요, 멜러스 씨! 등기 우편입니다!」

「아, 네! 혹시 연필 가지고 이씀니까?」

「여기 이씀니다.」

잠깐 말이 끊겼다.

「캐나다에서 와꾼요!」 낯선 사람의 목소리가 말했다.

508

「그래요! 브리티시컬럼비아[137]에 친구가 살고 이씀니다. 왜 그 친구가 등기 우편을 보낸는지 모르게꾼요.」

「혹시 돈이라도 보낸 건 아닐까요.」

「뭐가 피료하다고 부타카는 거 같아요.」

잠시 말이 끊겼다.

「음! 오늘도 날씨가 참 좋군요!」

「그러쿤요!」

「안녕히 계세요!」

「안녕히 가십시오!」

잠시 후 그가 다시 위층으로 올라왔다. 조금 화가 난 모습이었다.

「우체부였소.」 그가 말했다.

「참 일찍도 왔네요!」 그녀가 대답했다.

「시골 배달 구역이라 그렇소. 배달할 게 있으면 우체부가 대개 7시쯤 여기에 온다오.」

「당신 친구가 돈을 보냈나요?」

「아니! 브리티시컬럼비아에 있는 어떤 곳의 사진 몇 장과 그곳에 대한 서류요.」

「그곳에 가려고요?」

「혹시 우리가 갈 수 있지 않을까 생각했소.」

「아, 그래요! 정말 좋은 생각인 것 같아요.」

그러나 그는 우체부가 온 것 때문에 짜증이 나 있었다.

137 캐나다 서해안에 있는 주로, 주도는 빅토리아이고 최대 도시는 남부의 항구 도시 밴쿠버이다.

「그놈의 빌어먹을 자전거들. 어디 있는지 미처 알아차리기도 전에 불쑥 나타난단 말이야. 우체부가 아무것도 눈치채지 못했으면 좋으련만.」

「어쨌든 그가 뭘 눈치챌 수 있었겠어요?」

「당신은 이제 일어나서 준비를 해야 하오. 난 나가서 밖을 살펴보겠소.」

그녀는 그가 총을 메고 개와 함께 오솔길로 정찰을 나가는 것을 보았다. 그녀는 아래층으로 내려가 세수를 하고 그가 돌아왔을 때쯤에는 작은 비단 가방에 몇 가지 소지품을 챙겨 놓고 떠날 준비를 마쳐 놓았다.

그가 문을 잠그고 난 후 그들은 출발했다. 그러나 오솔길로 가지 않고 숲 속을 지나서 갔다. 그는 신중을 기하고 있었다.

「사람들이 어젯밤 같은 때를 위해 산다고 생각하지 않아요?」 그녀가 말했다.

「그렇소! 그래도 나머지 시간드레 대해서도 생가케 보아야 하오.」 그가 다소 퉁명스럽게 대답했다.

그들은 풀이 무성한 길을 따라 아무 말 없이 터벅터벅 걸어 갔다.

「그리고 우리는 함께 살면서 함께 삶을 꾸려 나갈 거죠, 그렇죠?」 그녀가 간청했다.

「그렇소!」 그가 뒤돌아보지도 않은 채 성큼성큼 걸으며 대답했다. 「때가 되면 말이오! 하지만 지금 당신은 베네치아인지 어딘지로 떠나고 있소.」

그녀는 무겁게 내려앉는 마음으로 아무 말 없이 그를 따랐다. 아, 그녀는 이제 떠나야 한다는 것이 슬펐다.

마침내 그가 걸음을 멈췄다.

「이쪽으로 잠깐 건너가 보고 오겠소.」 그가 오른쪽을 가리키며 말했다.

그러나 그녀는 두 팔로 그의 목을 감고 그에게 바싹 매달렸다.

「당신은 나에 대한 애정을 그대로 간직하고 있을 거죠, 그렇죠?」 그녀가 속삭였다. 「어젯밤에 난 정말로 당신을 사랑했어요. 어쨌든 당신은 나에 대한 애정을 그대로 간직하고 있을 거죠, 그렇죠?」

그는 그녀에게 키스를 하고 잠깐 동안 그녀를 꼭 껴안았다. 그러더니 한숨을 쉬고 다시 그녀에게 키스했다.

「가서 차가 와 인는지 보고 오게쏘.」

그는 나지막하게 우거진 가시덤불과 고사리 덤불을 넘어 성큼성큼 걸어갔다. 고사리 덤불 사이로 그가 지나간 자국이 남았다. 1~2분 정도 그가 사라졌다가 다시 성큼성큼 걸어서 돌아왔다.

「아직 차가 안 와 이쏘.」 그가 말했다. 「그런데 길 위에 빵집 마차가 서 이쏘.」

그는 초조하고 걱정스러운 표정이었다.

「들어 봐요!」

자동차가 가까이 다가오면서 나직하게 경적을 울리는 소리가 들렸다. 차는 다리 위에서 속도를 늦췄다.

「저기 왔군! 어서 가오!」 그가 말했다. 「난 같이 안 가겠소.

어서 가오! 저곳에 차가 오래 멈춰 서 있게 하지 말고.」

그녀는 지독한 슬픔을 느끼며 고사리 덤불 사이로 그가 오가며 남겨 놓은 자국 쪽으로 뛰어들어 커다란 호랑가시나무 산울타리까지 갔다. 그는 바로 그녀 뒤를 따라왔다.

「자! 저 사이로 나가도록 하시오!」 그가 틈새를 가리키며 말했다. 「난 나가지 않케쏘.」

그녀는 절망에 빠져 그를 바라보았다. 그러나 그는 그녀에게 키스하고는 얼른 가라고 했다. 그녀는 호랑가시나무 사이를, 나무 울타리 사이를 순전히 비통한 마음으로 기어 지나갔고 비틀거리며 아래쪽으로 가서 도랑을 건넌 다음 오솔길로 올라섰다. 그곳에서는 힐다가 짜증난 표정으로 막 차에서 내리고 있었다.

「저런, 거기 있었구나!」 힐다가 말했다. 「그 사람은 어디 있니?」

「그이는 안 올 거야.」

작은 가방을 들고 차에 타는 코니의 얼굴에 눈물이 흐르고 있었다. 힐다가 우스꽝스러운 보안경이 달린 자동차용 헬멧을 잡아채듯 홱 집어 올렸다.

「이걸 써!」 그녀가 말했다. 코니는 변장용 보안경을 당겨서 쓴 다음 긴 자동차 여행용 외투까지 입었다. 그녀는 보안경을 쓴 채 사람 같지 않은, 정체를 알 수 없는 모습으로 앉아 있었다. 힐다가 사무적인 동작으로 자동차를 출발시켰다. 그들은 오솔길에서 빠져나와 도로를 따라 달리기 시작했다. 코니는 주변을 둘러보았다. 그러나 그의 흔적은 전혀 보이지 않았다. 멀리! 더 멀리 멀어지고 있었다! 그녀는 서럽게 눈물을 흘리며 앉아 있었다. 이별이 너무나 갑자기, 너무나 예상치 않게 닥쳐 왔다. 그것은 죽음과 같았다.

「네가 그에게서 당분간 떨어져 있게 되어 정말 다행스럽구나!」 크로스힐 마을을 피해 차를 돌리며 힐다가 말했다.

제17장

「그런데 언니.」 점심 식사 후 런던에 가까이 가고 있을 때 코니가 말했다. 「언니는 진정한 애정이나 진정한 관능이 무엇인지 한 번도 느껴 본 적이 없어. 만약 언니가 그것들을 실제로 알게 된다면 — 한 사람과의 관계에서 말이야 — 그로 인해 큰 변화가 생길 거야.」

「제발, 네 경험 자랑 좀 작작해라!」 힐다가 말했다. 「난 아직까지 여자를 위해 자기를 다 내주면서 여자와 친밀한 관계를 맺을 수 있는 남자를 한 번도 만나 본 적이 없어. 내가 원했던 건 바로 그런 남자였는데. 난 남자들의 자기만족적인 애정이나 관능에는 관심 없어. 어떤 남자든 난 그 남자의 귀여운 노리갯감이나 그가 원할 때마다 언제든지 가질 수 있는 쾌락용 몸뚱이*chair à plaisir*가 되는 것에 만족할 수 없어. 난 완전하게 친밀한 관계를 원했지만 그것을 얻지 못했어. 나한테는 그것으로 충분해.」

코니는 이 말에 대해 곰곰이 생각했다. 완전하게 친밀한 관계라! 그녀는 그것이 나 자신에 관한 모든 것을 상대방에게 드러내 보이는 것이고 또한 상대방도 그 자신에 관한 모든 것을 드러내는 것을 의미한다고 생각했다. 그러나 그것은 지루한 일이었다. 남자와 여자 사이의 그 모든 지겨운 자의식! 그것은 일종의 병이었다!

「난 언니가 모든 사람과의 관계에서 항상 자의식이 너무 강하다고 생각해.」 그녀가 말했다.

「적어도 내게 노예 근성은 없기를 바란다.」 힐다가 말했다.

「그래도 어쩌면 있을지 몰라! 어쩌면 언니는 스스로에 대한 언니 자신의 생각에 묶여 있는 노예일지도 몰라.」

힐다는 지금까지 들어 보지 못한 이 오만한 말을 계집아이나 다름없는 코니에게서 들은 후 잠깐 동안 아무 말 없이 차를 몰았다.

「적어도 난 나에 대한 다른 사람의 생각에 묶여 있는 노예는 아니야. 더구나 그 다른 사람이 내 남편의 하인도 아니고.」 그녀는 마침내 노골적으로 화를 내며 쏘아붙였다.

「언니도 알다시피 그건 그렇지 않아.」 코니가 차분하게 말했다.

그녀는 항상 언니가 자신을 지배하도록 내버려 두었다. 하지만 비록 마음속 어딘가에서 눈물을 흘리며 울고 있었을지라도 그녀는 이제 다른 여자들의 지배로부터 자유로웠다. 아! 그것은 그 자체로 또 하나의 생명을 얻은 것처럼 위안이 되는 일이었다. 다른 여자들의 묘한 지배와 집착에서 자유로워지는 것은 말이다! 여자들은 얼마나 끔찍한지!

그녀는 아버지와 함께 있게 되어 기뻤다. 그녀는 항상 아버지가 가장 귀여워하는 딸이었기 때문이다. 그녀와 힐다는 펠멜의 작은 호텔에 머물렀고 맬컴 경은 클럽에 가 있었다. 그러나 그는 저녁에 딸들을 데리고 외출했고 그들은 아버지와 함께 다니는 것을 좋아했다.

맬컴 경은 주변에 갑자기 출현한 새로운 세상을 약간 두려워하긴 했지만 여전히 풍채가 좋고 강건했다. 그는 스코틀랜드에서 자신보다 젊고 더 부자인 여자를 두 번째 아내로 맞이했다. 그러나 그는 첫 번째 아내에게 그랬던 것처럼 가능한한 자주 그녀의 곁을 떠나 휴가를 즐겼다.

코니는 오페라를 보러 가서 아버지 옆에 앉았다. 그는 적당히 살이 찌고 허벅지가 굵은 편이었다. 하지만 그것은 여전히 강하고 튼튼하며 인생을 충분히 즐기면서 살아온 건강한 남자의 허벅지였다. 그의 명랑한 이기심과 완고할 정도의 독립심, 그리고 후회를 모르는 관능성. 코니에게는 그 모든 것이 그의 튼튼하고 곧은 허벅지에서 드러나는 것 같았다. 그야말로 남자다운 모습이었다! 그러나 그런 아버지가 이제 노인이 된 것은 슬픈 일이었다. 튼튼하고 굵은 그의 남성적인 다리에는 애정의 기민한 민감함과 힘이 전혀 없었기 때문이다. 애정의 기민한 민감함과 힘이란 젊음의 정수로, 일단 거기에 생겨나면 결코 죽어 없어지지 않는 것인데 말이다.

코니는 두 다리의 존재에 대해 새롭게 눈을 떴다. 다리는 그녀에게 얼굴보다 더 중요한 것이 되었다. 얼굴은 더 이상 그리 진실한 것이 못 되었다. 살아 있는, 민첩한 다리를 가진 사람이 얼마나 적은가! 그녀는 무대 앞 특석에 앉아 있는 남자들을 바라보았다. 푸딩 찌는 천 같은 검정 옷에 싸인 푸딩처럼 축 늘어진 커다란 허벅지들. 아니면 장례용 천 같은 검정 옷을 걸치고 있는 나무 작대기같이 비쩍 마른 다리들. 아니면 미끈하게 생기긴 했지만 관능이든 부드러운 애정이든 민감함이든 아무것도 없이 다리랍시고 뽐내며 돌아다니는 그저 평범하기만 할 뿐인 젊은 다리들. 그런 허벅지들은 그녀 아버지의 허벅지만큼도 관능성을 지니고 있지 않았다. 그것들은 모두 기가 꺾이고 압도당해 존재가 없어져 버렸다.

그러나 여자들은 기가 꺾이진 않았다. 대부분의 여자들이 가지고 있는 방앗간 기둥 같은 끔찍한 다리들! 그 다리들은 정말로 충격적이었다. 정말로 살인이라도 저지르기에 충분할 만큼 충격적이었다! 아니면 불쌍할 정도로 꼬챙이처럼 마른 다리! 아니면 생명력이라고는 눈곱만큼도 보이지 않는, 실크 스타킹을 신은 깔끔하고 단정한 다리들! 끔찍하게도, 무의미하게 이리저리 뽐내며 돌아다니는 수백만의 무의미한 다리들!

그녀는 런던에서 행복하지가 않았다. 사람들이 너무나 유령 같고 멍해 보였다. 아무리 활발하고 잘생긴 모습을 하고 있어도 그들에게는 살아 있는 행복이 전혀 없었다. 살아 있는 행복은 모두 메말라 버렸다. 그러나 코니는 행복에 대한 여자의 맹목적인 갈망을, 행복을 보장받고 싶어 하는 여자의 맹목적인 갈망을 지니고 있었다.

파리에서는 어쨌든 약간의 관능이 아직 남아 있는 것을 그녀는 느꼈다. 그러나 그것은 너무나 지치고 피곤하고 기진맥진한, 부드러운 애정의 결핍 때문에 기진맥진한 관능이었다! 아, 파리는 슬픈 곳이었고 가장 슬픈 도시 중 하나였다. 이제는 기계적인 관능에 지쳐 있었고, 돈, 돈, 돈만 추구하느라 긴장해서 지쳐 있었으며, 원망하고 잘난 체하는 것에 대해서조차 지쳐 있었고, 그저 죽을 정도로 지쳐 있었다. 하지만 아직은 충분히 미국화나 런던화가 이루어지지 않아서 그 지친 모습을 기계적으로 추고, 추고 또 춰대는 지그 춤[138]으로도 덮어 감추지는 못하고 있었다! 아, 남자다움을 뽐내는 이 사내들, 빈둥거리는 이 한량들, 추파를 던져 대는 이 사내들, 훌륭한 만찬을 즐기는 이 먹보들! 그들은 얼마나 지친 모습인가! 부드러운 애정을 조금씩 주고받지 못해서 지치고 기진맥진해 있었다. 유능하고 때로는 매력적인 여자들은 관능의 실체에 대해 한두 가지를 알고는 있었다. 그런 점에서 그들은 지그 춤을 춰대는 영국 여자들보다 나았다. 그러나 그들은 부드러운 애정에 대해서는 훨씬 더 모르고 있었다. 메마른 의지의 끝없는 긴장으로 말라 버린 채 그들 역시 기진맥진해져 가고 있었다. 인간 세상은 그서 기진맥진해져 가고 있었다. 아마도 이 세상은 완전히 파괴적인 상태로 변할지 모른다. 일종의 무정부 상태로 말이다! 클리퍼드와 그의 보수적인 무질서 상태로 말이다! 어쩌면 세상은 그리 오랫동안 보수적인 상태로 남아 있지는 않을 것이다. 몹시 과격한 무정부 상태로 발전해 나갈지도 모른다.

코니는 자신이 세상을 두려워한 나머지 움츠러들고 있다는

138 3박자의 경쾌한 춤.

것을 깨달았다. 때때로 넓은 가로수길이나 불로뉴 공원[139]에서, 혹은 뤽상부르 공원[140]에서 잠깐 동안 행복을 느끼기도 했다. 그러나 이미 파리는 미국인과 영국인들로, 너무나 기묘한 제복을 입은 이상한 미국인들과 아무 희망 없이 외국에 나와 있는 평범하고 우울한 영국인들로 득실거렸다.

그녀는 파리를 떠나 차를 타고 계속 여행을 하게 되어 기뻤다. 갑자기 날씨가 더워져서 힐다는 스위스를 지나 브렌네르 고개[141]로 넘어간 다음 돌로미티[142]를 지나 베네치아로 내려갔다. 힐다는 일을 처리하고 운전을 하고 모든 일에서 주도적인 역할을 하는 것을 좋아했다. 코니는 조용히 있는 것으로 아주 만족했다.

여행은 정말로 아주 멋졌다. 그러나 코니는 계속 속으로 혼잣말을 했다. 〈난 왜 진짜로 신이 나지 않는 걸까? 왜 진짜로 흥분해서 전율하지 않는 걸까? 더 이상 풍경에 대해 진심으로 관심이 생기지 않다니 얼마나 끔찍한 일인가? 하지만 관심이 생기질 않아. 꽤나 끔찍한 일이야. 루체른 호수[143]를 배를 타고 지나가면서도 산과 푸른 호수가 있다는 것도 알아채지 못했던 성 베르나르[144]와 비슷해진 것 같아. 경치 따위는

139 파리에 있는 숲으로 센 강 만곡부에 위치한 넓은 공원.
140 정연한 아름다움으로 유명한 파리의 공원.
141 오스트리아와 이탈리아 국경에 있는 알프스 산맥의 한 고개.
142 이탈리아 북동부에 있는 산맥.
143 스위스 중부에 위치한 호수.
144 Bernard de Clairvaux(1090~1153). 프랑스 수도자로 클레르보 대수도원을 설립했다.

더 이상 관심 없어. 왜 열심히 봐야 하지? 왜 그래야 하는데? 그러고 싶지 않아.〉

그랬다. 그녀는 프랑스나 스위스, 티롤[145]이나 이탈리아에서 정말로 생기 넘치는 것을 하나도 발견하지 못했다. 그녀는 그저 차에 실려서 그 모든 곳을 지나쳤을 뿐이었다. 그리고 그 모든 곳은 랙비보다 훨씬 더 비현실적이었다. 그 끔찍한 랙비보다 더 비현실적이었다! 그녀는 프랑스나 스위스를 보지 않더라도, 이탈리아를 다시 보지 않더라도 상관없다고 느꼈다. 그곳들은 계속 그렇게 존재할 것이다. 랙비가 더 현실적이었다.

사람들은 어떤가! 그들은 전부 똑같아서 차이라곤 거의 없었다. 그들에게는 모두 돈을 뜯어내려는 마음밖에 없었다. 그리고 여행자들은 돌에서 피를 쥐어 짜내듯이 억지로라도 즐거움을 얻고 싶어 했다. 불쌍한 산들! 불쌍한 풍경들! 그것들 모두 흥분을 제공하고, 즐거움을 제공하기 위해 쥐어짜이고, 짜이고, 또 짜여야만 했다. 이렇게 그저 즐기겠다고 작심하고 달려드는 사람들은 노대체 어쩔 직징이란 말인기?

〈이건 아니야!〉 코니는 스스로에게 말했다. 〈차라리 랙비에 있고 싶어. 그곳에서는 이리저리 돌아다닐 수도 있고, 가만히 있을 수도 있고, 뭔가를 열심히 구경하지 않아도 되고, 어떤 식으로든 아무것도 연기하지 않아도 되고 말이야. 이렇게 관광하면서 즐기는 척 연기하는 건 너무 절망스러울 정도

---

145 알프스 산맥에 있는 산악 지대로 오스트리아 서부의 티롤 주와 이탈리아 북부의 트렌티노알토 아디제 주로 나뉘어 있다.

로 굴욕적이야. 이번 여행은 정말 실패작이야.〉

그녀는 랙비로, 심지어는 클리퍼드에게로, 그 불쌍한 불구자 클리퍼드에게로 돌아가고 싶었다. 그는 어쨌든 떼를 지어 몰려다니며 휴가를 즐기는 무리 같은 바보는 아니었다.

그러나 내적인 의식 속에서 그녀는 다른 남자와 계속 접촉하고 있었다. 그녀는 그와의 접촉을 놓아서는 안 되었다. 아, 그걸 놓아서는 안 되었다. 그걸 놓아 버리면 그녀는 쓰레기 같은 사치스러운 사람들과 쾌락을 좇는 돼지 같은 사람들의 세계에서 완전히 길을 잃고 말 터였다. 아, 쾌락을 좇는 돼지 같은 사람들! 아, 〈마음껏 즐기자〉라는 주의! 그것은 또 다른 형태의 현대병이었다.

그들은 메스트레[146]에서 차를 보관소에 맡기고 정기 여객선을 타고 베네치아로 갔다. 아름다운 여름날 오후였다. 얕은 석호에는 잔물결이 일었고 강렬한 햇살에 호수 건너편에 등을 돌리고 앉아 있는 베네치아의 모습이 희미하게 보였다.

그들은 부두에서 곤돌라로 갈아타고 곤돌라 사공에게 갈 곳을 알려 주었다. 흰색 바탕에 파란색 줄무늬가 있는 셔츠를 입은 그는 정식 곤돌라 사공이었는데, 썩 잘생기지도 않았고 인상적이지도 않았다.

「아! 에스메랄다 별장요! 그럼요! 잘 알고말고요! 그곳에 계시는 어떤 신사분의 사공으로 일한 적이 있었거든요. 하지만 거리가 상당히 멀답니다!」

146 이탈리아 북동부에 있는 도시로 베네치아에서 북동쪽으로 10킬로 떨어져 있다.

사공은 다소 어린애 같고 성미가 급한 남자 같았다. 그는 조금 과장된 몸짓으로 격렬하게 노를 저어 흉측하게 물이끼가 끈적끈적하게 붙어 있는 녹색 담이 늘어선 어두운 골목 운하들을 지나갔다. 가난한 지역을 통과하는 이 운하들 위로는 빨래가 줄에 높이 널려 있었고 때로는 약하게, 때로는 강하게 오물 냄새가 풍겼다.

그러나 마침내 사공은 탁 트인 운하로 나왔다. 양쪽에 포장된 인도가 있고 반달 모양 다리들이 걸쳐져 있으며 곧바로 나아가면 직각으로 대운하와 만나는 여러 운하 중 하나였다. 두 여자는 작은 차양 밑에 앉았고 남자는 그들 뒤쪽의 약간 올라간 곳에 자리를 잡고 서 있었다.

「아가씨들께서는 에스메랄다 별장에 오래 머무르실 건가요?」 사공이 느긋하게 노를 저으며 하얀 바탕에 파란 줄무늬가 있는 손수건으로 얼굴에 흐르는 땀을 닦으며 물었다.

「한 20일쯤 있을 거예요. 우리는 둘 다 결혼한 부인들이에요.」 힐다가 특유의 낮은 목소리로 말했다. 그것 때문에 그녀의 이탈리아어는 더 외국인의 말투처럼 들렸다.

「아, 20일요!」 남자가 말했다. 잠시 침묵이 흘렀다. 그러다가 그가 물었다. 「그럼 부인들께서는 에스메랄다 별장에 머무는 20일가량 동안 곤돌라가 필요하지 않으신가요? 아니면 하루 단위로든 일주일 단위로든 필요하지 않으세요?」

코니와 힐다는 생각해 보았다. 육지에서 자가용이 있는 게 더 좋은 것처럼 베네치아에서는 전용 곤돌라가 있는 게 더 좋았다.

「별장에는 뭐가 있나요? 어떤 배들이 있어요?」

「모터 달린 큰 배 한 척하고 곤돌라가 하나 있습니다. 하지만……」 이 하지만은 그 배들이 그녀들 차지가 되지는 못할 것이라는 뜻이었다.

「얼마나 일할 수 있는데요?」

하루에 약 30실링, 일주일에 10파운드였다.

「그게 통상적인 가격인가요?」 힐다가 물었다.

「더 싼 겁니다, 부인. 더 싼 거예요. 정상가는……」

두 자매는 생각해 보았다.

「글쎄요.」 힐다가 말했다. 「내일 아침에 와봐요. 그때 결정할 테니까요. 이름이 뭐예요?」

사공의 이름은 조반니였고 그는 몇 시에 오면 되는지, 누구를 찾는다고 말해야 하는지 물었다. 힐다는 명함이 없었다. 코니가 사공에게 명함을 하나 주었다. 사공은 열정적인 남국인의 파란 눈으로 재빨리 그 명함을 휙 훑어보더니, 다시 한 번 힐끗 살펴보았다.

「아!」 얼굴이 환해지면서 사공이 말했다. 「귀부인이시군요! 귀부인! 그렇죠?」

「콘스탄차 부인이에요!」 코니가 말했다.

사공이 고개를 끄덕이며 되풀이해서 말했다. 「콘스탄차 부인!」 그러고는 명함을 조심스럽게 웃옷 속에 집어넣었다.

에스메랄다 별장은 꽤 멀리 떨어진 석호 가장자리에 자리를 잡고 키오자[147] 쪽을 바라보고 있었다. 별장은 그리 오래되지 않은 쾌적한 저택으로, 바다 쪽으로 테라스가 나 있고,

그 아래쪽으로는 나무가 무성하게 우거진 커다란 정원이 있었는데 거기에는 석호와 경계를 짓는 담이 둘러쳐져 있었다.

집주인은 몸집이 크고 다소 투박한 스코틀랜드인으로, 전쟁 전에 이탈리아에서 상당한 재산을 모았고 전쟁 중에는 대단한 애국심을 보여 준 공로로 기사 작위를 받았다. 그의 아내는 마르고 창백한 얼굴에 날카로운 유형의 여자로 자기 재산은 전혀 없었고 남편의 다소 지저분한 애정 행각을 단속하며 살아가야 하는 불행을 감수해야 했다. 그는 하인들을 지독하게 달달 볶으며 못살게 구는 편이었다. 그러나 지난겨울에 가벼운 뇌졸중으로 쓰러진 적이 있어서 지금은 시중을 드는 것이 한결 쉬워졌다.

저택은 사람들로 꽤 북적였다. 맬컴 경과 두 딸 외에도 일곱 사람이 더 있었다. 역시 두 딸을 데리고 온 스코틀랜드인 부부와 미망인인 젊은 이탈리아인 백작 부인, 젊은 그루지야 왕자, 폐렴을 앓고 나서 건강을 위해 알렉산더 경의 전속 목사로 와 있는 젊은 영국인 목사가 있었다. 무일푼에 잘생긴 왕자는 적낭히 긴방긴 태도며 언행 따위가 자가용 기사나 하면 딱 어울릴 것 같은 인물이었다. 백작 부인은 조용하고 체격이 아담한 여자로 어딘가에 정부(情夫)를 둔 것 같았다. 목사는 버킹엄 주의 한 교구 목사로 있다 온 소박하고 단순한 남자였다. 다행히도 아내와 두 아이는 영국에 두고 왔다. 그리고 네 명의 거스리 집안사람들은 견실하고 훌륭한 에든버

147 베네치아에서 남쪽으로 30킬로에 위치한 항구로 베네치아 석호 안에 있는 섬에 건설되었다.

러 중산층으로 실속 있게 모든 것을 즐겼고 온갖 것을 시도해 보면서도 아무것도 잃지 않았다.

코니와 힐다는 왕자를 교제 대상에서 곧바로 배제해 버렸다. 거스리 집안사람들은 어느 정도 그들과 같은 부류의 사람들로 실속은 있었지만 따분했다. 그리고 딸들은 남편감을 원했다. 목사는 나쁜 사람은 아니었지만 너무 공손했다. 알렉산더 경은 가벼운 뇌졸중을 앓고 난 후 쾌활하면서도 심하게 의기소침해 있었지만 잘생긴 젊은 여자들이 그렇게 많이 와 있는 것에 여전히 흥분해 있었다. 그의 아내 쿠퍼 부인은 조용하고 심술궂은 여자로 불쌍하게도 마음고생을 많이 하며 살아왔고, 제2의 천성이 되어 버린 싸늘한 경계심을 가지고 모든 여자를 지켜보았으며, 인간성을 얼마나 형편없이 낮게 평가하는지를 보여 주는 냉혹하고 추잡한 말들을 해댔다. 코니는 그녀가 또한 하인들을 조용한 방식으로 상당히 악독하고 거만하게 대한다는 것을 알았다. 그리고 그녀가 어찌나 교묘하게 처신했던지 알렉산더 경은 자신이 집안 전체의 지배자이자 왕이라고 생각했고, 튀어나와 있음에도 말쑥하다고 자칭하는 올챙이배를 하고는 끔찍하게 지루한 농담을 해댔다. 힐다는 그것을 익살병이라고 이름 붙였다.

맬컴 경은 그림을 그리고 있었다. 그랬다. 그는 자신이 그린 스코틀랜드 풍경화와 대비되도록 베네치아의 석호 풍경을 아직도 이따금씩 그리곤 했다. 그래서 아침이면 가끔 커다란 캔버스를 가지고 그의 〈자리〉로 배를 타고 나갔다. 잠시 후에는 쿠퍼 부인이 스케치북과 물감을 들고 도시 한복판으로 배

를 타고 나가곤 했다. 그녀는 예전부터 수채화를 주로 그려
왔고 저택 안에는 장밋빛 궁전들과 어두운 운하, 높이 솟은
다리들, 중세풍 건물의 정면 등을 그린 수채화가 가득했다.
그리고 잠시 후에는 거스리 집안사람들과 왕자, 백작 부인,
알렉산더 경, 그리고 때로는 목사인 린드 씨가 리도[148]로 가서
해수욕을 즐기다가 1시 반에 늦은 점심을 먹으러 돌아왔다.

별장에서 같이 지내는 일행은 한 집에서 일행으로 같이 지
내기에는 너무 따분했다. 그러나 두 자매는 이런 것에 개의치
않았다. 그들은 항상 밖에 나가 있었다. 그들의 아버지가 그
들을 전시회에 데리고 가서 몇 킬로미터에 이르는 지루한 그
림들을 보여 주었다. 그는 두 사람을 루케세 별장에 있는 자
기 옛 친구들에게 데려가기도 하고 따뜻한 저녁때는 광장[149]
에 있는 카페 플로리안[150]의 테이블에 그들과 함께 앉아 있기
도 했다. 그는 그들을 극장에 데리고 가서 골도니[151]의 연극
을 보기도 했다. 조명을 밝힌 수상 축제가 벌어졌고 무도회
도 열렸다. 이곳은 모든 휴양지 중의 휴양지였다. 리도는 햇
볕에 벌겋게 타거나 싸사마를 입은 사람들의 몸뚱이로 온통
뒤덮여 있어, 마치 짝짓기를 위해 올라온 바다표범들이 끝없
이 떼를 지어 뒤덮고 있는 해안 같았다. 광장에 나와 있는 너
무나 많은 사람들. 리도의 너무나 많은 인간의 팔다리와 몸
뚱이. 너무나 많은 곤돌라. 너무나 많은 모터 달린 소형 증기

148 베네치아 호수에 있는 섬으로 해수욕장이 있다.
149 베네치아의 활동의 중심지인 산마르코 광장.
150 광장의 남쪽에 있는 유명한 카페.
151 Carlo Goldoni(1707~1793). 많은 작품을 쓴 베네치아의 극작가.

선. 너무나 많은 증기 여객선. 너무나 많은 비둘기. 너무나 많은 얼음. 너무나 많은 칵테일. 팁을 원하는 너무나 많은 하인. 마구 재잘대는 너무나 많은 언어. 너무나, 너무나, 너무나 많은 햇볕. 너무나 많은 베네치아의 냄새. 너무나 많은 딸기. 너무나 많은 비단 숄. 가판대 위에 놓인 시뻘건 생고기 같은 너무나 많은 커다란 수박 조각. 전체적으로 너무나 많은 향락! 지나칠 정도로 너무 많은 향락이었다!

코니와 힐다는 여름용 원피스를 입고 돌아다녔다. 그들이 아는 사람은 수십 명이었고 또 그 수십 명의 사람들도 그들을 알고 있었다. 마이클리스가 달갑지 않게 어디선가 나타났다. 「안녕하세요! 어디에 묵고 있어요? 이리 와서 아이스크림이나 뭘 좀 들어요! 내 곤돌라를 타고 어디 함께 갑시다.」 마이클리스조차 거의 햇볕에 그을려 있었다. 아니 햇볕에 바싹 구워졌다는 게 이곳에 있는 대부분의 사람들의 살덩어리를 묘사하는 데 더 적합한 표현이리라.

어떤 의미에서는 즐거웠다. 거의 향락에 가까웠다. 그러나 어쨌든 칵테일을 마셔 대고, 따뜻한 물속에 누워 있고, 뜨거운 태양 아래 뜨거운 모래밭 위에서 일광욕을 하고, 따뜻한 밤에 어떤 남자의 몸에 배를 맞대고 재즈를 추고, 얼음으로 몸을 식히는 것은 모두 완전히 마취제 같았다. 그리고 그것은 사람들 모두가 원하는 것, 즉 마약이었다. 느릿느릿 흐르는 물은 마약이었고 태양도 마약이었고 재즈도 마약이었다. 담배도, 칵테일도, 얼음도, 베르무트[152]도 마약이었다. 마약에

152 백포도주에 향초 등을 가미한 술.

취하기! 향락! 향락이었다!

힐다는 이렇게 마약에 취하는 것을 어느 정도 즐겼다. 그녀는 모든 여자들을 바라보면서 그들에 대해 추측해 보기를 좋아했다. 여자들은 다른 여자들에게 열렬하게 흥미를 가졌다. 저 여자는 어떻게 생긴 것 같아? 저 여자는 어떤 남자를 사로잡았을까? 저 여자는 어떤 재미를 보고 있을까? 남자들은 하얀 플란넬 바지를 입은 커다란 개처럼 누군가가 쓰다듬어 주기를 기다렸고, 뒹굴기를 기다렸으며, 어떤 여자의 배를 자기 배에 착 붙이고 재즈를 추게 되기를 기다렸다.

힐다는 재즈를 좋아했다. 소위 남자라는 어떤 상대의 배에 자기 배를 바싹 대고, 그로 하여금 내장의 중심에서부터 그녀의 움직임을 이끌게 하며 이리저리 무도장을 춤추고 다니다가, 그에게서 떨어져 나와서는 〈그 녀석〉을 싹 무시해 버릴 수 있었기 때문이다. 그는 그저 이용 대상일 뿐이었다.

불쌍한 코니는 오히려 불행했다. 그녀는 재즈를 추려 하지 않았다. 자기 배를 어떤 〈녀석〉의 배에 착 붙일 수가 없었기 때문이다. 그녀는 리도에 떼 지어 밀집해 있는 거의 벌거벗은 살덩어리들이 싫었다. 그 살을 모두 적셔 주기에는 물이 충분하지 않을 것 같았다. 그녀는 알렉산더 경과 쿠퍼 부인이 싫었다. 그녀는 마이클리스나 다른 누군가가 자기를 뒤쫓아 다니는 것을 원하지 않았다.

가장 행복한 시간은 힐다를 설득해서 함께 석호 건너편으로, 저 멀리 건너편의 조약돌 깔린 어느 외딴 해변으로 함께 갈 때였다. 그곳에서 그들은 곤돌라를 모래톱 안쪽에서 기다리게 한 다음 아주 호젓하게 해수욕을 했다.

그럴 때면 조반니는 그를 도와 줄 다른 곤돌라 사공을 데리고 왔다. 거리가 먼 데다 뜨거운 햇볕 속에서 그가 지독하게 땀을 많이 흘렸기 때문이다. 조반니는 무척 친절했다. 이탈리아인들이 그렇듯이 그는 다정했지만, 열정이라곤 없었다. 이탈리아인들은 열정적이지 않다. 열정이란 마음속 깊은 곳에 차곡차곡 쌓여 있는 것이기 때문이다. 이탈리아인들은 쉽게 감동하고 다정한 경우가 많지만 어떤 종류든 지속적인 열정을 지닌 경우가 드물다.

그래서 조반니는 과거에 여러 궤짝의 뱃짐 분량만큼 많은 귀부인들에게 그랬던 것과 마찬가지로 이 두 귀부인에게도 이미 헌신적으로 봉사하고 있었다. 그들이 원한다면 그는 언제든지 몸을 팔 준비가 되어 있었다. 그는 그들이 자기를 원하길 은근히 바라고 있었다. 그들은 그에게 상당히 후하게 사례를 할 것이고 그 돈은 몹시 유용하게 쓰일 것이다. 그가 곧 결혼할 예정이었기 때문이다. 그는 그들에게 자신의 결혼에 대해 말해 주었고 그들은 적당히 관심을 보여 주었다.

그는 석호 건너편에 있는 어느 외딴 모래톱을 찾아가는 이번 뱃놀이가 혹시 그런 일을 의미하는 것인지 모른다고 생각했다. 연애l'amore, 그러니까 사랑을 나누는 일이 될 것이라고 생각했다. 그래서 그는 자신을 도와 줄 친구를 한 사람 데려왔다. 정말로 길이 멀었기 때문이다. 그리고 어쨌든 귀부인이 두 명이었다. 두 명의 귀부인과 두 마리의 고등어! 잘 맞는 계산이었다! 또한 아름답기까지 한 귀부인들이었다! 그는 당연히 그들을 자랑스럽게 여겼다. 그리고 그에게 돈을 지불하고 명령을 내리는 사람은 언니였지만 그는 자기를 연애 상대로 선택해 줄 사람이 젊은 귀부인이기를 은근히 바랐다. 그녀가 돈도 더 많이 줄 것이다.

그가 데려온 친구는 다니엘레였다. 그는 정식 곤돌라 사공은 아니어서 거지 근성이나 몸을 파는 기질이 전혀 없었다. 그는 섬에서 과일과 농산물을 실어 들여오는 큰 배인 산돌라에서 일하는 산돌라 사공이었다.

다니엘레는 미남에 키가 크고 몸매가 좋았으며, 경쾌하고 둥근 머리에는 짧고 연한 금발이 살짝 곱슬져 있었다. 남자답게 잘생긴 얼굴은 약간 사자처럼 생겼고 파란 눈은 먼 곳을 바라보는 것 같았다. 그는 조반니처럼 감정을 쏟아 내거나 말이 많지 않았으며 술을 좋아하지도 않았다. 그는 말이 없었고 혼자 바다 위에 나와 있는 것처럼 힘차고 편안하게 노를 저었다. 귀부인들은 그저 귀부인일 뿐 그와는 거리가 먼 사람들이었다. 그는 그들을 쳐다보지도 않았다. 그는 앞만 바라보았다.

그는 진짜 남자였고 조반니가 와인을 너무 많이 마신 다음 커다란 노를 과장되게 밀쳐 대며 서투르게 젓자 약간 화를 냈다. 그는 멜러스만큼 남자다웠고 몸을 팔지 않았다. 코니는 쉽게 정을 흘리고 다니는 조반니의 아내가 될 여자를 불쌍하게 여겼다. 그러나 다니엘레의 아내가 될 여자는 미로처럼 복잡한 어느 동네 뒤편에서 지금도 여전히 볼 수 있는 얌전하고 꽃같이 예쁜 베네치아 여자 중 하나일 것이다.

아, 남자가 먼저 여자에게 몸을 팔게 하더니 이제는 여자가 남자에게 몸을 팔게 하고, 이 얼마나 슬픈 일인가! 조반니는 자기 몸을 팔고 싶어 안달이었고 개처럼 침을 흘리면서 여자에게 자기 몸을 주고 싶어 했다. 그것도 돈을 벌기 위해서! 코니는 멀리, 바다 위에 장밋빛으로 낮게 떠 있는 베네치아를 바라보았다. 돈으로 지어졌고, 돈으로 꽃을 피웠으며, 돈으로 죽어 버린 곳이었다. 돈으로 죽어 버린 상태! 돈, 돈, 돈, 매춘과 죽음.

그러나 다니엘레는 여전히 남자로서 자발적인 충절을 지킬 수 있는 사내대장부였다. 그는 곤돌라 사공의 윗도리를 입지 않고 파란색 니트 저지 셔츠만 입었다. 그는 약간 거칠고 투박했으며 자존심이 강했다. 그래서 그는 두 여자에게 고용된, 다소 개 같은 조반니에게 고용되어 일을 하고 있었다. 정말 그랬다! 예수가 악마의 돈을 거절했을 때[153] 그는 유대인 은행가 같은 악마가 모든 상황을 지배하는 자가 되도록 내버려 둔 것이다.

코니가 태양이 이글거리는 석호로부터 약간 멍한 상태가 되어 별장에 돌아오면 집으로부터 편지가 와 있곤 했다. 클리퍼드는 정기적으로 편지를 보냈다. 그는 편지를 아주 잘 썼다. 그 편지들을 엮어 책으로 출판해도 괜찮을 것 같았다. 그러나 바로 그 때문에 코니는 그의 편지들이 별로 재미가 없었다.

그녀는 석호의 강렬한 햇볕과 철썩이는 바닷물의 짠맛, 넓

___
153 「마태오의 복음서」 4장 8~11절과 「루가의 복음서」 4장 5~8절 참조.

은 허공, 공허, 무(無)에 도취해서 살았다. 그러나 그녀는 튼튼하고 건강했으며 멍할 정도로 완전히 건강에 도취해서 살았다. 그것은 만족스러웠고 그녀는 아무것도 신경 쓰지 않으면서 그런 상태 속에서 마음이 진정되어 갔다. 게다가 그녀는 임신 중이었다. 그녀는 이제 그 사실을 분명히 알고 있었다. 그래서 햇볕과 석호의 짠맛, 해수욕과 자갈 해변에 누워 있기, 조개껍질 찾기, 곤돌라에 실려 멀리, 멀리 떠다니기를 통해 얻는 멍한 도취감은 임신에 의해 그녀의 몸 안에서 완성되었다. 그것은 만족스럽고 멍한 도취감을 안겨 주는, 또 다른 종류의 충만한 건강이었다.

그녀가 베네치아에 온 지 2주가 지났고 그녀는 앞으로 열흘이나 2주 정도 더 머물 예정이었다. 햇볕은 어느 때건 항상 뜨겁게 내리쬐었고 충만한 육체적인 건강은 모든 것을 완전히 잊어버리게 만들어 주었다. 그녀는 일종의 멍한 행복감에 빠져 있었다.

클리퍼드의 편지가 이런 상태에서 그녀를 깨어나게 했다.

〈이곳의 우리도 마을에서 가벼운 소동을 겪었소. 집 나갔던 사냥터지기 멜러스의 아내가 그의 집에 나타났는데 문전박대를 당한 것 같소. 그가 그녀를 내쫓고 문을 잠가 버렸다고 하오. 그러나 들리는 소문에 의하면 그가 숲에서 돌아와 보니 더 이상 예쁘지 않은 그 여자가 침대에 순수한 나체 *puris naturalibus* 상태로, 혹은 불결한 나체 *impuris naturalibus* 상태로 떡하니 누워서 자리를 잡고 있었다고 하오. 그녀가 창문을 깨고 거기로 들어갔다 하오. 거칠게 다루어도 이 베누스[154]를

532

자기 침대에서 쫓아낼 수 없자 그는 자기가 집에서 물러나서 테버셜에 있는 어머니 집으로 달아나 버렸다고 하오. 그동안 스택스 게이트의 베누스는 그의 집에 자리를 잡고 그곳을 자기 집이라 주장하고 있고, 아폴로[155]는 테버셜에 거처를 정한 게 분명한 것 같소.

난 이 이야기를 소문으로 듣고 전하고 있소. 멜러스가 직접 날 찾아오지는 않았으니 말이오. 난 우리 마을의 이 유별난 쓰레기 같은 이야기를, 추문을 물어 오는 우리의 새이자 따오기이고 먹이를 찾아 헤매는 독수리인 볼턴 부인에게서 들었소. 《만약 그 여자가 근처를 돌아다니게 되면 마님이 더 이상 숲에 안 가실 거예요!》라고 볼턴 부인이 소리치지만 않았어도 이 이야기를 당신에게 전하지 않았을 것이오.

맬컴 경이 백발을 흩날리고 분홍빛 살을 빨갛게 빛내면서 바닷속으로 성큼성큼 걸어 들어가는 모습을 그린 당신 그림이 마음에 드오. 그런 태양을 즐기는 당신이 부럽소. 여기는 비가 오고 있소. 그러나 난 맬컴 경이 지닌, 결국은 죽어 사라질 그 고질적인 육욕은 부럽지 않소. 그러나 그것은 그분의 연세와는 잘 맞는 것 같소. 분명히 사람은 나이가 들수록 더 육욕적이고 더 죽음에 가까워지는 것 같소. 젊음만이 불멸성의 모습을 살짝 지니고 있을 뿐이오.〉

반쯤 멍하게 행복에 빠져 있던 코니는 이 소식에 거의 격분

154 로마 신화에 나오는 사랑과 미의 여신. 그리스 신화의 아프로디테에 해당된다. 여기서는 멜러스의 바람둥이 아내를 가리킨다.
155 로마 신화에서 태양의 신으로 시, 음악, 예언을 주관하며 여기서는 멜러스를 가리킨다.

에 가까울 정도의 초조함을 느꼈다. 이제 그녀는 그 짐승 같은 여자 때문에 괴로움을 겪어야만 했다! 이제 그녀는 놀라고 애를 태워야만 했다!

그녀는 멜러스로부터 편지를 한 통도 받지 못했다. 그들은 편지를 쓰지 않기로 정해 두었다. 그러나 지금 그녀는 그에게서 직접 소식을 듣고 싶었다. 결국 그는 태어날 아기의 아버지였다. 그에게 편지를 쓰게 하자!

그러나 얼마나 끔찍한가! 이제는 모든 것이 엉망이 되어 버렸다. 저 하층민들은 얼마나 비열한가! 음울하고 엉망인 영국의 중부 지방에 비하면 햇살과 느긋함이 있는 이곳은 얼마나 좋은가! 결국 맑은 하늘이야말로 삶에서 가장 중요한 것이라고 할 수 있었다.

그녀는 자신이 임신했다는 사실을 힐다에게조차 알리지 않았다. 그녀는 정확한 사정을 알아보기 위해 볼턴 부인에게 편지를 썼다.

그들의 친구인 화가, 덩컨 포브스가 로마에서 북쪽으로 올라와 에스메랄다 별장에 머무르고 있었다. 이제 그는 세 번째 손님으로 곤돌라에 타고 그들과 함께 석호 건너편에 가서 해수욕을 했으며 그들의 호위 기사가 되어 주었다. 그는 조용하고 말이 거의 없는 젊은이로 그림 솜씨가 상당히 뛰어났다.

볼턴 부인에게서 편지가 왔다. 〈마님, 나중에 클리퍼드 경을 보시면 틀림없이 기뻐하실 거예요. 나리는 아주 활짝 피신 것처럼 보이는 데다 아주 열심히 일을 하고 희망에 가득 차 계십니다. 물론 나리는 마님이 다시 돌아오셔서 저희와 함께 지내기를 학수고대하고 계십니다. 마님이 안 계시니 저택에 활기가 없습니다. 저희 모두 마님이 다시 돌아오시기를 기다리고 있습니다.

멜러스 씨에 대해서는 클리퍼드 경이 마님께 얼마나 많이 알려 드렸는지 모르겠습니다. 어느 날 오후 그의 아내가 갑자기 돌아왔고 그가 숲에서 돌아왔을 때 그녀가 문간에 앉아 있었던 것 같습니다. 그녀는 자신이 그의 법적인 아내이기 때문에 그에게 돌아왔고 그와 다시 살고 싶다, 그러니 그는 자기와 이혼하지 못할 것이다 하고 말했습니다. 아마도 멜러스 씨가 이혼을 하려고 노력하고 있기 때문인 것 같습니다. 그러나 그는 그녀와 어떤 관계도 맺으려 하지 않았고 그녀를 집에 들여놓으려고도 하지 않았습니다. 그 자신도 집에 들어가지 않고 문을 열지도 않은 채 숲으로 되돌아가 버렸답니다.

그러나 어두워진 후 그가 돌아왔을 때 그는 집이 침입당했다는 것을 알았습니다. 그래서 그녀가 무슨 짓을 했는지 알아보러 위층으로 올라갔더니 그녀가 몸에 실오라기 하나 걸치지 않고 침대에 누워 있었답니다. 그는 그녀에게 돈을 주겠다고 제안했지만 그녀는 자기가 그의 아내이므로 자기를 다시 받아들여야 한다고 말했답니다. 그들이 어떤 종류의 소동을 벌였는지는 저도 모릅니다. 그의 어머니가 제게 그 일에 대해 이야기해 주었고 그녀는 몹시 속상해하고 있습니다. 글쎄 그는 어머니에게 그녀와 다시 사느니 차라리 죽겠다고 말했답니다. 그래서 그는 자기 물건을 가지고 곧장 테버셜 언덕에 있는 어머니의 집으로 갔습니다. 그는 밤을 지내고 다음 날 자기 집 근처에는 절대 얼씬도 하지 않고 공원을 통해 숲으로 갔답니다. 그날은 그가 자기 아내를 전혀 만나지 않은 것 같습니다. 그러나 그다음 날 그녀는 베거리에 있는 자기 오빠 댄의 집에 가서 욕을 하고 화를 내면서 자기가 그의 법적 아내이며 그가 그동안 집에 여자들을 들였다고 말했답니다. 그녀가 그의 서랍에서 향수병을 찾아냈고 잿더미에서 금박 필터가 달린 담배꽁초를 발견했다는데, 전 뭐가 뭔지 잘 모르겠습니다. 그런데 우체부인 프레드 커크가 어느 날 아침 일찍 멜러스의 침실에서 누군가 이야기하는 소리를 들었고 오솔길에 자동차가 있었다고 말한 모양입니다. 멜러스 씨는 계속 어머니와 지내면서 공원을 통해 숲으로 다니고 있고 그녀는 그의 집에 머무는 것 같습니다. 그러니 뭐, 입방아가 끝도 없지요. 그래서 마침내 멜러스 씨와 톰 필립스가 그의 집으로 가서 가구와 침구를 대부분 가져와 버렸고 그녀가 어쩔 수 없이 떠나도록 펌프의 손잡이를 떼어 버렸답니다. 그러나 스택스 게이트로 돌아가는 대신 그녀는 베거리의 스웨인 부인 집에 가서 하숙을 한답니다. 그녀의 오빠인 댄의 아내가 절대 그녀를 받아 주지 않아서랍니다. 그리고 그녀는 그를 붙잡으려고 계속해서 늙은 멜러스 부인의 집으로 가고 그가 집에서 자기와 잠자리를 함께했다고 욕을 하기 시작했고 그에게서 생활비를 타내기 위해 변호사를 만나러 갔답니다. 그녀는 살이 쪘고 전보다 더 천박해졌으며 황소처럼 기운이 셉니다. 그리고 그에 대해 가장 끔찍한 말들을 하고 돌아다닌답니다. 그가 어떻게 집으로 여자들을 들였는지, 그들이 결혼했을 때 그가 그녀에게 어떻게 행동했는지, 그가 그녀에게 한 저속하고 짐승 같은 일들을 말입니다. 그렇지만 전 뭐가 뭔지 잘 모르겠습니다. 일단 여자가 입을 열기 시작하면 얼마나 못된 짓을 할 수 있는지 정말 끔찍해요. 그리고 그 여자가 아무리 천박하다 해도 그 여자 말을 믿는 사람들이 있게 마련이고 그러면 어느 정도 오점은 남게 되는 거죠. 멜러스 씨가 여자들에게 그렇게 천하고 짐승 같은 행동을 하는 남자 중 하나라고 주장하는 그 여자의 방식이 그야말로 충격적이라고 전 생각합니다. 그리고 사람들은 다른 사람들에 대한 험담은, 특히 그와 같은 험담은 너무나 쉽게 믿어 버리는 법이에요. 그녀는 그가 살아 있는 한 절대 그를 내버려 두지 않겠다고 공언하고 다닌답니다. 그러나 제 말은 그가 자기에게 그렇게 짐승같이 대했다면 왜 그렇게 그에게 돌아가지 못해 안달이냐는 겁니다. 물론 그 여자는 이제 폐경기가 가까워지고 있긴 합니다. 그보다 몇 살이 더 많으니까요. 그리고 이런 상스럽고 난폭한 여자들은 폐경기가 되면 언제나 정신이 약간 이상해진답니다.〉

이것은 코니에게 불쾌한 충격이었다. 이제 영락없이 그녀가 감내해야 할 몫의 천함과 지저분함이 닥쳐 오고 있었다. 그녀는 버사 쿠츠를 깨끗이 정리하지 않은 그에게, 아니 애초에 그런 여자와 결혼한 그에게 화가 났다. 아마도 그에게는 천박함에 대한 어떤 갈망이 있었는지도 모른다. 코니는 그와 함께 보낸 마지막 밤을 떠올리며 몸을 떨었다. 그는 이미 그 모든 관능을 알고 있었다. 버사 쿠츠 같은 천박한 여자를 상

제17장 **537**

대로 말이다! 그것은 정말로 구역질나는 일이었다. 그를 떼어내 버리는 것이, 그와의 관계를 완전히 정리해 버리는 것이 좋을 것이다. 어쩌면 그는 정말로 상스럽고 천박한 사람인지도 모른다.

그녀는 이제까지의 그 모든 일이 혐오스러워졌고 거스리 집안 딸들의 어수룩한 경험 부족과 미숙한 처녀다움이 오히려 부러울 지경이었다. 그리고 그녀는 이제 자신과 사냥터지기의 관계를 누가 알게 될까 봐 두려워졌다. 그 얼마나 말로 표현할 수 없을 정도로 모욕적이겠는가! 그녀는 불안하고 두려웠으며 흠 없이 점잖게 처신했으면 좋았을 것이라고, 거스리 집안 딸들처럼 저속하고 무기력하게라도 점잖게 처신했으면 좋았을 것이라고 느꼈다. 만약 클리퍼드가 그녀의 정사에 대해 안다면 얼마나 말로 표현할 수 없을 정도로 모욕적이겠는가? 그녀는 사교계와 사교계가 자신을 지저분하게 물어뜯을 것이 두렵고 겁이 났다. 배 속의 아기를 없애 버리고 완전히 깨끗해질 수 있으면 좋겠다는 생각이 들 지경이었다. 간단히 말해서 그녀는 공황 상태에 빠졌다.

향수병으로 말하자면 그것은 그녀 자신의 어리석음 탓이었다. 그녀는 — 그저 유치한 마음에서 — 서랍 속에 든 그의 손수건 한두 장과 셔츠에 향수를 뿌려 주고 싶은 마음을 억누를 수가 없었고 반쯤 빈 코티[156] 산제비꽃 향수병을 그의 옷가지 속에 남겨 두었다. 그녀는 그가 그 향수 냄새를 맡으면서 자신을 기억해 주길 바랐다. 담배꽁초는 힐다가 버린 것

156 향수와 화장품 제조업체.

이었다.

그녀는 덩컨 포브스에게 살짝 속마음을 털어놓지 않을 수 없었다. 그녀는 자기가 사냥터지기의 연인이라고 말하지는 않았다. 그저 그를 좋아한다고만 말하고는 포브스에게 남자의 이력을 들려 주었다.

「아.」 포브스가 말했다. 「두고 보면 알겠지만 사람들은 그 사람을 끌어내려서 작살을 낼 때까지 결코 멈추지 않을 겁니다. 만약 그가 기회가 있었는데도 중산층으로 올라가는 것을 거부했다면, 그리고 그가 자신의 섹스를 옹호하는 사람이라면 세상 사람들은 그를 완전히 끝장내 버릴 겁니다. 사람들이 절대 가만히 내버려 두려 하지 않는 게 있다면 그건 바로 자기 섹스에 대해 솔직하고 깨끗하게 드러내는 겁니다. 마음껏 지저분하게 욕하는 것은 괜찮습니다. 사실 섹스에 대해 더 지저분하게 욕을 하면 할수록 사람들은 더 좋아합니다. 그러나 당신이 자신의 섹스를 믿고 그것에 대해 욕하려 하지 않으면 사람들은 당신을 끌어내릴 겁니다. 그것이 지금까지 남아 있는 단 하나의 정신 나간 금기입니다. 자연스럽고 활기에 넘치는 섹스 말입니다. 사람들은 그걸 절대 누리지 못할 거고 당신이 그걸 누리도록 내버려 두지 않고 당신을 죽여 버릴 겁니다. 두고 보면 알겠지만 사람들은 그 사람을 괴롭히며 쫓아 다닐 겁니다. 그런데 결국 도대체 그가 무슨 일을 했습니까? 설사 그가 자기 아내와 사랑을 나눴다 한들 그에게는 그럴 권리가 있지 않나요? 그녀는 그것을 자랑스럽게 여겨야죠. 그러나 보다시피 그런 추잡한 암캐 같은 여자조차 그에게 달려들고 섹스에 대한 군중의 하이에나 같은 본능을 이용해 그를 거꾸러뜨리려고 한답니다. 조금이라도 섹스를 누리도록 허락을 받으려면 먼저 우리는 훌쩍이면서 섹스에 대해 죄의식을 느끼거나 끔찍한 기분을 느껴야 합니다. 아, 사람들은 그 불쌍한 사람을 해치워 버릴 겁니다.」

코니는 이제 정반대 쪽으로 혐오감을 느꼈다. 결국 그가 무슨 일을 저질렀다는 말인가? 그가 저지른 일이라고는 코니 자신에게 절묘한 쾌락과 자유롭고 살아 있다는 느낌을 준 것밖에 없지 않은가? 그는 그녀의 따뜻하고 자연스러운 성적 본능이 제대로 흐르도록 풀어 주었다. 그리고 그것 때문에 사람들이 그를 해치우려 할 것이다.

아니, 안 돼. 그래서는 안 되었다. 코니는 얼굴과 손만 햇볕에 그을렸을 뿐 하얀 몸을 드러낸 채 벌거벗고 서서 묘한 미소를 띤 얼굴로 꼿꼿이 선 자기 페니스를 내려다보며 마치 살아 있는 다른 존재에게 말을 걸듯이 말하던 그의 모습을 떠올렸다. 그리고 그의 목소리가 다시 들려왔다. 〈당시는 그 누구보다 더 근사한 엉덩이를 가지고 이쏘!〉 그리고 그의 손이 따뜻하고 부드럽게 그녀의 엉덩이를, 은밀한 부분을 축복하듯 감싸며 쓰다듬는 것을 다시 느꼈다. 그러자 따뜻함이 그녀의 자궁을 훑고 지나갔고 작은 불꽃들이 무릎에서 너울거렸다. 그녀는 말했다. 〈아, 안 돼! 절대 안 돼! 이것을 저버려서는 안 돼! 그를 저버려서는 안 돼! 어떤 일이 있더라도 그를, 그에게서 얻은 것을 지켜야 해. 그를 만나기 전까지 난 따뜻하고 불꽃같은 삶을 살지 못했어. 그러니 이것을 저버리지

않을 거야.〉

결국 그녀는 무모한 짓을 저지르고 말았다. 그녀는 아이비 볼턴에게 편지를 보내면서 사냥터지기에게 보내는 쪽지를 동봉해 그에게 전해 달라고 부탁했다. 그리고 그녀는 그에게 다음과 같은 쪽지를 썼다. 〈당신 아내가 당신에게 온갖 행패를 부리고 있다는 소식을 듣고 정말로 속이 많이 상했어요. 하지만 걱정하지 마요. 그건 그냥 일종의 히스테리니까요. 갑작스럽게 모든 것이 시작되었던 것과 마찬가지로 갑작스럽게 사그라질 거예요. 그렇지만 그런 일이 일어난 것에 대해 대단히 유감스럽게 생각하고 있어요. 당신이 너무 많이 걱정하지 않기를 빌어요. 어쨌든 그럴 만한 가치가 없으니까요. 그 여자는 그저 당신을 해치고 싶어 하는 히스테리 환자에 지나지 않아요. 열흘 후에 집에 돌아갈 거예요. 모든 일이 잘되길 진심으로 빌어요.〉

며칠 후 클리퍼드에게서 편지가 왔다. 그는 화가 난 게 분명했다.

〈당신이 16일에 베네치아를 떠날 준비를 한다는 소식을 들으니 기쁘오. 하지만 베네치아에서 즐거운 시간을 보내고 있다면 서둘러 집에 올 필요는 없소. 물론 우리는 당신을 그리워하고 랙비 식구들도 당신을 그리워하오. 그러나 당신이 실컷 햇볕을 즐기는 것이 가장 중요한 일이오. 리도의 광고에 나오는 것처럼 햇볕과 잠옷을 즐기는 것 말이오. 그러니 당신의 기분을 북돋아 주고 이곳의 끔찍하기 짝이 없는 겨울을 견뎌 낼 수 있도록 당신의 건강을 다지는 것이 된다면 제발 조금 더 머물도록 해요. 여기는 오늘도 비가 내리고 있소.

볼턴 부인이 날 열심히, 훌륭하게 돌봐 주고 있소. 그녀는 묘한 사람이오. 살면 살수록 인간이 얼마나 이상한 존재인지 깨닫게 되오. 지네처럼 다리가 백 개이거나 바닷가재처럼 여섯 개 있는 게 더 나을 것 같은 사람들이 더러 있소. 우리가 다른 동료 인간들에게서 기대하도록 교육받아 온 인간의 일관성과 품위는 사실 존재하지 않소. 우리 자신에게조차 그것들이 놀랄 만큼 조금이라도 존재하는지 의심스럽소.

사냥터지기를 둘러싼 추문은 계속되고 있고 눈덩이처럼 점점 더 커지고 있소. 볼턴 부인이 계속 소식을 전해 주고 있소. 그녀를 보면 말은 못 하지만 살아 있는 내내 아가미를 통해 소리 없이 소문을 들이마시는 것처럼 보이는 물고기가 생각나오. 모든 것이 그녀의 아가미를 통해 걸러지고 그녀는 그 무엇에도 놀라는 법이 없소. 마치 다른 사람들의 삶에 일어난 사건들이 그녀에게는 삶을 살아가는 데 꼭 필요한 산소인 것 같소.

볼턴 부인은 멜러스를 둘러싼 추문에 깊이 몰두해 있어서 그녀에게 말을 시키면 내게 속속들이 이야기를 해준다오. 그녀는 분개할 때조차 어떤 역할을 연기하는 여배우가 분개하는 것처럼 보인다오. 그녀가 크게 분개하는 대상은 멜러스의 아내라오. 볼턴 부인은 그의 아내를 줄기차게 버사 쿠츠라고 부른다오. 이 세상에 존재하는 버사 쿠츠 같은 여자들의 진창같이 지저분한 삶의 밑바닥까지 들어갔다가 소문의 물결에서 빠져나와 천천히 수면 위로 다시 올라오면, 햇살이 계속 비치고 있다는 것을 경이로워하며 바라보게 되오.

모든 사물의 표면처럼 보이는 이 세상이 사실은 깊은 바다의 밑바닥이라는 것이 내게는 틀림없는 사실처럼 보이오. 이 세상의 나무들은 모두 해저에서 자라는 식물이고 우리는 비늘 옷을 입은 기괴한 해저 동물군으로 새우처럼 썩은 고기를 먹으며 살고 있소. 어쩌다 한 번씩 영혼은 우리가 살고 있는 헤아릴 수 없는 심연을 헤치고 숨을 헐떡이며 진짜 공기가 있는 대기의 표면으로 솟구쳐 올라가오. 난 우리가 일상적으로 숨 쉬는 공기는 일종의 물이고 남자와 여자는 물고기의 한 종이라고 확신하오.

그러나 때로 영혼은 바닷속 심연을 휩쓸고 다니다가 솟아올라 갈매기처럼 황홀하게 빛 속으로 쏜살같이 날아오르곤 하오. 인류라는 바닷속 밀림에서 동료 인간들의 끔찍하기 그지없는 해저에서의 삶을 갉아먹으며 사는 게 우리의 도덕적 운명인 것 같소. 그러나 우리의 불멸의 운명은 일단 헤엄치는 먹잇감을 삼키고 나면 빛나는 대기 속으로 다시 올라가서 늙은 바다의 수면을 벗어나 진정한 빛 속으로 들어가는 거라오. 그러면 우리는 자신의 영원한 본성을 깨닫게 된다오.

볼턴 부인의 이야기를 듣다 보면 인간의 비밀을 지닌 물고기들이 꿈틀거리며 헤엄치는 심연으로 깊이, 깊이 뛰어든 것 같은 기분을 느끼게 되오. 육욕에 사로잡혀 먹이를 한입 가득 잡아 물고 다시 위로, 위로 올라가 짙은 바닷물을 벗어나 가벼운 대기 속으로, 습한 바다를 벗어나 마른 하늘 속으로 들어가게 되오. 당신에게는 그런 과정을 다 이야기해 줄 수 있소. 그러나 볼턴 부인과 있으면 아래로 뛰어들어 해저 밑바닥의 해초들과 창백한 괴물들 사이로 끔찍하게 떨어져 내리는 것 같은 기분이 들 뿐이오.

유감스럽게도 우리는 사냥터지기를 잃게 될 것 같소. 그의 난봉꾼 아내의 추문은 잠잠해지기는커녕 오히려 점점 더 크게 부풀려져 사방으로 퍼져 나가고 있소. 그는 말로 표현할 수 없는 온갖 일을 저질렀다고 비난을 받고 있소. 그런데 묘하게도 그 여자가 무슨 수를 썼는지 광부의 아내들 대부분이 소름끼치는 물고기 같은 그 여자 편이 되었고 마을은 지저분한 소문으로 썩어 가고 있소.

들리는 말로는 버사 쿠츠가 멜러스의 집과 오두막을 샅샅이 뒤지고 난 후, 자기 어머니 집에 있는 멜러스를 괴롭히고 있다고 하오. 어느 날 그 여자는 자기를 꼭 빼닮은 딸이 학교에서 돌아오고 있을 때 그 애를 붙잡았소. 그러나 아이는 사랑하는 어미의 손에 키스를 하는 대신 오히려 꽉 깨물어 버렸소. 그러자 어미가 다른 손으로 아이의 얼굴을 한 대 갈겨 버리는 바람에 아이는 엎어앉고 비틀거리다 도랑에 빠졌다고 하오. 그동안 괴롭힘을 당해 온, 분개한 할머니가 아이를 그곳에서 구해 냈다고 하오.

그 여자는 놀라울 정도로 많은 양의 독가스를 뿜어내고 있소. 대개는 결혼한 부부가 침묵이라는 가장 깊은 무덤 속에 묻어 두기 마련인 결혼 생활의 온갖 자잘한 사건들을 그 여자는 시시콜콜 떠벌리고 다니고 있소. 10년 동안이나 묻어 두었다가 이제 와서 그것들을 파헤치기로 작정을 하고는 괴상한 이야기를 늘어놓고 있소. 난 이런 세세한 사항들을 린리와 의사로부터 듣고 있소. 의사는 재미있어한다오. 물론 그 이야기 내용이라는 게 사실 별것도 아니오. 인간은 예전부터 항상 색다른 체위에 대해 이상한 갈망을 품어 왔고, 어떤 남자가 자기 아내를 벤베누토 첼리니가 말한 《이탈리아 식으로》[157] 다루고 싶어 한다 해도, 글쎄, 그건 취향의 문제가 아니겠소? 그러나 난 사냥터지기가 그렇게 많은 기교를 터득했을 거라고는 예상하지 못했소. 틀림없이 버사 쿠츠 자신이 먼저 그에게 그런 것들을 해보자고 했을 거요. 어쨌든 그건 그들의 개인적인 지저분함의 문제일 뿐이고 다른 누구와도 전혀 상관이 없소.

그러나 모든 사람이 귀 기울여 듣고 있소. 나 자신이 그렇듯이 말이오. 10년 전이라면 사람들이 공공의 품위를 지켜서 그 일을 쉬쉬하며 덮어 버렸을 거요. 그러나 공공의 품위라는 것이 이제는 더 이상 존재하지 않소. 그리고 광부의 아내들은 온통 들고 일어나서 전혀 부끄러운 기색 없이 떠들어 대고 있소. 그들의 말을 들으면 지난 50년 동안 테버셜의 아이들은 모두 흠 없이 잉태되었고 우리의 비국교도 여자들 모두가 잔 다르크처럼 훌륭한 여자들이라고 여겨질 거요. 우리의 존경스러운 사냥터지기가 위대한 라블레[158]의 특성을 지니고 있

---

157 『벤베누토 첼리니의 비망록 *Memoirs of Benvenuto Cellini*』(1558~1566년에 집필됨)에 나오는 항문 성교에 대한 언급이다.

158 François Rabelais(1483?~1553). 프랑스의 풍자가이며 『가르강튀아와 팡타그뤼엘 *Gargantua et Pantagruel*』(1534)의 작가이다. 그의 작품에는 저속하고 우스꽝스러운 내용이 많고 관용을 옹호했다.

다는 사실 때문에 그가 크리픈[159] 같은 살인자보다 더 괴물 같고 충격적인 존재가 된 것 같소. 그러나 이 모든 이야기를 전부 믿는다면 이곳 테버셜 사람들은 허술한 사람들이오.

그러나 문제는 그 밉살스러운 버사 쿠츠가 자신의 경험과 고통만 떠벌리는 것으로 끝나지 않는다는 것이오. 그 여자는 목청껏 악을 쓰며 자기 남편이 집에 여자들을 《들여 두고》 살았다는 것을 자신이 발견했다고 떠들어 대면서 마구잡이로 몇 명의 여자의 이름을 들먹였소. 이 때문에 몇몇 점잖은 사람들의 이름이 진흙탕 속으로 끌려 들어갔고 사태가 너무 지나칠 정도로 상당히 크게 번지고 말았소. 그래서 그 여자에게 금지 명령이 내려졌소.

그 여자를 숲에 가까이 오지 못하게 하는 것이 불가능했기 때문에 그 문제로 멜러스와 면담을 해야 했소. 그는 평소와 다름없이 디의 물방앗간 주인[160]처럼 《난 아무에게도 신경 쓰지 않아. 그래, 아무도 내게 신경 쓰지 않으면 나도 신경 안 써!》라는 식의 태도로 돌아다니고 있소. 그럼에도 불구하고 난 그가 꼬리에 양철 깡통을 매단 새 같은 기분을 느끼고 있으리라고 눈치껏 짐작하고 있소. 비록 겉으로는 양철 깡통이

---

159 Hawley Harvey Crippen(1862~1910). 미국인 의사로 런던에 와서 살다가 비서와 사랑에 빠져 1910년에 아내를 독살한 뒤 지하실에 암매장했다가 살인죄로 교수형을 당했다.

160 아이작 비커스태프Issac Bickerstaff(1735?~1812)가 쓴 「마을에서의 사랑Love in a Village」(1762)이라는 발라드 오페라에 나오는 민요 속 주인공이고 후렴구는 〈난 아무에게도 신경 쓰지 않아. 그래, 아무도 내게 신경 쓰지 않으면 나도 신경 안 써!〉이다.

거기 달려 있지 않은 척 잘 꾸미고 있지만 말이오. 그러나 마을에서는 그가 지나가면 마치 그가 사드 후작[161]이라도 되는 양 여자들이 아이들을 불러들인다고 들었소. 그는 상당히 뻔뻔하게 돌아다니지만 난 양철 깡통이 그의 꼬리에 단단히 묶여 있어 그가 마음속으로는 스페인 민요에 나오는 돈 로드리고처럼 《아, 그것은 이제 나의 가장 죄 많은 곳을 물어뜯는구나!》[162]라는 말을 되풀이하고 있을 거라 생각하오.

난 그에게 숲을 지키는 임무를 제대로 다할 수 있겠느냐고 물었소. 그러자 그는 자기가 임무를 소홀히 했다고 생각하지는 않는다고 대답했소. 내가 그 여자가 숲에 무단 침입하는 것이 불쾌하다고 말하자 그는 자기에게 그 여자를 체포할 권한이 없다고 대답했소. 그래서 내가 그 추문과 그 불쾌한 경과에 대해 넌지시 언급했소. 그가 《글쎄요》라고 하더니 이렇게 말했소. 《사람들이 자기네 성교에나 신경 쓸 것이지 말이에요. 그러면 쓸데없이 다른 사람의 성교에 대한 헛소문에 그렇게 귀를 기울이지는 않을 텐데요.》

그가 그 말을 약간 신랄하게 하긴 했지만 틀림없이 그 말에는 진실의 씨앗이 들어 있었소. 그러나 그것을 표현하는 방식은 우아하지도 공손하지도 않았소. 그 점을 넌지시 지적했

---

161 Marquis de Sade(1740~1814). 성적인 환상을 주로 다룬 프랑스 작가로 그의 이름을 따서 사디즘이라는 말이 만들어졌다.

162 「돈 로드리고의 참회La Penitencia de Don Rodrigo」라는 스페인 민요에 나오는 구절이다. 성적인 방탕에 대한 참회로 로드리고는 머리가 둘 달린 뱀이 있는 곳에 누워 있어야만 했는데 뱀은 한쪽 머리로는 그의 성기를, 다른 쪽 머리로는 그의 심장을 물어뜯었다.

더니 다시 양철 깡통이 요란하게 덜거덕거리는 소리가 들렸소. 《나리 같은 처지에 있는 사람이 제 다리 사이에 음낭이 달려 있다고 뭐라 꾸진는 것은 어울리지 안는 것 가씀니다, 클리퍼드 경.》

아무에게나 무차별적으로 내뱉는 이런 말들은 당연히 그에게 전혀 도움이 되지 않았소. 교구 목사와 린리, 버로스 모두 그가 이곳을 떠나는 게 좋을 것 같다고 생각했소.

내가 그에게 집으로 귀부인들을 끌어들인 게 사실이냐고 물었더니 그는 《아니, 그게 나리하고 무슨 상관이 있습니까, 클리퍼드 경?》이라고만 말했소. 난 내 영지에서는 품위가 지켜지기를 바란다고 말했소. 그러자 그가 《그럼 여자들 이베 단추를 채우면 되겠네요》라고 대꾸했소. 집에서의 생활 태도에 대해 내가 계속 다그치자 그가 말했소. 《나리는 분명히 나와 플로시 사이에 대해서도 추문을 만들어 낼 쑤 이께꾼요. 나리가 그 점을 빠드리셔꾼요.》 사실 뻔뻔함의 본보기로 그를 능가할 사람은 거의 없을 거요.

난 그에게 다른 일사리를 찾는 것이 쉽겠느냐고 물어보았소. 그가 말했소. 《절 이 일자리에서 쫓아내고 싶다는 말씀이시라면 일자리 찾는 것이야 눈 한 번 깜박하는 것처럼 쉬운 일입니다.》 그래서 그는 조금도 문제를 일으키는 일 없이 다음 주말에 그만두고 떠나기로 했고 겉으로 보기에는 기꺼이 조 체임버스라는 젊은 친구에게 자기 일의 비법을 최대한 많이 전수해 주려고 하는 것 같소. 나는 그에게 떠날 때 한 달 치 보수를 더 얹어 주겠다고 했소. 그러자 그는 내 양심의 가책을 덜어야 할 이유가 전혀 없으니 돈을 그냥 넣어 두라고 했소. 내가 무슨 뜻이냐고 묻자 그가 말했소.《나리께서는 저한테 추가로 빚진 게 전혀 없습니다, 클리퍼드 경. 그러니 추가로 돈을 주지 않으셔도 됩니다. 제 셔츠가 밖으로 빠져나와 있다고 생각하시면 그냥 그렇다고 말씀해 주시면 됩니다.》

글쎄, 당분간 이야기는 이걸로 끝이오. 그 여자는 떠나 버렸소. 어디로 갔는지는 우리도 모르오. 그러나 그녀가 테버셜에 얼굴을 다시 비치면 자칫 체포될 수 있소. 그리고 들리는 말로는 그 여자가 감옥을 끔찍하게 무서워한다고 하오. 감옥에 가고도 남을 만한 짓을 했으니 말이오. 멜러스는 다음 토요일에 떠날 거고 그러면 이곳도 곧 다시 정상으로 돌아올 거요.

그런데 여보, 코니. 당신이 8월 초까지 베네치아나 스위스에 머물러 있고 싶다면, 이 모든 지저분한 소동에서 당신이 벗어날 수 있다는 생각에 내가 기쁠 것 같소. 이달 말쯤이면 이런 소동이 다 잠잠해질 거요.

그러니 당신도 알 거요. 우리는 깊은 바다에 사는 괴물들이고, 바닷가재 한 마리가 진흙 바닥 위를 걸어 다니며 진흙을 휘저어 놓으면 모두가 흙탕물을 뒤집어쓰게 된다는 것을 말이오. 우리는 부득이 그것을 철학적으로 받아들여야만 하오.〉

클리퍼드의 편지에 담긴 노여움과 어느 쪽에 대해서든 동정심이라곤 전혀 보이지 않는 태도 때문에 코니는 기분이 나빴다. 그러나 멜러스에게서 다음과 같은 편지를 받았을 때 그녀는 상황을 더 잘 이해할 수 있었다. 〈그 고양이는 다른 여러 고양이들과 함께 자루에서 나갔소. 당신도 들었겠지만 내 아내 버사가 애정이 없는 내 품으로 돌아와서는 내 집에 거처를 정하고 머물렀소. 그녀는 그곳에서, 조금 불손하게 표현하자면, 작은 코티 향수병이라는 쥐새끼 냄새를 맡았소. 적어도 며칠 동안은 그녀가 다른 증거는 찾아내지 못했소. 그러다가 태워 버린 사진에 대해 악을 써대기 시작했소. 검소한 침실에서 그녀가 유리와 뒤판을 찾아냈는데 불행히도 뒤판에 누군가가 작은 스케치를 끼적이고 C. S. R.이라는 이름의 첫 글자를 여러 번 반복해서 적어 놓았소. 그러나 이것은 아무 단서가 되지는 못했소. 그러다 그녀가 오두막으로 쳐들어가서 당신의 책 한 권을 발견하고 말았소. 그 책은 여배우 주디스의 자서전[163]으로 맨 앞 장에 당신 이름, 콘스턴스 스튜어트 리드가 적혀 있었소. 이 일이 있고 나서 며칠 동안 버사는 내 정부가 다름 아닌 채털리 부인이라고 떠들고 돌아다녔소. 그 소식이 마침내 교구 목사 버로스 씨[164]와 클리퍼드 경의 귀에까지 들어가고 말았소. 그러자 그들은 곧 내 귀하신 마누라님에 대해 법적인 조치를 취하기 시작했고 그 여자는 사라져 버렸소. 항상 경찰을 끔찍이 두려워했기 때문이오.

클리퍼드 경이 날 보자고 해서 그를 만나러 갔소. 그는 이것저것 빙빙 돌려 말했고 내게 화가 난 것 같았소. 그러다가 그는 내게 마님의 이름까지 들먹여지고 있다는 것을 알고 있

---

163 마담 주디스로 알려진 여배우, 쥘리 베르나Julie Bernat(1827~1912)가 쓴 『내 자서전My Autobiography』(1912).
164 의사인 버로스와 다른 사람이다.

느냐고 물었소. 난 추문에 귀를 기울인 적도 없고 클리퍼드 경한테 직접 그런 말을 듣게 되어 놀라울 뿐이라고 말했소. 물론 그는 그것이 대단한 모욕이라고 말했소. 난 우리 집 설 거지 칸에 걸린 달력에 메리 여왕[165] 폐하의 사진이 있는데 그 건 틀림없이 여왕 폐하가 내 후궁의 일원이기 때문이 아니겠 느냐고 했소. 그러나 그는 그 말에 담긴 비꼬는 의미를 제대 로 이해하지 못했소. 그는 내가 바지 단추를 풀어 둔 채 돌아 다니는 평판 나쁜 놈이라는 식으로 말했소. 그래서 난 어쨌든 그에게는 단추를 풀고 내놓을 게 전혀 없다는 식으로까지 말 을 했소. 그러자 그가 날 해고했소. 난 다음 토요일에 떠날 것 이고 그곳에서는 더 이상 날 볼 수 없을 거요.

난 런던으로 갈 예정이오. 그러면 코버그 광장 17번지에 있는 내 옛날 하숙집 주인인 잉거 부인이 내게 방을 하나 내 주거나 아니면 다른 곳에서 구해 줄 것이오.

너희 죄가 너희 덜미를 잡으리라.[166] 특히 네가 결혼을 했고 아내의 이름이 버사라면……〉

편지에는 그녀에 대한 얘기나 그녀에게 하는 말이 한 마디 도 없었다. 코니는 이것이 원망스러웠다. 그녀를 위로하거나 안심시켜 주는 말을 몇 마디는 할 수 있었을 것이다. 그러나 그녀는 그가 그녀를 자유롭게 해주고 있다는 것을, 그녀가 랙 비와 클리퍼드에게 돌아갈 수 있도록 자유롭게 해주고 있다 는 것을 깨달았다. 그녀는 그것도 원망스러웠다. 그가 그렇게

---

165 Queen Mary(1867~1953). 조지 5세의 왕비.
166 「민수기」 32장 23절.

기사도를 발휘하는 척할 필요는 없었다. 그가 클리퍼드에게 〈그렇소, 그녀가 내 연인이자 정부였소. 난 그것을 자랑스럽게 여기오〉라고 말해 주었다면 좋았을 것이다. 그러나 그에게는 그렇게까지 할 용기는 없었다.

그러니까 테버셜에서는 그녀의 이름이 그의 이름과 짝지어져 있었다! 곤란한 상황이었다. 그러나 곧 잠잠해질 것이다.

그녀는 화가 났고, 복잡하고 혼란스러운 분노 때문에 무기력해졌다. 어떻게 해야 할지, 무슨 말을 해야 할지 알 수가 없었다. 그래서 그녀는 아무 말도 하지 않았고, 아무 행동도 취하지 않았다. 그녀는 베네치아에서 전과 똑같이 지내며, 덩컨 포브스와 함께 곤돌라를 타고 멀리 나가서 해수욕을 하면서 하루하루를 보냈다. 10년 전에 그녀에게 다소 우울하게 사랑을 느꼈던 덩컨은 그녀를 다시 사랑하게 되었다. 그러나 그녀는 그에게 이렇게 말했다. 〈내가 남자들에게 바라는 것은 한 가지밖에 없어요. 그건 바로 날 가만히 내버려 두는 거예요.〉

그래서 덩컨은 그녀를 가만히 내버려 두었고 그렇게 할 수 있다는 것에 정말도 무식 기뻐했다. 그럼에두 불구하고 그는 부드럽게 흐르는 일종의 기묘하고 도착적인 사랑을 그녀에게 바쳤다. 그는 그녀와 함께 있고 싶어 했다.

「이런 생각해 본 적 있어요?」 어느 날 그가 말했다. 「서로 연결되어 있는 사람들이 얼마나 적은지 말입니다. 다니엘레를 봐요! 태양의 아들처럼 잘생겼죠. 그러나 그렇게 잘생긴 모습을 하고도 얼마나 외로워 보이는지 봐요. 틀림없이 아내와 가족이 있고 그들을 버리고 떠날 수 없는 사람인데도 말입니다.」

「그에게 물어봐요.」 코니가 말했다.

덩컨은 그렇게 했다. 다니엘레는 자신이 결혼을 했고 아이가 둘 있으며 모두 남자아이로 각각 일곱 살과 아홉 살이라고 말했다. 그러나 그는 그 사실에 대해 어떤 감정도 드러내지 않았다.

「아마 진정으로 함께 결합할 수 있는 사람들만이 우주 속에 혼자 존재하는 것 같은 저런 표정을 지을 수 있을 거예요.」 코니가 말했다. 「다른 사람들은 어떤 끈적끈적함 같은 것을 지니고 있어서 조반니처럼 대중에게 달라붙는 거고요.」〈그리고,〉 코니는 마음속으로 생각했다. 〈당신처럼요, 덩컨.〉

제18장

　코니는 어떻게 해야 할지 결정을 내려야 했다. 그녀는 멜러스가 랙비를 떠날 예정인 바로 그 토요일, 즉 앞으로 엿새 후에 베네치아를 떠나기로 했다. 그러면 다음 월요일에 런던에 도착할 것이고 바로 그를 만날 수 있을 터였다. 그녀는 그가 말한 런던 주소로 편지를 써서 그에게 하틀랜드 호텔로 답장을 보내 주고 월요일 저녁 7시에 자신을 방문해 달라고 부탁했다.

　마음속으로 그녀는 묘하고 복잡하게 화가 나 있었고, 그녀의 모든 반응은 마비되어 버렸다. 코니는 힐다에게조차 마음을 털어놓지 않았고 코니의 지속적인 침묵에 기분이 상한 힐다는 어떤 네덜란드인 여자와 상당히 친하게 지냈다. 코니는 이런 여자들 사이의 숨 막힐 것 같은 친밀한 관계가 싫었다. 힐다는 항상 답답할 정도로 이런 친밀한 관계를 맺곤 했다.

　맬컴 경은 코니와 함께 여행하기로 결정했고 덩컨은 힐다와 함께 차를 타고 오기로 했다. 노(老)화가는 항상 호사를 부리며 살았다. 코니가 호화 열차를, 당시 그런 열차에 드리운

저속한 타락의 분위기를 싫어했음에도 불구하고 그는 오리엔트 특급열차[167]에 침대칸을 얻었다. 그러나 그 기차를 타면 파리에 더 빨리 도착할 수 있었다.

맬컴 경은 아내에게 돌아갈 때면 언제나 마음이 편치 않았다. 그것은 첫 번째 아내 때부터 이어진 버릇이었다. 그러나 뇌조 사냥을 기념하는 파티[168]가 열릴 예정이라 그는 그 전에 도착하길 원했다. 햇볕에 그을려 보기 좋은 얼굴을 한 코니는 경치 같은 것은 신경도 쓰지 않은 채 아무 말 없이 앉아 있었다.

「랙비로 돌아가는 게 너한테는 좀 재미가 없나 보구나.」 아버지가 딸의 침울한 기분을 눈치채고 말했다.

「랙비로 돌아가지 않을 수도 있어요.」 그녀가 사람을 놀라게 할 정도로 불쑥 말을 꺼내 놓고는 크고 푸른 눈으로 아버지의 눈을 들여다보았다. 그의 크고 푸른 눈에는 깜짝 놀란 듯한 표정이 떠올랐는데, 그것은 사회적 양심이 그리 썩 깨끗하지 않은 남자의 표정이었다.

「파리에 잠시 머물겠다는 말이냐?」

「아니요! 랙비로 절대 돌아가지 않을 작정이에요.」

그는 자잘한 문제들로 걱정거리가 많았기 때문에 딸의 문제까지 떠맡게 되지 않길 진심으로 바랐다.

「갑자기 왜 그러는 거냐?」 그가 물었다.

「아기가 생겼어요.」

---

167 파리와 콘스탄티노플을 잇는 유명한 호화 기차.
168 뇌조 사냥은 뇌조 사냥터의 주인이 친구들을 초대해서 사냥을 시작하는 8월 12일에 시작된다.

그녀가 이 말을 누군가에게 입 밖에 낸 것은 이번이 처음이었는데, 그것이 그녀의 삶에서 하나의 분기점을 이루는 것 같았다.

「어떻게 알았니?」 그녀의 아버지가 말했다.

그녀는 미소를 지었다.

「어떻게 알기는요!」

「그런데…… 그런데…… 당연히 클리퍼드의 아이는 아니겠지?」

「네! 다른 남자의 아이예요.」

그녀는 아버지를 괴롭히는 것이 살짝 재미있었다.

「내가 아는 남자니?」 맬컴 경이 물었다.

「아니요! 아버지가 전혀 본 적 없는 남자예요.」

오랫동안 침묵이 흘렀다.

「그럼 어쩔 계획이냐?」

「모르겠어요. 그게 문제예요.」

「그 아이를 클리퍼드의 애라고 하는 건 불가능하니?」

「클리퍼드가 그 아이를 받아들일 거라 생각해요.」 코니가 말했다. 「지난번에 아버지와 이야기를 나눈 후에 그가 말했어요. 제가 아이를 낳아도 상관하지 않겠다고요. 다만 제가 분별 있게 그 일을 처리하기만 한다면요.」

「현재 상황에서는 그가 할 수 있는 유일하게 지각 있는 말이구나. 그렇다면 괜찮을 것 같구나.」

「어떤 점에서요?」 코니가 아버지의 눈을 들여다보면서 말했다. 아버지의 눈은 그녀의 눈처럼 크고 파랬지만 어떤 불안감이 담겨 있어서 때로는 불안한 어린 남자아이의 눈빛 같기도 했고, 때로는 시무룩하고 이기적인 눈빛으로 보이기도 했다. 하지만 대개는 명랑하고 신중한 눈빛이었다.

「클리퍼드에게는 채털리 가문 전체의 후계자를 만들어 주고 랙비에는 또 한 명의 준남작을 들어앉힐 수 있겠구나.」

맬컴 경이 얼굴에 반쯤 관능적인 미소를 지어 보였다.

「그런데 전 그러고 싶지 않아요.」 그녀가 말했다.

「왜 그러니? 그 다른 남자와 얽힌 감정 때문이냐? 글쎄! 내 진심을 듣고 싶다면, 얘야, 그게 이렇단다. 세상은 계속 돌아가는 법이다. 랙비는 건재하고 앞으로도 계속 건재할 거야. 세상은 어느 정도 고정되어 있고 외면적으로는 우리가 그것에 맞춰 살아야 한다. 내 개인적인 의견을 말하자면 우리는 마음 내키는 대로 즐기며 살 수 있단다. 감정은 변하기 마련이니까. 올해는 이 남자를 좋아하고 내년에는 다른 남자를 좋아할 수 있단다. 하지만 랙비는 여전히 건재할 거야. 그러니 랙비가 너에게 충실한 한 너도 랙비에 충실하렴. 그런 다음에 즐겨라. 그러나 관계를 끊고 나와 버리면 네가 얻는 게 거의 없을 거야. 네가 정 원한다면 관계를 끊고 나올 수 있겠지. 너에게는 독립된 수입이 있고 그것만은 절대 널 실망시키지 않을 테지. 하지만 그렇게 함으로써 네가 얻는 건 별로 많지 않을 거다. 랙비에 꼬마 준남작을 안겨 주렴. 그건 정말 즐거운 일이 될 테니 말이다.」

그런 다음 맬컴 경은 뒤로 몸을 기대고 앉아서 다시 미소를 지었다. 코니는 대답하지 않았다.

「마침내 너에게도 진짜 남자다운 남자가 생겼길 바란다.」 잠시 후 그가 관능적인 쪽으로 촉각을 세우며 말했다.

「그래요. 그런데 그게 문제예요. 주변에 그런 남자가 많지 않거든요.」 그녀가 말했다.

「그럼, 그렇지!」 그가 생각에 잠겼다. 「많지 않지! 글쎄, 얘 야. 널 보니 그 사람이 행운아인 것 같구나. 그가 널 곤란하게 하지 않을 건 분명하지?」

「아, 그럼요! 그는 절 속박하지 않고 전적으로 자유롭게 해 줘요.」

「그래! 그래! 진짜 사내대장부라면 그렇게 하겠지.」

맬컴 경은 기뻤다. 코니는 그가 가장 예뻐하는 딸이었고 그는 그녀의 여성스러운 점을 항상 마음에 들어 했다. 그녀는 힐다만큼 어머니를 많이 닮지 않았다. 그리고 그는 항상 클리퍼드가 마음에 들지 않았다. 그래서 그는 기뻤고 아직 태어나지 않은 그 아이가 자기 자식이라도 되는 양 딸에게 몹시 다정하게 대해 주었다.

그는 코니와 함께 차를 타고 하틀랜드 호텔로 가서 딸이 방에 들어가는 것을 보고 클럽으로 갔다. 그녀는 아버지와 함께 저녁 시간을 보내는 것을 사양했다.

멜러스에게서 편지가 와 있었다. 〈당신이 묵는 호텔로 가지 않고 7시에 애덤 가에 있는 골든 콕 앞에서 당신을 기다리고 있겠소.〉

그곳에 그가 서 있었다. 키가 크고 호리호리했고, 어두운 색의 얇은 천으로 된 정장을 입고 있어 완전히 딴사람처럼 보였다. 그에게는 타고난 기품이 있었지만 그녀의 계급 사람들이 보여 주는 틀에 박힌 모습은 없었다. 그러나 그녀는 그가 어디를 가든 손색이 없다는 것을 즉시 알았다. 그는 판에 박힌 계급적 외양보다 사실 훨씬 더 훌륭한 타고난 교양을 지니고 있었다.

「아, 왔군! 당신 모습이 아주 보기 좋소!」

「그래요! 그런데 당신은 그렇지 않네요.」

그녀는 그의 얼굴을 걱정스럽게 뜯어보았다. 야위어서 광대뼈가 튀어나와 보였다. 그러나 그의 눈은 그녀를 보고 미소짓고 있었고 그녀는 그와 함께 있는 것에 편안함을 느꼈다. 바로 그랬다. 체면을 유지해야 한다는 긴장감이 갑자기 허물어져 버렸다. 그에게서 육체적으로 무엇인가가 흘러 나왔고 그것이 그녀를 내적으로 안락하고 행복하고 편안하게 느끼게 만들어 주었다. 이제 막 발동된 행복에 대한 여자의 본능으로 그녀는 즉시 그것을 마음에 새겼다. 〈그가 있으니까 행복해!〉 베네치아의 그 모든 햇살도 그녀에게 이렇게 마음속으로 벅찬 느낌과 따뜻함을 주지 못했다.

「당신에게는 끔찍했죠?」 그녀가 그의 맞은편 식탁에 앉으며 물었다. 그는 몹시 야위어 있었다. 이제 그것이 분명히 보였다. 그의 손은 그녀가 알고 있는 그대로, 즉 잠든 동물처럼 묘하게 느긋하고 모든 것을 망각한 듯한 태평한 모습으로 놓여 있었다. 그녀는 그 손을 잡고 키스하고 싶은 마음이 간절했다. 그러나 감히 그러진 못했다.

「사람들은 언제나 끔찍하오.」 그가 말했다.

「그래서 신경을 많이 썼나요?」

「항상 그러는 것만큼만 신경을 썼소. 그리고 신경을 쓰는 내가 바보라는 것을 알았소.」

「양철 깡통을 꼬리에 매단 개가 된 기분이 들었어요? 당신 기분이 그랬을 거라고 클리퍼드가 말하더군요.」

그가 그녀를 바라보았다. 그 순간 그녀가 그런 말을 한 것은 잔인한 짓이었다. 그의 자존심이 이미 상당히 많이 상해 있었기 때문이다.

「그랬던 것 같소.」 그가 말했다.

그녀는 그가 모욕을 받으면 얼마나 격심하게 비통해하며 분개하는지 절대 알지 못했다.

오랫동안 침묵이 흘렀다.

「그런데 내가 보고 싶었어요?」 그녀가 물었다.

「당신이 그 모든 것에서 벗어나 있어서 기뻤소.」

다시 침묵이 흘렀다.

「그런데 사람들이 당신과 내 관계에 대해 정말로 믿었나요?」 그녀가 물었다.

「아니! 내 생각엔 한순간도 믿지 않는 것 같았소.」

「클리퍼드는요?」

「믿지 않았다고 말할 수 있소. 그는 그것에 대해 깊이 생각해 보지도 않고 바로 무시해 버렸으니까. 그러나 당연히 그 소문 때문에 날 두 번 다시 보고 싶어 하지 않게 되었소.」

「아이를 가졌어요.」

표정이 그의 얼굴에서, 몸 전체에서 완전히 사라져 버렸다.

그는 어두워진 눈으로 그녀를 바라보았고 그 눈빛을 그녀는 전혀 이해할 수가 없었다. 거무스름한 불꽃을 내며 타오르는 어떤 영혼이 그녀를 바라보고 있는 것 같았다.

「기쁘다고 말해 줘요!」 그녀가 그의 손을 더듬으며 애원했다. 그리고 그녀는 그에게서 어떤 환희가 솟구쳐 오르는 것을 보았다. 그러나 그것은 이내 그녀가 이해할 수 없는 것들로 인해 그물에 걸린 듯 가라앉아 버렸다.

「그건 미래의 일이오.」 그가 말했다.

「그런데 당신은 기쁘지 않아요?」 그녀가 계속 우겼다.

「미래가 몹시 염려될 뿐이오.」

「그렇지만 당신은 어떤 책임도 질 필요가 없어요. 클리퍼드가 그 애를 자기 자식으로 받아 줄 거예요. 그는 기꺼이 그렇게 할 거예요.」

그녀는 이 말에 그의 얼굴이 창백해지고 움찔하는 것을 보았다. 그는 아무 대답도 하지 않았다.

「내가 클리퍼드에게 돌아가서 랙비에 꼬마 준남작을 안겨 줄까요?」 그녀가 물었다.

그가 창백하고 몹시 막연한 얼굴로 그녀를 바라보았다. 심술궂게 씩 웃는 웃음이 그의 얼굴을 스쳐 지나갔다.

「그에게 아이의 아버지가 누구인지 알릴 필요는 없지 않겠소?」

「아!」 그녀가 말했다. 「알린다 해도 그는 그 애를 받아들일 거예요. 내가 원한다면요.」

그는 잠깐 동안 생각에 잠겼다.

「그렇소!」 그가 마침내 혼잣말처럼 말했다. 「나도 그가 그럴 거라고 생각하오.」

침묵이 흘렀다. 두 사람 사이에 커다란 심연이 자리 잡고 있었다.

「그렇지만 당신은 내가 클리퍼드에게 돌아가는 것을 원하지 않는 거죠, 그렇죠?」 그녀가 물었다.

「당신이 원하는 건 무엇이오?」 그가 대꾸했다.

「당신과 함께 살고 싶어요.」 그녀가 간단하게 말했다.

그녀의 말을 들으면서 그는 자신도 모르게 작은 불꽃들이 배 위로 스쳐 지나가는 것을 느꼈고 고개를 떨구었다. 그러다가 그는 고개를 들고 고뇌에 찬 눈빛으로 그녀를 다시 바라보았다.

「당신에게 그렇게 해볼 만한 가치가 있는 일이라고 해도 말이오.」 그가 말했다. 「난 아무것도 가진 게 없소.」

「당신은 대부분의 남자들보다 더 많은 것을 가졌어요. 당신도 그걸 알고 있잖아요.」 그녀가 말했다.

「이편 면에서는 나도 알고 있소.」 그는 생각에 잠겨 잠시 침묵을 지켰다. 그러고 나서 말을 다시 시작했다. 「사람들은 내가 여성적인 면을 너무 많이 가지고 있다고 말하곤 했소. 그러나 그렇지 않소. 새를 쏘아 잡는 것을 좋아하지 않는다고 해서, 돈을 벌거나 출세하는 것을 좋아하지 않는다고 해서 내가 여자 같은 것은 아니오. 난 군대에서 쉽게 출세할 수도 있었소. 그러나 군대가 마음에 들지 않았소. 내가 병사들을 잘 다룰 수 있었지만 말이오. 그들은 날 좋아했고 내가 불같이 화를 내면 날 상당히 경외하며 무서워했소. 아니, 군대를 죽은 곳으로 만든 건 멍청하고 구속하기 좋아하는 고위 간부들이었소. 난 병사들을 좋아했고 그들도 날 좋아했소. 그러나 난 이 세상을 지배하는 사람들이 실없는 소리나 해대고 잘난 체하며 으스대는 뻔뻔스러움을 견딜 수 없소. 바로 그것 때문에 난 출세를 할 수 없소. 난 돈의 뻔뻔스러움을 증오하고 계급의 뻔뻔스러움을 증오하오. 그러니 현재와 같은 세상에서 내가 여자에게 무엇을 줄 수 있겠소?」

「그런데 왜 꼭 뭔가를 주어야 하나요? 이건 거래가 아니잖아요. 단지 우리가 서로를 사랑한다는 것뿐이잖아요.」 그녀가 말했다.

「아니, 아니! 그 이상이오. 사는 것은 움직이는 것, 계속 나아가는 것이오. 내 삶은 제대로 된 통로를 따라 흘러가지 못할 거요. 절대 그러지 못할 거요. 따라서 난 혼자 떨어져서 흐르는 폐수나 다름없소. 게다가 여자를 삶에 끌어들일 자격이 있으려면, 내 삶이 적어도 내적으로라도 뭔가를 해내고 뭔가를 이뤄 내어, 우리 두 사람 모두를 싱싱하게 유지시켜 줄 수 있어야 하는데, 난 지금 그렇지 못하오. 남자는 자기 삶에서 찾아낸 어떤 의미를 여자에게 제시해 주어야만 하오. 고립된 삶을 함께 살아야 한다면, 그리고 그 여자가 진정한 여자라면 말이오. 난 그저 당신의 남첩으로 살 수는 없소.」

「왜 안 되죠?」 그녀가 말했다.

「글쎄, 내가 그렇게 할 수 없기 때문이오. 그리고 당신도 곧 그것을 싫어하게 될 거요.」

「날 믿을 수 없다는 얘기처럼 들리네요.」그녀가 말했다.

씩 웃는 웃음이 그의 얼굴을 스치고 지나갔다.

「돈도 당신 것이고 신분도 당신 것이며 결정권도 당신에게 있게 될 거요. 난 그저 마님의 잠자리 상대나 하는 존재가 아니오.」

「그러면 그것 말고 당신이 어떤 존재인데요?」

「당신이 그렇게 묻는 건 당연하오. 그건 분명 눈에 보이는 것은 아니니까 말이오. 그렇지만 난 특별한 존재요. 적어도 나 자신에게는 말이오. 난 내 존재의 의미를 볼 수 있소. 비록 어느 누구도 그것을 보지 못한다는 걸 내가 잘 알고 있다 해도 말이오.」

「그러면 당신이 나와 함께 살면 당신 존재가 의미가 줄어드나요?」

그가 오랫동안 침묵을 지키다 대답했다.

「그럴지도 모르오.」

그녀 역시 아무 말 없이 그것에 대해 생각했다.

「그러면 당신 존재의 의미는 뭐죠?」

「분명히 말하는데 그건 눈에 보이지 않소. 난 세상도, 돈도 믿지 않소. 출세도, 우리 문명의 미래도 믿지 않소. 인류에게 어떤 미래라는 것이 있으려면 세상은 지금과는 아주 크게 달라져야 할 거요.」

「그러면 진정한 미래는 어떤 모습이어야 하나요?」

「그걸 누가 알겠소! 난 내면에 있는 뭔가를 느끼지만 그건 모두 많은 분노와 섞여 있소. 그러나 그게 정말로 무엇인지는 나도 모르겠소.」

「내가 말해 줄까요?」그녀가 그의 얼굴을 들여다보며 말했다.「다른 남자들은 가지고 있지 않지만 당신은 가지고 있고 미래를 만들어 낼 수 있는 게 무엇인지, 그래 볼까요? 내가 말해 줄까요? 그래 볼까요?」

「말해 보시오.」그가 대답했다.

「그건 당신의 애정이 보여 주는 용기예요. 바로 그거예요. 내 엉덩이를 손으로 쓰다듬으면서 엉덩이가 예쁘다고 말할 때처럼요.」

그의 얼굴에 특유의 씩 웃는 웃음이 스쳐 지나갔다.

「그거라고?」

그러더니 그는 생각에 잠겨 가만히 앉아 있었다.

「그렇소!」그가 말했다.「당신 말이 맞소. 사실 바로 그거요. 항상 그거였소. 병사들과의 관계를 통해 그걸 알았소. 난 그들과 육체적으로 접촉해야만 했고 그걸 저버려서는 안 되었소. 난 몸으로 그들을 알아야 했고 그들에게 어느 정도 다정하게 대해야 했소. 설사 내가 그들에게 지옥 같은 고생을 시켰다 해도 말이오. 부처의 말대로 그건 깨달음의 문제요. 그러나 부처조차 육체적인 깨달음을, 그 자연스러운 육체적 애정을 두려워하며 피했소. 사실 그건 남자들 사이에서도 적절한 남자다운 방식으로 행해지기만 하면 최고라 할 수 있는 것인데 말이오. 그건 남자들을 그렇게 원숭이 같은 존재가 아니라 정말로 남자다운 남자로 만들어 준다오. 그렇소! 그건 바로 부드러운 애정이오. 그건 정말로 진정한 교합에 대한 깨달음이오. 섹스란 사실 접촉, 모든 접촉 중에서 가장 밀접한 접촉에 불과하오. 그리고 우리가 두려워하는 건 접촉이오. 우리는 그저 절반만 의식이 있고 절반만 살아 있을 뿐이오. 우리는 다시 온전하게 살아서 깨어 있는 존재가 되어야 하오. 특히 우리 영국인들은 조금 섬세하고 조금 부드럽게 서로 접촉을 시작해야 할 필요가 있소. 그것이야말로 우리에게 절실하게 필요한 거요.」

그녀가 그를 바라보았다.

「그렇다면 당신은 왜 날 두려워하는 거예요?」 그녀가 말했다.

그가 그녀를 오랫동안 바라보다가 대답했다.

「사실 돈과 신분 때문이오. 그것이 당신 안에 있는 세상이니 말이오.」

「그렇지만 내 안에도 부드러운 애정이 있지 않나요?」 그녀가 안타깝게 말했다.

그가 어둡고 멍한 눈으로 그녀를 내려다보았다.

「있소! 하지만 그건 나타났다 사라졌다 하오, 내 안에서처럼 말이오.」

「그러나 그걸 믿을 수는 없나요? 당신과 나 사이에서는 말이에요?」 그녀가 그를 애타게 바라보며 물었다.

그녀는 그의 얼굴이 부드러워지면서 단단하게 경계하던 표정이 사라지는 것을 보았다.

「어쩌면!」 그가 말했다.

둘 다 아무 말도 하지 않았다.

「날 안아 줘요.」 그녀가 말했다. 「그리고 우리에게 아이가 생겨서 기쁘다고 말해 줘요.」

그녀는 너무나 사랑스럽고 따뜻하고 애절해 보였고 그의 창자가 그녀를 향해 꿈틀거렸다.

「내 방으로 같이 갈 수 있을 것 같소.」 그가 말했다. 「또 추문거리가 되겠지만 말이오.」

그러나 다시 세상에 대한 망각이 덮쳐 와 그의 얼굴이 부드러운 열정을 담은 온화하고 순수한 표정을 띠는 것을 그녀는 보았다.

그들은 좀 더 외진 길을 택해 코버그 광장으로 갔다. 그는 그곳에 있는 집 꼭대기 층에 방 하나를 얻은 다음 그 다락방에서 가스풍로에 직접 음식을 해 먹으며 지내고 있었다. 방은 작았지만 깔끔하고 그런 대로 괜찮았다.

그녀는 옷을 벗은 다음 그에게도 옷을 벗게 했다. 그녀는 임신 초기의 부드러운 홍조를 띠고 있어서 사랑스러웠다.

「당신을 그냥 내버려 둬야겠소.」 그가 말했다.

「안 돼요!」 그녀가 말했다. 「날 사랑해 줘요! 날 사랑해 주고 내 곁에 있겠다고 말해 줘요. 내 곁에 있겠다고 말해 줘요! 세상으로든 어느 누구에게든 날 절대 보내지 않겠다고요.」

그녀는 그의 몸에 바싹 파고들며 야위었지만 강한 그의 나체에 꼭 매달렸다. 그곳이 그녀가 아는 유일한 안식처였다.

「그럼 그대 곁에 있겠소.」 그가 말했다. 「당시니 원한다면 곁에 있겠소.」

그는 그녀를 감싸며 꼭 껴안았다.

「그리고 아이가 생겨서 기쁘다고 말해 줘요.」 그녀가 되풀이했다. 「아기에게 키스해 줘요! 내 자궁에 키스하고 아이가 거기에 있어서 기쁘다고 말해 줘요.」

그러나 그것은 그에게 더욱 힘든 일이었다.

「난 세상에 아이드를 내논는 거시 두렵소.」 그가 말했다. 「그 아이드르 미래가 너무 두렵소.」

「그러나 당신이 그 애를 내 몸 안에 넣어 주었어요. 그 애에게 다정하게 대해 줘요. 그리고 그것이 이미 그 애의 미래예요. 아이에게 키스해요! 키스해 줘요!」

그 말이 사실이었기 때문에 그는 전율했다. 〈그 애에게 다정하게 대해 줘요. 그리고 그것이 이미 그 애의 미래예요.〉 그 순간 그는 여자에게 순수한 사랑을 느꼈다. 그는 자궁과 자궁 속 태아에게 더 가깝게 키스하기 위해 그녀의 배와 베누스의 둔덕에 키스했다.

「아, 당신은 날 사랑해요! 정말로 날 사랑하는군요!」 맹목적으로 불명확하게 질러 대는 사랑의 비명처럼 그녀가 자그맣게 외치며 말했다. 그리고 그는 부드럽게 그녀의 몸 안으로 들어가면서 부드러운 애정의 물결이 그의 창자에서 풀려나와 그녀의 창자로 흘러 들어가 둘 사이에서 공감이 타오르는 것을 느꼈다.

그리고 그는 그녀의 몸 안으로 들어가면서 이것이 그가 해야 할 일이라는 것을, 남자로서의 자긍심이나 품위나 고결함을 잃지 않으면서 부드러운 접촉을 하는 것이 자신이 해야 할 일이라는 것을 깨달았다. 어쨌든 그녀에게 돈과 재산이 있고 자신에게는 아무것도 없다 해도 그것 때문에 그녀에 대한 애정을 눌러 버린다면 그는 너무나 오만하고 고귀한 척하는 사람임에 틀림없을 것이다. 〈난 인간들 사이의 육체적인 깨달음을 가져다주는 접촉을 위해 싸우고 있다.〉 그는 자기 자신에게 말했다. 〈그리고 난 애정의 접촉을 위해 싸우고 있다. 그녀는 내 동지이다. 난 돈과 기계, 세상의 생기 없고 관념적인 원숭이 같은 작태와 맞서 싸우고 있다. 그리고 그녀는 날 후원해 줄 것이다. 나한테 여자가 있다니 얼마나 고마운 일인가! 나와 함께 있어 주고 내게 부드럽게 대해 주고 날 알아주는 여자가 있다니 얼마나 고마운 일인가! 그 여자가 난폭하지도 바보스럽지도 않다니 얼마나 고마운 일인가! 그 여자가 부드럽고 의식이 깨어 있다니 얼마나 고마운 일인가!〉 그리고 그의 정액이 그녀의 몸속에서 솟구치며 분출될 때 생식 행위를 훨씬 뛰어넘는 창조적인 행위 속에서 그의 영혼도 그녀를 향해 솟구쳐 올랐다.

그녀는 이제 두 사람 사이에 헤어짐은 절대 없게 해야 한다고 굳게 결심했다. 그러나 그 방법과 수단은 앞으로 정해야 했다.

「버사 쿠츠를 미워했나요?」 그녀가 물었다.

「그 여자 이야기는 하지 마오.」 그가 말했다.

「그래도 해야 해요! 이야기하게 해줘야 해요. 한때 당신이 그녀를 좋아했으니까요. 그리고 당신이 지금 나와 가까운 것처럼 한때는 그녀와도 가까웠으니까요. 그러니까 당신이 내게 말해 줘야 해요. 예전에 그녀와 가까웠음에도 불구하고 그녀를 그렇게 미워하게 되다니 끔찍하지 않아요? 왜 그렇게 된 거죠?」

「모르겠소. 그녀는 항상, 언제나 자기 의지를 내세우며 나와 맞서 싸우려고 준비하고 있는 것 같았소. 그녀의 여자로서의 끔찍한 의지를 말이오. 그녀의 자유라는 것 말이오! 짐승 같기 그지없는 포악함으로 끝나는, 끔찍한 여자로서의 자유 말이오! 아, 그녀는 언제나 자신의 자유로 내게 맞서 싸웠소. 내 얼굴에 황산을 뿌리듯이 말이오.」

「그런데 그녀는 지금도 당신을 완전히 떠나지 못했어요. 그녀가 아직도 당신을 사랑하나요?」

「아니, 전혀 아니오! 만약 그 여자가 날 완전히 떠나지 못했다면 그건 그 여자가 그 광적인 분노에 사로잡혀 있기 때문이오. 그녀는 날 괴롭히지 않고는 배길 수가 없는 거요.」

「그렇지만 그녀가 당신을 사랑했던 게 분명해요.」

「그렇지 않소! 글쎄…… 조금은 사랑했을 거요. 그녀가 내게 끌리긴 했소. 그런데 내 생각에 그녀는 그것조차 증오했던 것 같소. 그녀가 날 잠깐씩 사랑한 순간들이 있었소. 그러나 그녀는 항상 그걸 다시 거두어들이고는 날 들볶으며 괴롭혔소. 그녀의 가장 깊은 욕망은 날 들볶으며 괴롭히는 것이고 그녀를 바꾸는 것은 불가능했소. 그녀의 의지는 처음부터 잘못된 것이었소.」

「그러나 어쩌면 그녀는 당신이 자신을 정말로 사랑하지 않는다고 느꼈기 때문에 당신으로 하여금 사랑하게 만들고 싶었는지도 모르죠.」

「아이고, 그건 지독한 고문이었소.」

「그런데 당신은 그녀를 진정으로 사랑하지는 않았죠? 그렇죠? 당신이 그녀에게 잘못한 건 바로 그거예요.」

「내가 어떻게 그럴 수 있었겠소? 시작은 했소. 그녀를 사랑하기 시작하긴 했지. 그런데 어찌된 노릇인지 그녀는 언제나 날 찢어발겼소. 아니, 그것에 대해서는 그만 이야기합시다. 그건 악운이었소. 그랬소. 그리고 그녀는 악운의 여자였소. 이번에만 해도 난 할 수만 있었다면 담비를 쏴 죽이듯 그 여자를 쏴버리고 싶었소. 여자의 탈을 쓰고 길길이 날뛰는 악운의 존재를 말이오! 그 여자를 쏴 죽여 모든 불행을 끝낼 수만 있었다면 좋았을 텐데! 그런 것은 허용되어야 하오. 여자가 자신의 의지에 완전히 사로잡혀 모든 것에 대항해서 자기 의지를 내세우면 무시무시한 상황이 되고 그러면 그 여자는 결국 쏴 죽여야만 하는 법이오.」

「그럼 남자들도 자신의 의지에 사로잡혀 있으면 결국 쏴 죽여야만 하는 것 아닌가요?」

「그렇소! 마찬가지요! 그러나 난 그녀로부터 완전히 벗어나야 하오. 그러지 않으면 그녀가 다시 날 괴롭힐 거요. 당신과 이야기를 나누고 싶었소. 가능하다면 반드시 이혼을 할 작정이오. 그러니 우리는 조심해야 하오. 당신과 내가, 우리가 함께 있는 모습이 사람들 눈에 띄어서는 안 되오. 그녀가 나와 당신에게 덮쳐 오면 난 절대, 절대 그것을 참을 수가 없을 거요.」

코니는 이 말에 대해 곰곰이 생각했다.

「그럼 우리가 함께 있을 수 없는 거군요?」그녀가 말했다.

「여섯 달가량은. 하지만 이혼 수속이 9월에는 다 끝날 거라 생각하오. 그러니까 3월까지는 그럴 것 같소.」[169]

「그렇지만 아기가 2월 말에 태어날지도 모르는데요.」 그녀가 말했다.

그는 침묵을 지켰다.

「클리퍼드와 버사 같은 인간들이 모두 죽어 버렸으면 좋겠소.」 그가 말했다.

「그건 그들에게 별로 자비롭지 못한 말이네요.」 그녀가 말했다.

「그들에게 자비롭지 못하다고? 아니, 그렇지 않소. 설령 그렇다 해도 그런 인간들에게 해줄 수 있는 가장 자비로운 일은 죽음을 안겨 주는 거요. 그들은 살 수가 없소! 그들은 삶을 방해할 뿐이오. 그들 내면의 영혼은 끔찍하오. 죽음이 그들에게는 틀림없이 달콤할 거요. 그러니 내가 그런 인간들을 쏴 죽이도록 허용되어야 하오.」

「그렇지만 당신은 그렇게 하지 않을 거잖아요.」 그녀가 말했다.

「그렇게 할 거요! 족제비를 쏠 때보다 양심의 가책을 덜 느끼면서 말이오! 족제비는 어쨌든 귀엽고 외로워 보이기라도 하지. 그런 인간들은 천지에 널려 있소. 아, 난 그런 인간들을 쏴 죽이고 싶소.」

「하지만 당신은 그렇게 하지는 못할 거예요.」

169 영국에서는 첫 번째 공판 후에 판사가 가(假)이혼을 공표하고 6개월 동안 아무 일도 일어나지 않으면 이혼이 확정되었다.

「글쎄…….」

코니에게는 이제 생각할 거리가 많았다. 그가 버사 쿠츠에게서 완전히 벗어나고 싶어 한다는 것은 분명했다. 그리고 그녀는 그가 옳다고 생각했다. 최근에 그가 당한 일은 너무 끔찍했다. 이것은 그녀가 봄까지 혼자 지내야 한다는 것을 의미했다. 그녀는 클리퍼드가 자신과 이혼해 주도록 노력할 것이다. 그러나 어떻게 그럴 것인가? 만약 멜러스의 이름이 거론된다면 멜러스의 이혼은 물거품이 될 것이다. 얼마나 불쾌한 상황인가! 그냥 지금 당장 저 멀리 지구 끝으로 가서 그 모든 것에서 자유로워질 수는 없을까?

그럴 수 없었다. 요즘에는 지구 끝이라 해봤자 채링 크로스[170]에서 채 5분도 안 되는 거리에 있었다. 라디오가 작동되는 한 지구 끝이란 존재하지 않았다. 다호메[171]의 국왕과 티베트의 달라이 라마도 런던과 뉴욕의 소식에 귀를 기울인다.

인내심! 인내심을 발휘하자! 세상은 거대하고 끔찍하도록 복잡한 기계이니 그것에 난도질당하지 않으려면 몹시 조심해야 한다.

코니는 아버지에게 사정을 털어놓았다.

「그래요, 아버지. 그이는 클리퍼드의 사냥터지기예요. 그렇지만 인도에서 장교로 복무했어요. 그이는 다시 사병이 되기로 한 C. E. 플로런스 대령[172]과 비슷한 사람이에요.」

---

170 런던 트라팔가 광장에 있는 경계표이자 기차역의 이름.
171 아프리카 서부 나이지리아의 베냉 남부에서 18~19세기에 번영했던 왕국.

그러나 맬컴 경은 그 유명한 C. E. 플로런스를 부적절하게 신비화하는 데 공감하지 않았다. 그는 그 모든 겸손함 뒤에서 너무 많은 자기선전을 보았다. 그것은 훈작사인 맬컴 경이 가장 혐오하는 종류의 자만, 즉 겸손한 체하는 자만처럼 보였다.

「네가 좋아하는 그 사냥터지기는 어디 출신이지?」 맬컴 경이 짜증을 내며 물었다.

「테버셜 광부의 아들이에요. 하지만 어디에 내놓아도 절대 손색없는 사람이에요.」

훈작사 화가는 더욱더 화가 났다.

「내가 보기에는 금광꾼처럼 돈을 보고 여자를 호리는 남자 같구나.」 그가 말했다. 「그리고 넌 상당히 캐내기 쉬운 금광이 분명하고.」

「아니에요, 아버지. 전혀 그런 게 아니에요. 그 사람을 만나 보시면 알 거예요. 그 사람은 사내대장부예요. 클리퍼드는 항상 그 사람을 싫어했어요. 그 사람이 겸손하지 않다고요.」

「그의 육감이 딱 한 번 제대로 맞았구나.」

맬컴 경이 참을 수 없는 것은 자기 딸이 사냥터지기와 정을 통했다는 추문이었다. 그는 정을 통한 것 자체는 별로 상관하지 않았다. 추문이 문제였다.

「그 친구가 어떤 사람이든 난 전혀 관심 없다. 그가 널 제대로 사로잡은 게 분명한 것 같구나. 하지만 세상에! 세상 사람

172 〈아라비아의 로런스〉로 알려진 T. E. 로런스Thomas Edward Lawrence(1888~1935) 대령으로 1922년에서 1923년까지, 1925년부터 1935년까지 공군에서 장교로 복무했고 1923년에는 사병으로 복무했다. 작가는 여기서 T. E. 로런스를 C. E. 플로런스로 바꿔 부르고 있다.

들이 떠들어 댈 그 온갖 말을 생각해 보렴. 네 새어머니를 생각해 보렴. 그녀가 그걸 어떻게 받아들이겠니?」

「알아요.」 코니가 말했다. 「사람들이 찧어 대는 입방아가 고약하다는걸요. 상류 사회에서 사는 사람들에게는 특히 그렇죠. 게다가 지금 그는 이혼을 간절히 원하고 있어요. 아이의 아버지로 다른 남자를 내세우고 이름은 아예 거론하지 않는 게 좋을지도 모른다고 생각하고 있어요.」

「다른 남자를 내세운다고! 어떤 남자를 말이냐?」

「덩컨 포브스면 괜찮지 않을까요? 오랫동안 우리와 알고 지냈으니까요. 상당히 유명한 화가고요. 게다가 절 좋아해요.」

「글쎄, 이것 참! 불쌍한 덩컨! 그렇다면 넌 그에게 뭘 해줄 건데?」

「모르겠어요. 어쩌면 그가 그 일을 좋아할지도 몰라요.」

「좋아할지도 모른다고, 그럴까? 글쎄, 정말 그런다면 그야말로 웃기는 친구구나. 그런데 넌 그와 한 번도 연애를 하거나 그러지는 않은 거지, 그렇지?」

「그럼요! 그러나 그는 정말로 그런 것을 원하지 않아요. 그는 그저 제가 자기 가까이에 있는 것을 좋아할 뿐이지 육체적 접촉을 원하지는 않아요.」

「세상에, 대단한 세대로군!」

「그가 저한테 가장 바랐던 건 그의 그림 모델이 돼 주는 거였어요. 다만 제가 그러고 싶은 마음이 전혀 없었지만요.」

「그 친구가 가엾구나! 그런데 그는 이미 충분히 짓밟힌 것처럼 보이는구나.」

「그런데 그에 대한 말이 많이 나는 것은 괜찮으시겠어요?」

「이런, 코니야! 이 모든 끔찍한 궁리를 해야 하다니!」

「알아요! 저도 혐오스러워요! 그래도 제가 달리 어떻게 할 수 있겠어요?」

「계략을 꾸미고 눈감아 주고. 눈감아 주고 계략을 꾸며야 하다니! 내가 너무 오래 살았다는 생각이 들 지경이구나.」

「그러지 마세요, 아버지. 아버지가 살아오시면서 계략을 꾸미고 눈감아 주는 일을 많이 하지 않으셨다면 그런 불평을 하셔도 돼요.」

「하지만 확실히 말해 두는데, 그건 이 건이랑 경우가 분명히 다르다.」

「경우야 항상 다르죠.」

힐다가 도착했고 그녀는 새로운 전개 양상에 대해 듣자 역시 격노해서 길길이 뛰었다. 그녀 역시 동생과 사냥터지기에 대한 소문이 널리 퍼질 것이라는 생각을 참을 수 없어 했다. 그것은 정말 너무 수치스러운 일이었다!

「우리 두 사람이 따로따로 브리티시컬럼비아로 떠나 버리면 추문이 전혀 안 나지 않을까요?」 코니가 말했다.

그러나 그것은 전혀 소용없는 생각이었다. 추문은 똑같이 터질 것이다. 그리고 코니가 그 남자와 함께 떠날 거라면 차라리 그와 결혼할 수 있으면 더 나을 것이다. 이것이 힐다의 의견이었다. 맬컴 경은 확신이 서지 않았다. 아직은 이 사건이 조용하게 무사히 넘어갈 수 있을지도 몰랐다.

「그런데 그 사람을 한번 만나 보시겠어요, 아버지?」

불쌍한 맬컴 경! 그는 그러고 싶은 마음이 전혀 없었다. 그리고 불쌍한 멜러스. 그는 더더욱 그러고 싶은 마음이 없었다. 그러나 만남이 이루어졌다. 맬컴 경의 클럽에 있는 사실에서 점심 식사를 하면서 두 남자는 단둘이 만나 서로 위아래를 훑어보았다. 맬컴 경은 상당히 많은 양의 위스키를 마셨고 멜러스도 마셨다. 그리고 그들은 계속 인도에 대한 이야기를 나눴고 멜러스는 인도에 대해 많이 알고 있었다.

  점심 식사는 내내 이런 식으로 이어졌다. 커피가 나오고 웨이터가 가고 나서야 비로소 맬컴 경이 여송연에 불을 붙이며 진심으로 물었다.

  「자, 젊은이. 내 딸을 어떻게 할 건가?」

  씩 웃는 특유의 웃음이 멜러스의 얼굴을 스쳐 지나갔다.

  「글쎄요. 훈작님께서는 어떤 생각이신지요?」

  「자네가 그 애를 임신시킨 게 확실해 보이더군.」

  「영광스럽게도 그렇게 되었습니다!」 멜러스가 씩 웃었다.

  「영광이라, 그렇지!」 맬컴 경이 잠시 뿜어내듯이 하하 웃음을 터뜨리고는 스코틀랜드인 특유의 호색적인 태도를 취했다. 「영광이고말고! 그 일은 어땠나, 응? 좋았나, 여보게? 어땠나?」

  「좋았습니다!」

  「틀림없이 그랬을 거네! 하하! 내 딸은 이 아비를 꼭 닮았지, 그럼! 나 자신도 근사한 섹스라면 마다한 적이 한 번도 없다네. 비록 그 애 어머니는…… 오, 거룩하신 성자님들이여, 도우소서!」 그가 하늘을 향해 두 눈을 치켜떴다. 「그러나 자네가 그 애를 뜨겁게 달궈 놓았지. 그래, 자네가 그 애를 달궈 놓았어. 난 그걸 알 수 있어. 하하! 그 애 몸에는 내 피가 흐르고 있지! 자네가 그 애의 건초 더미에 확실하게 불을 지펴 주었어. 하하하! 난 대단히 기뻤다네, 정말이야. 그 애에게는 바로 그게 필요했어. 아, 그 애는 훌륭한 계집아이야. 정말 훌륭한 계집아이라네. 그리고 난 어떤 빌어먹을 놈이 그 애의 볏가리에 불을 지펴 주기만 하면 그 애가 잘할 거란 걸 알고 있었네! 하하하! 사냥터지기라고 했지, 응? 여보게! 우라지게 솜씨 좋은 밀렵꾼이라고 해야 맞지 않겠나? 하하! 그런데 자, 이것 보게. 진지하게 이야기해 보세. 그 문제를 어떻게 하면 좋을까? 진지하게 이야기해 보게!」

진지하게 이야기한다고 했지만 그들의 이야기는 별로 진척이 없었다. 멜러스는 얼큰하게 취하긴 했지만 둘 중에서는 훨씬 더 정신이 말짱했다. 그는 최대한 조리 있게 대화를 이끌어 가려 애썼다. 그래서 말을 별로 많이 하지 않았다.

「그러니끼 자네가 사냥터지기란 말이군! 아, 자네 말이 정말 맞네! 그런 종류의 사냥감은 남자가 공을 들인 만큼의 보람을 느끼게 해주지. 응, 뭐라고? 여자가 괜찮은지 아닌지 알아보려면 여자의 엉덩이를 꼬집어 보면 된다네. 엉덩이의 감촉만으로 알 수 있다네. 여자가 제대로 달아오를 수 있을지 없을지를 말일세. 하하! 자네가 부럽군, 여보게. 몇 살인가?」

「서른아홉 살입니다!」

훈작사가 눈썹을 치켜떴다.

「그렇게 많나! 글쎄…… 겉으로 보기에는 앞으로 20년 정도 더 재미를 볼 수 있겠군. 아, 사냥터지기든 아니든 자네는 싸움닭이야. 한쪽 눈을 감고도 그걸 알 수 있지. 그 빌어먹을 클리퍼드랑은 전혀 달라. 사내다운 능력도 없고 사내구실을 한 번도 해보지 못한 소심한 사냥개 같은 녀석이지. 난 자네가 마음에 드네, 여보게. 틀림없이 자네는 괜찮은 음낭을 가지고 있을 거야. 아, 자네는 싸움닭이야. 그걸 알 수 있네. 자네는 싸움꾼이야. 사냥터지기라! 하하! 아, 이것 참. 난 절대 자네한테 내 사냥감을 맡기지는 않을 걸세! 그런데 진지하게 말해 보게. 이 일을 어떻게 하면 좋겠는가? 세상은 빌어먹을 구식 여자들로 가득 차 있어……」

　그들은 그 일에 대해서는 진지한 이야기를 한 마디도 나누지 않았다. 그저 두 사람 사이에 남성적 관능에 대한 그 오래된 암묵적인 공감대를 형성했을 뿐이었다.

　「그리고, 여보게. 내가 자네에게 해줄 게 있다면 뭐든지 믿고 부탁하게. 사냥터지기라고! 맙소사, 그러나 재미있는 일이야! 마음에 들어! 암, 마음에 들고말고! 내 딸한테 배짱이 있다는 것을 보여 주는 증거지. 뭐라고? 어쨌든 그 애에게는 자신만의 수입이 있네. 대단히 많지는 않지만 굶지는 않을 정도지. 게다가 내가 가진 것을 그 애한테 물려줄 걸세. 맹세코 그럴 걸세. 그 애한테는 그럴 자격이 있네. 구식 여자들로 가득 찬 세상에서 배짱을 보여 주었으니 말일세. 난 70년 동안 그런 구식 여자들의 치마폭에서 벗어나려고 애를 써왔지만 아직도 그러지 못하고 있네. 그러나 자네는 그럴 수 있는 남자네! 그럴 수 있는 사내대장부야. 난 그걸 알 수 있네.」

「그렇게 생각해 주시다니 감사합니다. 사람들은 대개 경멸적으로 제가 원숭이에 불과하다고 말합니다.」

「아, 그러겠지! 이 친구야, 그 모든 구식 여자들한테 자네가 원숭이 말고 달리 무엇이 될 수 있겠는가?」

그들은 아주 다정하게 헤어졌고 멜러스는 그날 내내 마음속으로 계속 웃었다.

다음 날 그는 신중하게 고른 장소에서 코니와 힐다와 함께 점심 식사를 했다.

「상황이 온통 지저분하게 돌아가서 정말 대단히 유감스러워요.」 힐다가 말했다.

「나한테는 상당히 재미있었어요.」 그가 말했다.

「당신이 자유로운 몸이 된 다음에 결혼해서 자식을 낳아도 될 때까지 자식을 갖는 일을 피할 수도 있지 않았을까 하는 생각이 드네요.」

「하느님이 불꽃을 조금 일찍 붙이신 것 같습니다.」 그가 말했다.

「하느님하고는 아무 상관이 없는 것 같은데요. 물론 코니에게는 두 사람을 먹여 살릴 만큼 충분히 돈이 있어요. 그러나 이런 상황은 참을 수가 없어요.」

「그렇지만 당신은 이 일에서 작은 귀퉁이 한 조각 정도만 참아 내면 되잖아요. 그렇지 않습니까?」 그가 말했다.

「당신이 코니와 같은 계급이라면 좋을 텐데…….」

「아니면 내가 동물원 우리 안에 갇혀 있거나 말이죠.」

침묵이 흘렀다.

「내 생각은 이래요.」힐다가 말했다. 「코니가 정을 통한 상대로 전혀 다른 남자를 내세우고 당신은 이 일에서 완전히 손을 떼는 게 제일 좋을 것 같아요.」

「하지만 난 이미 깊숙이 발을 들여놓은 상태라고 생각하는데…….」

「내 말은, 이혼 과정에서요.」

그는 놀라서 그녀를 빤히 쳐다보았다. 코니는 덩컨을 내세우려는 계획을 감히 그에게 알리지 못한 상태였다.

「무슨 말인지 모르겠군요.」그가 말했다.

「정을 통한 상대로 이름을 빌려 주기로 동의해 줄 만한 친구가 있어요. 당신 이름이 드러날 필요가 없도록요.」힐다가 말했다.

「남자가 말입니까?」

「물론이에요!」

「하지만 코니에게 다른 남자는 없는 걸로 아는데……?」

그가 놀라서 코니를 바라보았다.

「네, 없어요!」그녀가 황급히 말했다. 「그저 오래전부터 아는 친구일 뿐이예요. 단순히 우정을 나누는 관계예요. 사랑이 아니고요.」

「그렇다면 왜 그 친구가 책임을 지려 하는 겁니까? 그가 당신에게서 얻는 게 아무것도 없다면 말입니다.」

「어떤 남자들은 기사도 정신이 투철해요. 그리고 여자에게서 얻어 낼 게 뭔지 계산만 하고 있지는 않아요.」힐다가 말했다.

「날 대신할 사람이라는 거지, 그렇지? 도대체 그 작자는 누구요?」

「스코틀랜드에서 어렸을 때부터 알고 지낸 친구예요. 화가
이고요.」

「덩컨 포브스군!」 그가 즉시 말했다. 코니가 전에 그에게
말해 준 적이 있었기 때문이다. 「그런데 어떻게 그에게 책임
을 떠넘길 거요?」

「두 사람이 호텔에 묵을 수도 있고 아니면 코니가 그의 아
파트에서 지낼 수도 있어요.」

「내가 보기엔, 헛수고만 실컷 할 것 같은데요.」 그가 말했다.

「그것 말고 다른 좋은 생각이 있어요?」 힐다가 말했다. 「당
신 이름이 나오면 당신은 도저히 상종하기 불가능한 것처럼
보이는 당신 아내하고 이혼할 수 없게 될 거예요.」

「다 맞는 말입니다!」 그가 음울하게 말했다.

오랫동안 침묵이 흘렀다.

「우리 두 사람이 지금 당장 어디론가 떠날 수도 있어요.」
그가 말했다.

「코니는 즉시 떠나는 게 불가능해요.」 힐다가 말했다. 「클
리퍼드가 워낙 유명한 사람이니까요.」

다시 완전한 좌절의 침묵이 흘렀다.

「세상이라는 게 원래 그래요. 박해받지 않으면서 함께 살
고 싶다면 두 사람은 결혼을 해야 해요. 결혼하려면 두 사람
모두 이혼해야 하고요. 그렇다면 두 사람 모두 어떻게 그 일
을 해결할 건가요?」

그는 오랫동안 아무 말도 하지 않았다.

582

「당신이라면 우리를 위해 어떻게 이 문제를 해결할 건가요?」 그가 말했다.

「먼저 덩컨이 정을 통한 상대로 나서 주겠다고 할지 알아봐야죠. 그런 다음에는 클리퍼드가 코니와 이혼하도록 해야 하고 당신은 이혼 수속을 계속해야 하고요. 그리고 두 사람은 자유로워질 때까지 서로 떨어져 지내야 해요.」

「정신병원처럼 들리네요.」

「그럴 수도 있어요! 세상 사람들은 두 사람을 미친 사람들이나 더 끔찍한 존재로 간주할 거예요.」

「더 끔찍한 존재가 뭔데요?」

「범죄자들이겠죠.」

「아직은 내가 단도를 몇 번 더 찔러 댈 수 있게 되길 바라는 바입니다.」 그가 씩 웃으며 말했다. 그런 다음 그는 침묵을 지켰다. 그는 화가 나 있었다.

「글쎄요!」 마침내 그가 말했다. 「난 뭐든 동의하겠습니다. 세상은 미쳐 날뛰는 백치이고 그 누구도 그것을 죽일 수 없습니다. 물론 난 최선을 다할 겁니다. 그러나 당신 말이 맞아요. 우리는 최선을 다해 우리 자신을 구해야 합니다.」

그가 굴욕감과 분노, 피곤함과 비참함에 휩싸여서 코니를 바라보았다.

「내 아가씨!」 그가 말했다. 「세상이 당시늘 자브려 하고 있소.」

「우리가 그러지 못하게 막으면 돼요.」 그녀가 말했다.

그녀는 세상에 맞서 이렇게 계략을 꾸미고 그것을 묵인하는 것을 꺼려 하는 마음이 멜러스보다 덜했다.

이런 제안을 받았을 때 덩컨 역시 부정을 저지른 사냥터지기를 만나 보겠다고 고집했다. 그래서 저녁 식사를 하기로 했고 이번에는 그의 아파트에서 네 사람이 만났다. 덩컨은 키가 좀 작고 어깨가 벌어졌으며 피부가 가무잡잡했다. 곧은 검은 머리에 켈트족으로서의 묘한 자부심을 지닌 과묵한 햄릿 같은 인상을 주었다. 그의 그림은 온통 관과 밸브, 나선형과 이상한 색깔들로 이루어져서 초현대적이었지만 어딘지 힘이 있었고 형태와 색조의 순수함을 어느 정도 지니고 있었다. 멜러스만이 그것을 잔인하고 혐오스럽다고 생각했다. 그러나 그는 감히 그렇게 말할 수가 없었다. 덩컨은 자기 작품 문제에 대해서는 거의 광적이었기 때문이다. 그것은 그에게 개인적인 숭배의 대상이자 개인적인 종교였다.

　그들은 스튜디오에서 그림을 둘러보고 있었고 덩컨은 자그마한 갈색 눈으로 계속 다른 남자에게서 시선을 떼지 않았다. 그는 사냥터지기가 뭐라고 말할지 듣고 싶어 했다. 그는 코니와 힐나의 의견은 이미 들어서 알고 있었다.

　「이 그림들은 완전히 살인 같소.」 마침내 멜러스가 말했다. 그것은 덩컨이 사냥터지기에게서 결코 예상하지 못했던 말이었다.

　「그런데 누가 살해되었는데요?」 힐다가 약간 차갑게 조롱하듯 물었다.

　「나요! 이 그림들은 사람의 마음속에 있는 동정심을 모조리 죽여 버리고 있소.」

　순전한 증오의 물결이 화가에게서 흘러나왔다. 그는 다른 남자의 목소리에서 혐오와 경멸이 깃든 어조를 느꼈다. 그리고 그 자신은 동정심에 대한 언급이 역겨웠다. 구역질 나는 감상이었다! 멜러스는 다소 큰 키에 야위었고 초췌했으며 나방이 날개를 나풀거리듯이 초연한 표정을 잠깐씩 스치듯 지으며 그림들을 들여다보았다.

「아마도 아둔함이 살해당했겠죠. 감상적인 아둔함요.」화가가 조롱하듯 말했다.

「그렇게 생각하시오? 난 이 모든 관과 흔들리는 주름 같은 것들이 충분히 어리석고 몹시 감상적이라고 생각하오. 내가 보기에 이것들은 자기 연민을 많이 보여 주고 초조한 자부심을 지독하게 많이 보여 주는 것 같소.」

또 다른 증오의 물결에 휩싸여 화가의 얼굴이 노래졌다. 그러나 그는 일종의 오만한 침묵을 지키며 그림들을 벽 쪽으로 돌려 놓았다.

「이제 식당으로 가시면 될 것 같습니다.」그가 말했다.

그리고 그들은 음울하게 줄을 지어 나갔다.

커피를 마신 후에 덩컨이 말했다.

「난 코니의 아이 아버지 노릇을 하는 것에 대해서는 전혀 개의치 않습니다. 하지만 한 가지 조건이 있는데, 그건 코니가 내 그림의 모델을 서주는 겁니다. 여러 해 동안 코니를 모델로 원했지만 항상 거절을 당했거든요.」그는 화형 판결을 내리는 종교 재판관처럼 음울하고 단호한 어조로 말했다.

「아!」멜러스가 말했다. 「그러니까 조건부로만 그렇게 해 주겠다는 것이오?」

「물론이오! 난 그런 조건에서만 그 일을 할 것이오.」화가
는 말 속에 멜러스에 대한 극도의 경멸을 담아 내려고 애썼
다. 그러나 그것이 조금 도를 지나치고 말았다.

「날 함께 모델로 쓰는 게 더 좋겠소.」멜러스가 말했다. 「우
리 두 사람을 군상(群像)으로 그리는 게 좋겠소. 〈예술의 그
물에 붙잡힌 불카누스[173]와 베누스〉로 말이오. 난 사냥터지
기가 되기 전에 대장장이였소.」

「고맙소.」화가가 말했다. 「그러나 불카누스에게는 내 흥
미를 끌 만한 모습이 없는 것 같소.」

「그것을 관 모양으로 만들고 맵시를 부려도 안 되겠소?」

아무 대답이 없었다. 더 이상 무슨 말을 더 하기에는 화가
의 자존심이 너무 셌다.

음울한 모임이었다. 그때부터 화가는 계속 다른 남자의 존
재를 무시하면서 우울한 엄숙함의 깊은 곳에서부터 말을 짜
내는 것처럼 여자들에게만 짤막하게 대꾸했다.

「당신은 그 사람이 마음에 들지 않았나 보네요. 그래도 사
실 당신이 생각하는 것보다는 더 나은 사람이에요. 정말 친절
하거든요.」덩컨의 집을 나올 때 코니가 설명했다.

「그는 디스템퍼[174]에 걸려 살이 쪼글쪼글해진 작고 검은 강
아지 같소.」멜러스가 말했다.

「그래요. 오늘 그의 행동이 썩 훌륭하진 않았어요.」

173 로마 신화의 불의 신으로 대장장이들의 후원자이다. 그는 그물을 던
져 자기 아내인 베누스와 그녀의 애인, 마르스를 붙잡았다.
174 개들이 잘 걸리는 급성 열성의 바이러스성 질환으로 전염성이 강하다.

「그래서 당신은 그 사람을 위해 모델을 서줄 작정이오?」

「아, 사실 난 그런 건 더 이상 상관없어요. 그가 내 몸에 손을 대지는 않을 테니까요. 그리고 난 어떤 것도 꺼리지 않아요. 당신과 내가 함께 살 수 있는 길을 열어 주기만 한다면요.」

「그래도 그가 당신을 캔버스 위에 똥칠하듯이 엉망으로 그려 놓을 거요.」

「상관없어요. 그는 나에 대한 자신의 감정만을 그려 놓을 테니까요. 그리고 그런다 해도 상관없어요. 난 무슨 일이 있더라도 내 몸에 손대는 일만 없게 할 거예요. 그러나 그가 예술가인 체하는 올빼미 같은 눈으로 쳐다보면서 뭐든지 할 수 있다고 생각한다면 그냥 실컷 쳐다보게 내버려 두겠어요. 날 가지고 텅 빈 관이나 쭈글쭈글한 주름을 실컷 만들라지요. 그건 그 사람 문제이니까요. 그는 당신이 한 말 때문에 당신을 미워한 거예요. 관 모양의 그의 그림이 감상적이고 잘난 척하는 것처럼 보인다는 말 말이에요. 그런데 당연히 그 말이 맞는 말이죠.」

제19장

　친애하는 클리퍼드, 당신이 예견했던 일이 일어난 것 같아요. 난 다른 남자를 정말로 사랑하게 되었고 당신이 나와 이혼해 주기를 바라고 있어요. 난 지금 덩컨의 아파트에서 그와 함께 지내고 있어요. 전에 당신에게 말했듯이 그는 베네치아에서 우리와 함께 있었어요. 당신을 생각하면 내 마음이 무척 아파요. 그러나 제발 이 일을 조용히 받아들여 줘요. 당신은 사실 날 더 이상 필요로 하지 않고 난 랙비에 놀아가는 것을 침을 수가 없어요. 정말로 미안해요. 부디 제발 날 용서하고 나와 이혼해 줘요. 그리고 나보다 더 좋은 사람을 찾아보도록 해요. 난 사실 당신에게 맞는 사람이 아니에요. 난 너무 참을성이 없고 이기적인 것 같아요. 그렇지만 다시 돌아가서 당신과 살 수 없어요. 그리고 난 그 모든 것에 대해 당신에게 대단히 미안하게 생각하고 있어요. 하지만 마음을 가라앉히고 생각해 보면 이 일이 그렇게 끔찍하게 싫은 일만은 아니라는 것을 당신도 알게 될 거예요. 당신은 개인적으로 내게 별로 관심이 없었으니까요. 그러니 날 용서하고 놓아줘요.

클리퍼드는 이 편지를 받고 마음속으로는 놀라지 않았다. 마음속으로 그는 그녀가 자신을 떠나리라는 것을 오래전부터 알고 있었다. 그러나 겉으로는 그것을 절대 인정하려 하지 않았다. 그러므로 겉으로는 그것이 그에게 가장 끔찍한 타격이자 충격으로 다가왔다. 그는 그녀에 대한 믿음을 겉으로는 아주 평온하게 지켜 온 터였다.

그리고 그것이 바로 우리가 존재하는 방식이다. 의지력을 발휘해서 우리는 내면의 직관적인 깨달음을 우리의 외부 의식으로부터 단절시켜 버린다. 이것은 두려움이나 불안 상태를 야기하고 실제로 충격이 닥치면 그 충격은 열 배나 더 심하게 다가온다.

클리퍼드는 신경 발작을 일으킨 아이 같았다. 송장같이 헬쑥한 얼굴로 넋이 나간 채 침대에 앉아 있는 그의 모습을 본 볼턴 부인은 깜짝 놀라서 충격을 받았다.

「아니, 클리퍼드 경. 무슨 일이세요?」

아무 대답이 없었다! 그녀는 혹시 그가 뇌졸중을 일으킨 것은 아닐까 겁이 났다. 그녀는 서둘러 그의 얼굴을 만져 보고 맥박을 짚어 보았다.

「통증이 있으세요? 힘을 내셔서 어디가 아픈지 말씀해 보세요. 자, 말씀해 보세요!」

아무 대답이 없었다!

「아, 이를 어쩌지. 아, 어쩌나! 그렇다면 셰필드에 전화를 걸어서 캐링턴 선생님을 오시라고 해야겠어요. 그리고 렉키 선생님도 곧장 달려오시라고 하는 게 좋겠어요.」

그녀가 문 쪽으로 가고 있을 때 그가 공허한 목소리로 말했다.

「아니야!」

그녀가 발을 멈추고 그를 쳐다보았다. 그의 얼굴은 노랗고 멍했으며 바보 같았다.

「의사를 데려오지 않아도 된다는 말씀이신가요?」

「그렇소! 의사는 필요 없소.」 무덤에서 나오는 것 같은 목소리가 들려왔다.

「아, 그렇지만, 클리퍼드 경. 나리는 아프세요. 그리고 저 혼자서 감히 그것을 책임질 수 없어요. 의사 선생님을 부르러 사람을 보내야만 해요. 그렇지 않으면 나중에 제가 책임을 져야 해요.」

「난 아프지 않소. 아내가 돌아오지 않겠다고 하오.」 마치 허깨비가 말하는 것 같았다.

「돌아오시지 않는다고요? 지금 마님 말씀을 하시는 거예요?」 볼턴 부인이 침대 옆으로 조금 더 가까이 다가갔다. 「아, 그런 말은 믿지 마세요. 마님께서는 꼭 돌아오실 테니 안심하세요.」

침대에 앉아 있는 형상은 꼼짝도 하지 않고 이불 위로 편지를 내밀었다.

「읽어 보시오!」 무덤 속에서 들려오는 듯한 목소리가 말했다.

「아니, 마님께서 보낸 편지라면, 분명히 마님께서는 나리께 보낸 편지를 제가 읽는 것을 원하지 않으실 거예요, 클리퍼드 경. 나리께서 원하시면 마님이 뭐라고 하셨는지 저한테 그냥 말씀해 주시면 돼요.」

그러나 파란 눈이 튀어나온 채 움직이지 않는 얼굴 표정은 변하지 않았다.

「읽어 보시오!」 목소리가 되풀이해서 말했다.

「아, 꼭 그래야 한다면 분부대로 할게요, 클리퍼드 경.」 그녀가 말했다.

그리고 그녀는 편지를 읽었다.

「글쎄요, 마님이 이러시다니 제가 놀라지 않을 수가 없네요.」 그녀가 말했다. 「돌아오겠다고 그렇게 철석같이 약속을 하셔 놓고!」

침대에 앉아 있는 얼굴에는 난폭하지만 움직임이 없는 정신 착란의 표정이 점점 심해지는 것 같았다. 볼턴 부인은 그 표정을 보고 걱정이 앞섰다. 그녀는 무슨 일이 벌어지고 있는지 잘 알고 있었다. 남성 히스테리였다. 그녀는 군인들을 간호하면서 몹시 불쾌한 그 병에 대해 조금은 알게 되었다.

그녀는 클리퍼드 경에게 약간 짜증이 났다. 제정신을 지닌 남자라면 당연히 자기 아내가 다른 누군가와 사랑에 빠졌고 자기를 떠날 것이라는 사실을 진작 눈치챘을 것이다. 그녀는 클리퍼드 경조차 마음속으로는 그 사실을 분명히 알고 있지만 단지 스스로 인정하려 하지 않는 것이라고 확신했다. 만약 그가 그 사실을 인정하고 대비했다면, 아니면 그가 그 사실을 인정하고 적극적으로 거기에 맞서 아내와 싸웠다면, 그랬다면 그건 사내대장부답게 처신하는 것이었을 터이다. 그러나 아니었다! 그는 그 사실을 알면서도 줄곧 그렇지 않다고 자신을 속이려 애썼다. 그는 악마가 자신의 꼬리를 비틀며 괴롭히는 것을 느끼면서도 천사들이 자기에게 미소 짓는 것이라고 자신을 속였다. 이런 기만 상태가 이제 기만과 착란과 히스테리라는 위기, 즉 정신 이상의 한 형태를 초래한 것이다. 〈히스테리가 생기는 것은 그가 항상 자기 자신만 생각하기 때문이야.〉 그녀는 혼자 마음속으로 생각하며 그에 대해 약간의 증오를 느꼈다. 〈그는 자기 자신의 불멸의 자아 속에 너무나 깊이 감싸여 있어서 충격을 받으면 붕대에 엉켜 있는 미라 같은 꼴이 되는 거야. 그의 꼴을 보라고!〉

　그러나 히스테리는 위험했다. 게다가 그녀는 간호사였고 그를 그 상태에서 끌어내는 것이 그녀의 의무였다. 그의 남자다움이나 자긍심을 일깨우려는 시도는 그의 상태를 더 악화시킬 뿐이었다. 왜냐하면 그의 남자다움은 완전히는 아니더라도 일시적으로 죽어 있었기 때문이다. 그는 점점 더 연하게 물러져서 벌레처럼 꿈틀거리다가 결국에는 더욱더 혼란스러운 상태에 빠지고 말 것이다.

　유일한 방법은 그의 자기 연민을 배출시키는 것이었다. 테니슨의 시에 나오는 여인처럼 그는 울거나 아니면 죽어야만 했다.[175]

175 앨프리드 테니슨의 『공주 *The Princess*』(1850) 제5장 532~535행을 인용한 것이다. 〈집으로 그녀의 죽은 전사를 데려왔다 / 그녀는 기절하지도 울음을 터뜨리지도 않았다 / 모든 시녀가 보면서 말했다 / 《공주님은 울어야 해. 그러지 않으면 죽을 거야.》〉

그래서 볼턴 부인은 자기가 먼저 울기 시작했다. 그녀는 얼굴을 양손에 파묻고는 작은 소리를 내며 격하게 흐느끼기 시작했다. 「마님이 그러실 줄은 정말 몰랐어요. 정말로 믿을 수가 없어요. 정말로요!」 그녀는 갑자기 온갖 해묵은 슬픔과 비통한 느낌을 죄다 떠올리고 자신의 서러움에 복받쳐서 눈물을 흘리며 슬피 울었다. 일단 울기 시작하자 그녀의 울음은 진심에서 우러나온 울음이 되었다. 왜냐하면 그녀에게도 펑펑 울 만큼 한이 있었기 때문이다.

클리퍼드는 자신이 코니라는 여자에게 배신당한 방식에 대해 생각했고 곧 슬픔에 전염되어 눈물이 그의 눈에 가득 고이더니 뺨을 타고 흘러내리기 시작했다. 그는 자기 자신을 위해 울고 있었다. 볼턴 부인은 그의 멍한 얼굴에 눈물이 흘러내리는 것을 보자마자 서둘러 작은 손수건으로 자기의 젖은 얼굴을 닦고 그에게 몸을 구부렸다.

「자, 너무 속상해하지 마세요, 클리퍼드 경.」 그녀가 감정을 듬뿍 담아서 말했다. 「자, 너무 속상해하지 마세요. 그러지 마세요. 그러면 나리에게 해가 될 뿐이에요!」

소리 내지 않고 흐느끼며 숨을 들이쉬다가 그의 몸이 갑자기 부르르 떨렸고 얼굴에서 눈물이 더 빠르게 흘러내렸다. 그의 팔에 손을 얹으며 그녀도 다시 눈물을 흘렸다. 다시 한 번 몸서리가 경련처럼 그의 몸을 훑고 지나갔고 그녀는 한 팔로 그의 어깨를 감쌌다. 「자, 자! 자, 자! 그러니까 속상해하지 마세요. 그러지 마세요. 속상해하지 마세요!」 자신도 눈물을 흘리며 그녀가 신음하듯 말했다. 그러고는 그를 자기 몸 쪽으로 끌어당겨 양팔로 그의 넓은 어깨를 감싸 안았다. 그러자 그는 그녀의 가슴에 얼굴을 묻고 커다란 어깨를 들썩이며 흐느꼈다. 그녀는 그의 거무스름한 금발을 부드럽게 쓰다듬으며 말했다. 「자, 자, 자! 그만하세요! 진정하세요! 마음 쓰지 마세요! 자, 마음 쓰지 마세요!」

그러자 그가 그녀의 몸을 양팔로 감싸 안고 아이처럼 그녀에게 매달리며 그녀의 풀 먹인 하얀 앞치마의 가슴 부분과 연한 파란색 면 드레스의 가슴 자락을 눈물로 적셨다. 그는 마침내 자기 자신을 완전히 풀어 놓았다.

그래서 결국 그녀는 그에게 키스를 해주고 그를 가슴에 안고 흔들어 주면서 마음속으로 혼잣말을 했다. 〈오, 클리퍼드 경이여! 오, 고상하고 막강한 채털리 가문이여! 결국에는 이 지경으로 전락하고 말다니!〉 그리고 그는 마침내 아이처럼 잠이 들었다. 그녀는 완전히 녹초가 되어 자기 방으로 돌아갔다. 그곳에서 이제는 그녀 자신이 히스테리 상태에 빠져서 울다가 웃다가 했다. 정말 우스꽝스러웠다! 정말 끔찍했다! 그렇게 전락하고 말다니! 정말 수치스러웠다! 그리고 동시에 너무나 짜증스러웠다.

이 일이 있은 후 클리퍼드는 볼턴 부인과 있으면 아이가 되었다. 그는 그녀의 손을 잡고 머리를 그녀의 가슴에 기대곤 했으며 그녀가 한 번 가볍게 키스를 해주자 이렇게 말했다. 「그래! 나한테 키스해 줘! 키스해 줘!」 그리고 그녀가 그의 커다랗고 하얀 몸을 스펀지로 닦아 줄 때면 똑같은 말을 하곤 했다. 「나한테 키스해 줘!」 그러면 그녀는 반쯤 장난삼아 그의 몸 어디에나 가볍게 키스를 해주곤 했다. 그러면 그는 어린애 같은 묘하고 멍한 얼굴로, 아이처럼 약간 놀란 표정을 지으며 누워 있었다. 그러고는 크고 아이 같은 눈으로 성모 마리아를 숭배하듯 편안하게 그녀를 바라보곤 했다. 그것은 그가 완전하게 긴장을 풀어 놓는 것으로 그는 남자다움을 모두 놓아 버리고 정말로 도착적인 상태라 할 수 있는 어린애 같은 상태로 다시 빠져들었다. 그러다가 그는 그녀의 가슴속에 손을 넣어 젖가슴을 만지고 황홀해하며 거기에 키스했다. 그것은 어른이 다시 어린아이가 된 것에서 오는 도착적인 황홀함이었다.

볼턴 부인은 한편으로는 흥분이 되면서도 한편으로는 부끄러웠다. 그녀는 그가 그러는 게 좋으면서도 싫기도 했다. 그러나 그녀는 그를 한 번도 저지하거나 비난하지 않았다. 그렇게 두 사람은 더욱더 가까운 육체적 친밀함 속으로, 도착적인 친밀함 속으로 끌려 들어갔다. 이런 관계 속에서 그는 어린아이가 되어 솔직함과 경탄을 분명하게 드러냈고 그것은 거의 종교적인 환희처럼 보였다. 그것은 〈너희가 생각을 바꾸어 어린이와 같이 되지 않으면〉[176]을 도착적일 뿐만 아니라 문자 그대로 표현해 낸 것이었다. 반면에 그녀는 힘과 능력이 충만한 〈위대한 어머니〉[177]로서 몸집이 크고 살결이 하얀 어른아이를 자신의 의지와 손길로 완전히 지배했다.

묘한 것은 ── 클리퍼드가 지난 몇 년 동안 그렇게 되어 오

---

176 「마태오의 복음서」 18장 3절.
177 곡식의 재생을 가능하게 하는 여신이다.

다가 이제 드디어 되고 만 — 이 어른아이가 세상에 나왔을 때 예전의 진짜 어른이었을 때보다 훨씬 더 날카롭고 예리해 졌다는 것이다. 이 도착된 어른아이는 이제 진짜 사업가가 되 었다. 사업 문제에 관한 한 그는 바늘처럼 날카롭고 강철 조 각처럼 단단하고 무정한 완전히 사내다운 사내가 되었다. 밖 에 나가 그가 사람들 속에 섞여 자신의 목적을 추구하고 탄 광 사업장을 〈개선〉하는 일을 하고 있을 때면 그는 거의 불가 사의할 정도로 기민하고 냉혹했으며 단도직입적으로 날카롭 게 공격을 가했다. 그것은 마치 〈위대한 어머니〉에게 수동적 으로 복종하고 몸을 파는 대가로 그가 물질적인 사업 문제에 대한 통찰력을 제공받고 어떤 놀라운 비인간적인 힘을 빌려 온 것 같았다. 사적인 감정에 탐닉하고 자신의 남자다운 자 아를 완전히 깎아내린 결과 그가 제2의 천성을, 냉정하고 선 견지명 있는 사업 수완을 빌려 온 것 같았다. 사업 면에서 그 는 완전히 비인간적이었다.

그리고 이에 대해 볼턴 부인은 의기양양해했다. 「그가 얼 마나 잘해 나가고 있는지 보라고!」 그녀는 뿌듯해하면서 혼 잣말하곤 했다. 「그리고 저건 내가 해낸 거야! 채털리 부인과 함께 있었더라면 분명코 이렇게 성공을 거두진 못했을 거야. 그녀는 남자를 앞으로 나가게 밀어 주는 사람이 아니었어. 그녀는 자기 자신을 위해 원하는 게 너무 많았어.」

동시에 여성으로서의 묘한 영혼 어느 한구석에서 그녀는 얼마나 그를 경멸하고 증오했던가! 그는 그녀에게 쓰러진 짐 승이었고 꿈틀거리는 괴물이었다. 그리고 있는 힘껏 그를 도와주고 부추기면서도 오래되고 건강한 여성다움의 가장 깊숙한 곳에서 그녀는 무참한 경멸감으로 한없이 그를 멸시했다. 세상에서 가장 보잘것없는 뜨내기도 그보다는 더 나았다.

코니에 대한 그의 행동은 묘했다. 그는 그녀를 다시 만나 보겠다고 우겼다. 더구나 그는 그녀에게 랙비로 만나러 와야 한다고 우겼다. 이 점에 대해 그는 단호했고 요지부동이었다. 코니가 랙비에 반드시 돌아오겠다고 철석같이 약속했기 때문이라는 것이었다.

「그런데 그게 무슨 소용이 있어요?」 볼턴 부인이 말했다. 「그녀를 그냥 놓아주고 그녀에게서 벗어나면 안 되겠어요?」

「안 되지! 그녀는 돌아오겠다고 했소. 그러니 반드시 돌아와야 하오.」

볼턴 부인은 더 이상 반대하지 않았다. 그녀는 자신이 어떤 사람을 상대하는지 잘 알고 있었다.

〈당신의 편지가 내게 어떤 영향을 미쳤는지 굳이 당신에게 말할 필요는 없을 거요.〉 그는 런던에 있는 코니에게 편지를 썼다. 〈아마 마음만 먹으면 쉽게 상상이 될 거요. 물론 분명코 당신은 날 위해 당신의 상상력을 발휘하는 수고를 하지 않겠지만 말이오. 대답으로 한 가지만 말하겠소. 내가 뭘 어떻게 하기 전에 당신을 직접, 여기 랙비에서 만나야겠소. 당신은 랙비에 돌아오겠다고 철석같이 약속했소. 난 당신이 그 약속을 지키리라 믿소. 당신을 직접, 여기서, 정상적인 조건하에서 만나 보기 전에는 난 아무것도 믿지 않고 아무것도 이해하려 하지 않겠소. 이곳의 어느 누구도 아무것도 눈치채지 못하고 있다는 걸 굳이 당신에게 말할 필요는 없을 거요. 그러니 당신이 돌아온다 해도 매우 자연스러울 거요. 그런 다음 여러 가지 문제에 대해 이야기를 나눠 보고 나서도 당신의 마음이 바뀌지 않는다고 당신이 느낀다면, 그때는 당연히 타협을 볼 수 있을 거요.〉

코니는 이 편지를 멜러스에게 보여 주었다.

「그가 당신에게 복수를 하고 싶어 하는군.」 그가 편지를 돌려주며 말했다.

코니는 아무 말도 하지 않았다. 그녀는 자신이 클리퍼드를 두려워하고 있다는 것을 깨닫고 놀랐다. 그의 곁으로 가는 것이 무서웠다. 그가 사악하고 위험한 존재라도 되는 양 그녀는 그가 무서웠다.

「어떻게 해야 할까요?」 그녀가 말했다.

「아무것도 안 해도 되오. 당신이 아무것도 하고 싶지 않다면 말이오.」

그녀는 딥 강을 써서 클리퍼드가 그녀를 만나고 싶어 하는 마음을 포기하게 하려고 애썼다. 그가 답장을 보내 왔다. 〈당신이 지금 랙비에 돌아오지 않으면 난 당신이 언젠가는 돌아올 거라고 간주하고 그에 따라 행동할 거요. 50년을 기다리더라도 난 그저 전과 똑같이 지내면서 여기서 당신을 기다리겠소.〉

그녀는 깜짝 놀랐다. 이것은 음흉한 협박이었다. 그녀는 그가 한 말이 진심이라는 것을 믿어 의심치 않았다. 그는 그녀와 절대 이혼해 주지 않을 것이며 아이가 사생아라는 것을 증명할 방도를 그녀가 찾아내지 못한다면 아이는 그의 자식이 되고 말 것이다.

걱정과 고민을 한참 한 후에 그녀는 랙비에 가기로 결심했다. 힐다가 그녀와 함께 가기로 했다. 그녀는 이것을 클리퍼드에게 편지로 알렸다. 그는 다음과 같이 답장을 보내왔다. 〈당신 언니를 환영하지는 않겠지만 문전박대를 하지는 않겠소. 의심할 여지없이 당신이 의무와 책임을 저버리도록 그녀가 묵인해 주었을 테지. 그러니 내가 그녀를 만나는 것에 기쁨을 표하리라고 기대하지는 마시오.〉

그들은 랙비로 갔다. 그들이 도착했을 때 클리퍼드는 출타 중이었다. 볼턴 부인이 그들을 맞이했다.

「아, 마님, 이건 저희가 바랐던 즐거운 귀가가 아닌 것 같네요, 그렇죠?」 그녀가 말했다.

「그렇죠!」 코니가 말했다.

그러니까 이 여자는 알고 있었다! 나머지 하인들은 얼마나 알고 있거나 눈치채고 있을까?

그녀는 이제 몸속의 섬유 조직 하나하나가 모두 증오하고 있는 저택으로 들어섰다. 산만하게 뻗어 나간 커다란 덩어리 같은 집은 그녀에게는 사악해 보였고 그녀 위에서 위협하는 것처럼 보였다. 그녀는 더 이상 이 집의 안주인이 아니었다. 그녀는 이 집의 희생자였다.

「여기에 오래 못 있겠어.」 그녀가 겁에 질려 힐다에게 속삭였다.

그리고 그녀는 자기 침실로 가서 아무 일도 없었던 양 그곳을 다시 차지하는 것이 괴로웠다. 그녀는 랙비의 저택 안에서 머무는 매 순간이 싫었다.

그들은 저녁 식사를 하러 내려갔을 때에야 비로소 클리퍼드를 만났다. 그는 정장을 차려입고 넥타이를 매고 있었다. 별로 말이 없었고 무척 훌륭한 신사처럼 굴었다. 그는 식사 중에 완벽할 정도로 정중하게 처신했고 대화도 정중하게 이끌었다. 그러나 그 모든 것은 광기를 띤 것 같았다.

「하인들이 얼마나 알고 있는 거죠?」 하녀가 방에서 나가자 코니가 물었다.

「당신의 의도에 대해서 말이오? 아무것도 모르고 있소.」

「볼턴 부인은 알고 있던데요.」

그의 안색이 변했다.

「볼턴 부인은 엄밀히 말해 우리 하인이 아니오.」 그가 말했다.

「아, 난 상관없어요.」

커피가 나온 후에도 긴장이 지속되었고 힐다는 커피를 마신 후 자기 방으로 올라가겠다고 말했다.

힐다가 자리를 뜬 후 클리퍼드와 코니는 아무 말 없이 앉아 있었다. 두 사람 중 어느 누구도 먼저 말을 시작하려 하지 않았다. 코니는 그가 애처로운 척하지 않아서 무척 기뻤고 그로 하여금 최대한 거만한 태도를 유지할 수 있게 해주었다. 그녀는 그저 말없이 자기 손을 내려다보며 앉아 있었다.

「당신은 약속을 지키지 않은 것에 대해 전혀 개의치 않는 것 같소.」 마침내 그가 말했다.

「어쩔 수가 없네요.」 그녀가 중얼거리듯 말했다.

「그런데 당신이 어쩔 수 없다면 누가 어쩔 수 있겠소?」

「아무도 없겠죠.」

그는 묘하고 차가운 분노가 담긴 시선으로 그녀를 바라보았다. 그는 그녀에게 익숙해져 있었다. 그녀는 말하자면 그의 의지 속에 박혀 있었다. 어떻게 감히 그녀가 지금 그를 저버리고 그의 일상생활의 뼈대를 파괴할 수 있단 말인가? 어떻게 감히 그녀가 그의 존재를 이렇게 어지럽히려고 한단 말인가?

「그런데 도대체 무엇 때문에 모든 것을 저버리려고 하는 거요?」 그가 고집스럽게 물었다.

「사랑 때문에요!」 그녀가 말했다. 진부하게 구는 것이 최선의 방법이었다.

「덩컨 포브스에 대한 사랑 때문이라고? 하지만 당신이 날 만났을 때, 당신은 그를 그럴 가치가 없는 사람이라고 생각했잖소. 그런데 이제는 인생의 그 무엇보다 그를 더 사랑한다는 거요?」

「사람은 변하니까요.」 그녀가 말했다.

「그럴 수 있소! 당신이 변덕을 부리는 것일 수도 있소. 그러나 난 당신 마음이 정말로 바뀌었다고 아직 확신할 수가 없소. 난 당신이 덩컨 포브스를 사랑한다는 것을 믿지 않소.」

「그런데 왜 당신이 그것을 믿어야만 하죠? 당신은 그냥 나와 이혼만 해주면 돼요. 내 감정이 정말인지 믿을 필요는 없어요.」

「그럼 왜 내가 당신과 이혼해야 하는 거요?」

「왜냐하면 난 더 이상 여기서 살고 싶지 않으니까요. 그리고 당신이 정말로 날 필요로 하지 않으니까요.」

「뭐라고! 난 변하지 않소. 나로 말하자면 당신이 내 아내이기 때문에 당신이 내 지붕 밑에서 품위 있고 조용하게 지내주기를 더 바라고 있소. 개인적인 감정은 접어 두고 말이오. 그리고 단언하건대 내 입장에서 그것은 많은 것을 접어 두는 거요. 당신의 변덕 때문에 이곳 랙비에서의 생활의 질서가 깨지고 고상하게 돌아가는 일상생활이 깨지는 것은 내게 죽음만큼 쓰라린 일이오.」

잠깐 동안 침묵을 지키다가 그녀가 말했다.

「어쩔 수가 없어요. 난 떠나야만 해요. 아이를 가졌어요.」

그 역시 잠깐 동안 침묵을 지켰다.

「그렇다면 당신이 떠나야 하는 이유가 아이 때문이오?」 그가 마침내 물었다.

그녀가 고개를 끄덕였다.

「그런데 왜 그래야 하오? 덩컨 포브스가 자기 자식을 그렇게 끔찍하게 여긴다는 거요?」

「분명히 당신보다는 더 그럴 거예요.」 그녀가 말했다.

「그런데 정말 그럴까? 난 내 아내를 원하고 있고 아내를 놓아줘야 할 이유를 전혀 모르겠소. 만약 내 아내가 내 집에서 아이를 낳고 싶다면 난 기꺼이 환영하오. 그리고 그 아이도 환영이오. 생활의 품위와 질서가 유지되기만 한다면 말이오. 덩컨 포브스가 나보다 당신을 더 많이 지배하고 있다고 내게 말할 작정이오? 난 그 말을 못 믿겠소.」

잠깐 동안 말이 중단되었다.

「그렇지만 정말 모르겠어요?」코니가 말했다.「난 당신을 떠나야만 하고 내가 사랑하는 남자와 살아야만 해요.」

「그렇소, 난 모르겠소! 난 당신의 사랑 따위는 전혀 관심 없소. 당신이 사랑하는 남자에 대해서도 마찬가지요. 난 그 따위 위선적인 말을 믿지 않소.」

「그렇지만 보다시피 난 믿어요.」

「그렇소? 친애하는 부인, 내 단언하건대 덩컨 포브스에 대한 당신 자신의 사랑을 믿기에는 당신은 너무 똑똑하오. 지금 이 순간에도 당신은 사실 나에 대해 더 마음을 쓰고 있소. 그런데 내가 왜 그런 말도 안 되는 소리를 따라야 한다는 거요?」

그녀는 그 점에 대해 그의 말이 맞다고 느꼈다. 그러자 더 이상 침묵을 지킬 수 없다는 생각이 들었다.

「왜냐하면 내가 정말로 사랑하는 사람은 덩컨이 아니기 때문이에요.」그녀가 그를 올려다보며 말했다.「당신의 감정을 상하게 하지 않으려고 그 사람이 덩컨이라고 한 거예요.」

「내 감정을 상하게 하지 않으려고?」

「그래요! 왜냐하면 내가 정말로 사랑하는 사람은 — 그것 때문에 당신이 나를 증오하게 되겠지만 — 여기서 사냥터지기로 일했던 멜러스 씨예요.」

의자에서 튀어오를 수만 있었다면 그는 아마 그렇게 했을 것이다. 그의 얼굴은 노래졌고 그가 그녀를 노려보자 그의 두 눈이 재난을 당해 튀어 나올 것 같았다. 그러다가 그는 의자에 털썩 기대앉아 숨을 헐떡이며 천장을 올려다보았다.

마침내 그가 몸을 바로 세우고 앉았다.

「당신이 지금 진실을 말하고 있다는 말이오?」 그가 소름끼칠 것 같은 모습으로 물었다.

「그래요! 당신도 내가 진실을 말하고 있다는 걸 알잖아요.」

「그렇다면 언제부터 그와 만나기 시작했소?」

「봄부터요.」

그는 덫에 걸린 짐승처럼 아무 말도 하지 않았다.

「그렇다면 그게 당신이었소? 그때 사냥터지기 집의 침실에 있었던 사람이?」

그는 사실 마음속으로는 줄곧 그렇다는 것을 알고 있었다.

「그래요!」

그는 여전히 몸을 앞으로 수그린 채 앉아서 궁지에 몰린 짐승처럼 그녀를 노려보았다.

「세상에! 당신은 이 지상에서 싹 쓸어 없애 버려야 하는 존재요!」

「왜요?」 그녀가 희미하게 소리를 질렀다.

그러나 그는 그녀의 말을 듣지 못한 것 같았다.

「그 쓰레기 같은 자식! 그 오만불손한 시골뜨기 자식! 그 초라한 상놈! 그런데 줄곧 그런 놈하고 놀아났다니! 당신이 여기에 있고 그놈이 내 하인 노릇을 하는 동안 말이지! 아이고, 맙소사! 여자들의 짐승 같은 천박함은 도대체 끝이 없군!」

그는 그녀가 예상했던 대로 분노로 제정신이 아니었다.

「그런데 당신은 그런 상놈의 자식을 낳고 싶다는 말이오?」

「그래요! 낳을 거예요.」

「낳을 거라고! 임신이 확실하다는 말이오? 언제부터 확실히 알고 있었소?」

「6월부터요.」

그는 할 말을 잃었고 아이같이 묘하게 멍한 표정이 다시 떠올랐다.

「놀랄 일이군.」 마침내 그가 말했다. 「그런 인간들이 세상에 태어나도록 허용되다니 말이오.」

「어떤 인간들요?」 그녀가 물었다.

그는 대답하지 않고 그녀를 묘하게 바라보았다. 그가 자신의 삶과 연관해서 멜러스가 존재한다는 사실을 받아들일 수조차 없다는 것이 분명해졌다. 그것은 말로 표현할 수 없고 무기력한 순전한 증오였다.

「그러니까 당신이 그놈과 결혼하겠다는 말이오? 그래서 그의 더러운 성을 이름에 달고 다니겠다는 말이오?」

「그래요! 그게 내가 원하는 거예요.」

그는 다시 어이가 없다는 표정을 지었다.

「그렇군!」 그가 마침내 입을 열었다. 「그것은 당신에 대한 내 생각이 옳다는 것을 증명해 주고 있소. 난 당신이 정상이 아니고, 제정신이 아니라고 항상 생각했소. 당신은 타락을 좇고 진흙탕에 대한 갈망*nostalgie de la boue*[178]을 지닌, 반쯤 미친 변태적인 여자 중 하나요.」

갑자기 그가 거의 간절하게 도덕적인 태도를 취하며 자신은 선의 화신이고 코니와 멜러스 같은 사람들은 진흙탕의 화

---

178 에밀 오지에Emile Augier(1820~1889)의 『올랭프의 결혼*Le Mariage d'Olympe*』(1855)에 나오는 말로 비천한 기원으로 돌아가려는 갈망을 의미한다.

신, 악의 화신으로 간주했다. 그의 모습이 후광에 싸여 점점 더 희미해지는 것 같았다.

「그러니까 나와 이혼하고 끝내는 게 더 나을 것 같다는 생각이 들지 않나요?」 그녀가 말했다.

「전혀 아니오! 당신은 하고 싶은 대로 어디든 가도 되오. 그러나 절대 당신과 이혼하지 않을 거요.」 그가 바보같이 말했다.

「왜요?」

그는 고집스럽게 침묵을 지키며 아무 말도 하지 않았다.

「아이를 법적으로 당신 아이로, 당신 상속자로 삼고 싶어요?」 그녀가 말했다.

「아이 같은 건 상관없소.」

「그러나 그 애가 남자아이라면 법적으로 당신 자식이 될 거고 당신 작위를 물려받고 랙비를 상속받게 될 거예요.」

「그런 건 전혀 상관없소.」 그가 말했다.

「그렇지만 당신은 상관해야만 해요! 할 수만 있다면 난 이 아이가 법적으로 당신 자식이 되지 못하게 막을 거예요. 그러니 차라리 이 아이를 사생아로, 내 자식으로 남아 있게 할 거예요. 멜러스의 자식이 될 수 없다면 말이에요.」

「당신 좋을 대로 하시오.」

그는 꿈쩍도 하지 않았다.

「그러니까 나와 이혼하지 않겠다는 거죠?」 그녀가 말했다. 「덩컨을 구실로 삼을 수 있어요. 굳이 진짜 이름을 댈 필요도 없을 거예요. 덩컨은 상관없대요.」

「난 절대 당신과 이혼하지 않을 거요.」 마치 못을 박듯이 그가 말했다.

「그런데 왜요? 내가 이혼을 원하니까요?」

「난 내 기분 내키는 대로 하는데, 그러고 싶지 않으니까.」

소용이 없었다. 그녀는 위층으로 올라가서 힐다에게 결과를 전했다.

「내일 떠나는 게 낫겠다.」 힐다가 말했다. 「그래서 그가 제정신을 찾게 내버려 두는 게 좋겠어.」

그래서 코니는 정말로 자기 것이라 할 수 있는 개인적인 물건들을 싸면서 그날 밤의 반을 보냈다. 아침이 되자 그녀는 클리퍼드에게는 알리지 않은 채 역으로 트렁크들을 보냈다. 그녀는 점심 식사 전에 그를 보고 작별 인사만 하기로 결심했다.

그러나 볼턴 부인과는 이야기를 나눴다.

「당신에게 작별 인사를 해야겠어요, 볼턴 부인. 왜 그러는지는 알고 있을 거예요. 그러나 당신이 남들에게 말하지 않을 거라고 믿어요.」

「아, 절 믿으셔도 돼요, 마님. 물론 여기 있는 저희에게는 슬픈 충격이지만요. 그러나 마님이 다른 신사분과 행복하시길 바랍니다.」

「다른 신사분이라뇨! 그 사람은 멜러스 씨예요. 그리고 난 그이를 좋아해요. 클리퍼드 경도 알고 있어요. 하지만 누구에게도 아무 말도 하지 마요. 그리고 언젠가 클리퍼드 경이 나와 이혼할 의향이 생긴 것 같으면 나한테 알려 줘요. 그럴 거죠? 난 내가 좋아하는 남자와 정식으로 결혼하고 싶어요.」

「당연히 그러실 거예요, 마님! 아, 절 믿으셔도 돼요. 전 클리퍼드 경을 충실하게 섬길 거예요. 그리고 마님께도 신의를 지킬 거예요. 두 분 다 나름대로 옳다는 것을 아니까요.」

「고마워요! 그런데 봐요! 당신에게 이걸 주고 싶어요. 그래도 돼요?」

그렇게 코니는 다시 한 번 랙비를 떠나 힐다와 함께 스코틀랜드로 갔다.

멜러스는 시골로 가서 한 농장에 일자리를 얻었다. 그의 생각은 코니가 이혼을 하든지 안 하든지 상관없이 가능하면 자신은 반드시 이혼을 하겠다는 것이었다. 그리고 여섯 달 동안 농장 일을 하다가 궁극적으로는 코니와 함께 그들 소유의 작은 농장을 장만해서 그 농장에 전력을 다할 요량이었다. 아무리 어려운 일이라 해도 그에게는 해야 할 일이 있어야만 했다. 설사 코니의 자본으로 일을 시작한다 해도 그 스스로 생계를 꾸려 나가야 할 것이기 때문이다.

그러므로 그들은 봄이 올 때까지, 아기가 태어날 때까지, 초여름이 다시 올 때까지 기다려야만 할 것이다.

올드 히노어의 그레인지 농장에서, 9월 29일.

난 약간의 궁리 끝에 여기로 왔소. 이 농장을 소유한 회사의 기술자인 리처즈를 군대에서 알았기 때문이오. 이곳은 버틀러와 스미섬 탄광 회사가 소유한 농장으로 탄광 작업용 조랑말들에게 먹일 건초와 귀리를 기르는 곳으로 사용되고 있소. 개인 농장이 아니오. 그러나 소와 돼지도 있고 그 외의 나머지 것들도 다 갖추어져 있소. 난 일꾼으로 일하면서 주당 30실링을 받고 있소. 농부인 롤리가 내게 가능한 한 많은 일감을 맡기고 있기 때문에 지금부터 다음 부활절까지는 내가 최대한 많이 일을 배울 수 있을 것 같소. 버사에 대해서는 아무 소식도 듣지 못했소. 그녀가 왜 이혼 법정에 나타나지 않았는지, 어디에 있는지, 무슨 꿍꿍인지 아는 바가 전혀 없소. 그러나 내가 3월까지만 조용히 지내면 난 자유로워질 것 같소. 그리고 클리퍼드 경 때문에 고민하지 말기를 바라오. 언젠가는 그에게 당신을 떼어 버리고 싶은 마음이 생길 거요. 그가 당신을 가만히 내버려 두고 있다면 그것만으로도 상당히 괜찮소.

엔진 로에 있는 약간 낡은 집에서 하숙을 하고 있는데 상당히 괜찮소. 주인 남자는 하이 파크의 철도 기관사로 일하고 있는데 큰 키에 턱수염을 기른 독실한 비국교도라오. 주인 여자는 고상한 것이면 뭐든지 좋아하는 약간 묘한 사람이오. 그래서 난 아주 고상하게 행동하면서 표준어를 쓰고 〈실례합니다!〉라는 말을 입에 달고 다니고 있소. 그러나 이 부부는 외아들을 전쟁에서 잃었고 그 때문에 가슴에 구멍이 뻥 뚫린 것처럼 허전해하고 있소. 학교 선생이 되려고 공부하고 있는 키가 껑충하고 얼뜨기 같아 보이는 딸이 하나 있는데 내가 가끔 공부를 봐주고 있소. 그래서 우리는 가족처럼 지내고 있소. 그러나 그들은 아주 점잖은 사람들이고 무척 친절하게 날 대해 주고 있소. 어쩌면 내가 당신보다 더 좋은 대접을 받으며 잘 지내고 있는지도 모르겠소.

농장 일은 그런대로 마음에 드오. 영감을 주거나 하는 일은 아니지만 난 사실 영감을 받길 원하지도 않소. 말에는 이미 익숙해져 있는 편이고 젖소들은 무척 여성적이기는 하지만 내 마음을 진정시켜 주는 역할을 하고 있소. 머리를 젖소 옆구리에 대고 앉아 우유를 짜고 있으면 위로를 받는 듯한 느낌이 든다오. 이곳에는 상당히 훌륭한 헤리퍼드종 젖소가 여섯 마리 있소. 귀리 수확이 막 끝났소. 손이 아프고 비가 많이 왔지만 즐겁게 일했소. 사람들에게 그다지 많이 신경을 쓰는 편은 아니지만, 그런대로 잘 어울려 지내는 편이오. 대부분의 것들을 그냥 무시하면서 말이오.

탄광은 사정이 별로 좋지 않소. 이곳도 테버셜처럼 탄광 지대인데, 좀 더 깔끔할 뿐이오. 가끔 웰링턴 술집에 앉아서 광부들과 이야기를 나누는데 그들은 불평을 많이 해대지만 어느 깃도 바꾸려 하지 않소. 모두가 말하듯이 노팅엄과 더비 주의 광부들은 심장은 제자리에 달고 있지만 나머지 신체 부위는 엉뚱한 곳에, 그것들이 아무 쓸모가 없는 세상에, 두고 있는 게 분명하오. 난 그들을 좋아하긴 하지만 그들은 날 많이 기분 좋게 해주진 않소. 그들에게는 예전의 싸움닭 같은 기질이 별로 없소. 그들은 광산 채굴권을 국유화해야 한다느니 산업 전체를 국유화해야 한다느니 하면서 국유화에 대해 열심히 떠들어 대고 있소. 그러나 광산을 국유화하고 다른 모든 산업은 현재 상태로 남겨 두는 것은 불가능하오. 그들은 클리퍼드 경이 시도하는 것처럼 석탄을 새롭게 이용하는 것에 대해 떠들어 대고 있소. 그것이 한두 곳에서는 통할 수 있겠지만 전체적으로는 불가능할 것이라고 난 생각하오. 무엇을 만들건 그것을 팔아야만 하니 말이오. 광부들은 이런 문제에 대해 아주 냉담하오. 그들은 빌어먹을 탄광 산업 전체가 망할 운명이라고 생각하고 있고 나도 그렇게 믿고 있소. 그리고 그들 역시 탄광 산업과 같이 망할 운명이오. 젊은 사람들은 소비에트 체제에 대해 말을 쏟아내지만 그들에게는 확고한 신념이 별로 없소. 무엇에 대해서건 어떤 종류의 신념도 없소. 모든 것이 엉망이고 곤경에 처해 있다는 것만 제외하고 말이오. 소비에트 체제하에서도 여전히 석탄은 팔아야 하고, 바로 그것이 어려운 점이오. 이렇게 엄청나게 많은 산업 인구가 있고 그들 모두 먹고살아야 하니 이 빌어먹을 일은 어떻게든 계속되어야만 하오. 요즘은 여자들이 남자들보다 더 많이 떠들어 대고 있고 그들이 훨씬 더 확신에 차 있는 모습이오. 남자들은 축 늘어진 모습으로 어딘가에 종말이 있다고 느끼면서 할 수 있는 일이 아무것도 없는 것처럼 돌아다니고 있소. 어쨌든 입으로는 온갖 이야기를 떠들어 대고 있지만 어느 누구도 무엇을 해야 할지 모르고 있소. 젊은 사람들은 쓸 돈이 없으니까 미치려 하고 있소. 그들의 삶 전체가 돈을 쓰는 일에 달려 있는데 지금 그들에게는 쓸 돈이라곤 없소. 그것이 바로 우리의 문명이고 우리의 교육이오. 대중을 전적으로 돈 쓰는 일에 의존하도록 길러

놓는데, 돈은 다 떨어져 버리는 거요. 탄광은 일주일에 이틀 아니면 이틀 반만 가동되고 있고 겨울에도 나아질 기미가 없소. 이것은 광부 한 사람이 25 내지 30실링으로 가족을 먹여 살려야 한다는 것을 의미하오. 여자들이 가장 미쳐 날뛰고 있소. 그러나 그것은 그들이 돈을 쓰고 싶어서 가장 미쳐 있기 때문이오.

그들에게 사는 것과 돈을 쓰는 것이 똑같은 것이 아니라고 말해 줄 수 있으면 좋으련만! 하지만 그래 봐야 소용이 없소. 그들이 돈을 벌고 쓰는 대신 사는 법을 배웠더라면 25실링을 가지고도 행복하게 살아갈 수 있을 거요. 내가 전에 말한 것처럼 남자들이 진홍색 바지를 입는다면 그들은 돈을 그렇게 중요하게 생각하지 않을 거요. 그들이 춤추고 뛰고 깡충거리며, 노래하고 활보하며 멋지게 보인다면 그들에게 현금이 거의 없더라도 잘 지낼 수 있을 거요. 또한 여자들을 즐겁게 해주고 그들 자신도 여자들에게서 슬거움을 얻을 수 있을 거요. 그들은 벌거벗었을 때도 당당하고 기품 있게 보이는 법을 배워야만 하오. 그들 모두가 말이오. 그들은 움직일 때 당당하고 기품 있게 보이는 법과, 다 함께 노래하고 옛 군무를 추는 법과, 그들이 앉을 등받이 없는 의자에 조각을 새기고 그들 자신의 문장(紋章)을 수놓는 법을 배워야 하오. 그러면 그들에게 돈이 필요하지 않을 거요. 그리고 바로 그게 산업의 문제를 해결할 수 있는 유일한 방법이오. 사람들에게 돈을 쓸 필요 없이 사는 법을, 당당하고 기품 있게 사는 법을 가르쳐야 하오. 하지만 그렇게 할 수가 없소. 요즘에는 사람들이 모두 편협한 마음을 지니고 있소. 그러나 대부분의 사람들은 굳이 생각하려고 애쓸 필요조차 없소. 그들에게는 생각할 능력이 없기 때문이오. 그들이 해야 할 일은 활기 넘치고 쾌활하게 지내면서 위대한 목신 판[179]을 받아들이는 거요. 목신판만이 대중을 위한 유일한 신이오. 영원히 말이오. 원한다면 소수의 사람들은 더 고상한 숭배를 시작할 수 있소. 그러나 대중은 영원히 판을 숭배하는 이교도로 남아 있게 내버려 둡시다.

그러나 광부들은 이교도가 아니오. 결코 아니오. 그들은 형편없는 무리이고 죽은 남자들의 무리라오. 그들의 여자에 대해 죽어 있고 삶에 대해 죽어 버린 무리라오. 젊은 사람들은 여자들과 함께 오토바이를 타고 돌아다니고, 기회가 생기면 재즈를 추곤 하오. 그렇지만 그들은 완전히 죽어 있소. 그리고 그렇게 하려면 돈이 필요하오. 그러나 돈은 있으면 사람에게 해를 끼치고 없으면 굶어 죽게 만드는 거요.

당신에게는 분명히 이 모든 이야기가 지겨울 거요. 그러나 나 자신에 대한 이야기만 계속 해대고 싶지 않을 뿐만 아니라 실제로 나한테 일어나는 일도 없소. 당신에 대해 머리로 너무 많이 생각하고 싶지 않소. 그러면 오히려 우리

---

179 그리스 신화에 나오는 숲과 목양의 신으로 상체는 인간이지만 머리에는 뿔이 나고 하체는 염소를 닮은 반인반수의 존재이다. 풍요를 가져다주는 존재로도 알려져 있고 요정 시링크스를 사랑한 일화로 유명하다.

두 사람 사이를 망치기만 할 테니 말이오. 그러나 물론 내가 지금 살고 있는 이유는 당신과 내가 함께 살기 위한 것이오. 사실 난 무섭소. 악마가 허공에 도사리고 있는 게 느껴지고, 그 악마가 우리를 덮치려고 할 거요. 정확히 말하면 그것은 악마라기보다 맘몬[180]이오. 난 그것이 결국 사람들의 집단 의지, 즉 돈을 원하고 삶을 증오하는 것이라고 생각하오. 어쨌든, 커다랗고 하얀 두 손이 허공에서 사방을 더듬으며 살려고 애쓰는 사람을, 돈을 초월해서 살려고 애쓰는 사람의 목을 비틀어서 목숨을 끊어 놓으려고 하는 것이 느껴진다오. 어려운 시간이 다가오고 있소. 힘든 시간이 다가오고 있소. 아, 정말로 고난의 시간이 다가오고 있소![181] 세상이 지금처럼 계속 돌아간다면 미래에는 이 산업 대중에게 죽음과 파괴만 있을 거요. 난 오장육부가 때로 물로 변해 버리는 것 같은 느낌을 받는다오. 그런데 당신은 지금 내 아이를 낳으려 하고 있소. 하지만 걱정 마오. 지금까지 낙쳐 왔던 그 모든 고난의 시간들도 크로커스 꽃을 없애 버리지 못했고 여자들의 사랑도 꺼 없애 버리지 못했소. 그러니 그 고난의 시간들은 당신을 원하는 내 마음을 꺼 없애 버리지 못할 것이며 당신과 나 사이에 타오르는 작은 불꽃도 꺼 없애 버리지 못할 거요. 우리는 내년에 함께 있을 거요. 그리고 비록 내가 겁을 내고 있다 해도 난 당신

180 부와 탐욕의 신.
181 찰스 매카이Charles Mackay(1814~1889)의 노래, 「즐거운 시간이 다가오고 있다네The Good Time Coming」(1846)의 가사를 반대로 고쳐 쓴 것이다.

이 나와 함께하리라는 것을 믿고 있소. 남자라면 최선의 결과가 나오도록 노력하고 준비해야 하며 그런 다음에는 자기 자신을 초월한 무엇인가를 믿어야만 하는 법이오. 우리가 가진 가장 훌륭한 점을 진정으로 믿고 그것을 초월한 힘을 믿는 것만이 미래에 대해 우리를 지킬 수 있는 유일한 방법이오. 그래서 난 우리 둘 사이에 존재하는 작은 불꽃을 믿소. 지금 내게는 그것이 세상에 존재하는 유일한 것이오. 내게는 친구가, 마음의 친구가 한 사람도 없소. 오직 당신뿐이오. 그리고 지금은 그 작은 불꽃만이 내 삶에서 내가 신경을 쓰는 전부요. 아기가 있지만 그것은 부수적인 문제요. 그 불꽃은 내 오순절 불꽃이고, 당신과 나 사이에서 타오르는 갈라진 불꽃이오.[182] 예로부터 내려오는 오순절 불꽃에 대한 생각은 썩 적절하지가 않소. 나와 하느님이 불꽃으로 연결된다는 것은 어쩐지 조금 건방져 보이오. 그러나 당신과 나 사이에는 갈라진 작은 불꽃이 타오르고 있소. 그것은 진짜요! 바로 그것이야말로 내가 지키고 있는 것이며 앞으로도 지켜 나갈 것이오. 클리퍼드와 버사 같은 사람들, 탄광 회사들과 정부, 돈에 사로잡힌 대중, 그 모든 것에도 불구하고 말이오.

바로 그런 이유 때문에 사실 난 당신에 대한 생각을 시작하고 싶지 않소. 그렇게 하면 나만 괴로울 뿐이고 당신

182 유월절 후 50일 되는 날에 거행되는 유대인 축제였지만 나중에는 기독교의 성령강림일 축제로 바뀌어서 부활절 후 50일 되는 날에 거행되었다. 오순절에 성령이 사도들에게 불의 혀같이 갈라지는 형상으로 강림한 것을 축하한다는 「사도행전」 2장 1~4절에 대한 언급이다.

에게도 전혀 도움이 되지 않소. 난 당신이 나와 떨어져 있는 것을 바라지 않소. 그러나 내가 안달하기 시작하면 그 것은 괜히 헛된 짓일 뿐이오. 인내심. 언제나 인내심이 필요하오. 이번은 내 마흔 번째 겨울이오. 지나간 모든 겨울은 어쩔 수가 없소. 그러나 이번 겨울에는 내 작은 오순절 불꽃을 붙잡고 약간의 평화를 얻을 작정이오. 그리고 그 불꽃이 사람들의 입김에 꺼지지 못하게 할 거요. 난 더 고차원적인 신비를 믿고 있고, 그것은 크로커스조차 꺼져 없어지지 않도록 해줄 거요. 그리고 당신은 스코틀랜드에 있고 난 여기 중부 지방에 있어서 팔로 당신을 껴안고 다리로 당신 몸을 휘감을 수 없다 해도 난 당신의 일부를 가지고 있소. 내 영혼은 성교의 평화로움처럼 그 작은 오순절 불꽃 속에서 당신과 함께 부드럽게 너울거린다오. 우리는 성교로 하나의 불꽃을 생겨나게 했소. 꽃들조차 태양과 흙 사이의 성교를 통해 생겨나는 것이오. 그러나 그것은 미묘한 일이고 인내와 오랜 휴지(休止)가 필요하오.

그래서 난 지금 정숙함을 사랑하오. 그것은 성교에서 오는 평화이기 때문이오. 난 지금 정숙하게 지내는 생활을 사랑하오. 아네모네가 눈을 사랑하듯이 그것을 사랑하오. 난 이 정숙함을 사랑하오. 그것은 우리의 섹스에서 오는 휴지와 평화로서 갈라진 하얀 불꽃 모양의 아네모네처럼 지금 우리 사이에 놓여 있기 때문이오. 그리고 진정한 봄이 와서 함께 합치는 때가 오면, 우리는 성교를 통해 그 작은 불꽃을 환하게 금빛으로 찬란하게 타오르게 만들 수 있을 거요. 그러나 지금은 아니오. 아직은 아니오. 지금은 정숙하게 지낼 때요. 시원한 강물이 내 영혼 속을 흐르는 것처럼 난 정숙하게 지내는 것이 아주 즐겁소. 난 지금 우리 사이에 흐르는 정숙함이 정말 좋소. 그것은 신선한 물이나 비와 같소. 어떻게 남자들이 피곤하게 여자들 뒤꽁무니를 쫓아다니고 싶어 하는지 알 수가 없소. 돈 후안[183]처럼 사는 것은, 성교를 하지 않고 평화로운 상태를 누리면서 작은 불꽃을 타오르게 만드는 능력이 전혀 없는 것은, 강가에 서 있을 때처럼 간간히 밀려오는 서늘한 시간에 정숙하게 지낼 수 없는 것은 얼마나 비참한 일이겠소.

글쎄, 내가 말이 너무 많았소. 그것은 당신을 만질 수 없기 때문이오. 내가 당신을 팔로 안고 잘 수만 있다면 아마 잉크가 그대로 잉크병 안에 남아 있었을 거요. 우리는 함께 있어도 정숙하게 지낼 수 있을 거요. 함께 성교를 할 수 있을 때와 마찬가지로 말이오. 하지만 우리는 잠시 떨어져 있어야 하고 그것이 정말로 더 현명한 길인 것 같소. 그렇게 확신할 수만 있다면 좋겠지만 말이오.

걱정하지 마오. 염려하지 마오. 우리가 잘못되는 일은 절대 없을 거요. 우리는 그 작은 불꽃을, 그 불꽃이 꺼지지 않도록 보호해 주는 그 이름 없는 신을 진정으로 믿을 것이오. 당신의 너무나 많은 부분이 지금 여기에 나와 함께

---

183 17세기 스페인 작가 티르소 데 몰리나Tirso de Molina(1584~1648)의 『세비야의 난봉꾼El Burlador de Sevilla』에 처음 등장한 인물로 만족할 줄 모르는 불경스러운 호색한이다.

있소. 정말이오. 당신 전부가 여기에 없는 것이 유감이오.

클리퍼드 경에 대해서는 걱정하지 마오. 그에게서 아무 소식이 없다 해도 염려하지 마오. 그는 사실 당신에게 아무것도 할 수 없을 거요. 그냥 기다려요. 그가 언젠가는 마침내 당신을 떨쳐 내고, 당신을 던져 버리고 싶어 할 때가 올 거요. 그리고 설사 그가 그렇게 하지 않는다 해도 우리가 그에게서 벗어날 방법을 찾아낼 수 있을 거요. 그러나 그는 분명히 그렇게 할 거요. 결국 그는 당신을 혐오스러운 물건이라도 되는 것처럼 뱉어 내고 싶어 할 거요.

이제는 당신에게 편지 쓰는 걸 멈추는 것조차 할 수가 없소.

그러나 우리의 많은 부분이 지금 함께 있으니 우리는 그저 그것을 굳게 지키면서 각자의 진로를 잘 조종해 나가면 곧 만날 수 있을 거요. 존 토머스가 제인 부인에게 작별 인사를 하오. 약간 늘어져 있지만 희망에 찬 마음으로 말이오.

역자 해설

산업 사회의 폐허 속에
피어난 채털리 부인의 사랑

　최근에 읽은 한 책에는 사춘기가 된 딸에게 〈부인 시리즈〉 책을 사주는 어머니의 이야기가 등장한다. 딸이 소녀에서 〈진정한 여자〉로 거듭나기를 바라는 어머니의 깊은 뜻이 담겨 있다는 이 〈부인 시리즈〉에는 귀스타브 플로베르의 『보바리 부인*Madame Bovary*』(1856)과 D. H. 로런스의 『채털리 부인의 연인』(1928), 그리고 버지니아 울프의 『댈러웨이 부인 *Mrs. Dalloway*』(1925)이 포함되어 있다. 어머니가 〈부인〉이라는 말이 들어간 제목만 보고 책을 고른 것인지, 아니면 무슨 심오한 뜻이 있어 이 책들을 고른 것인지 알 수는 없지만 한 가지 흥미로운 점은 〈부인 시리즈〉의 세 책 모두 결혼한 여자들의 불륜과 연관이 있다는 점이다. 『보바리 부인』과 『채털리 부인의 연인』에서는 여주인공들이 실제로 불륜을 범했고 『댈러웨이 부인』에서는 결혼 전 좋아했던 남자를 만나 과거를 회상하며 잠시 마음이 흔들리는 여주인공이 등장한다. 이 〈부인 시리즈〉에서 『댈러웨이 부인』을 빼고, 〈부인〉이라는 단어는 들어가지 않았지만 레오 톨스토이의 『안나 카레니나 *Anna Karenina*』(1873~1877)를 집어넣으면 결혼한 여자들의 불륜을 다룬 소설 3종 세트가 되지 않을까 하는 생각이 들었다.

불륜이라는 공통의 주제를 다루고 있다 해도 『채털리 부인의 연인』은 『보바리 부인』이나 『안나 카레니나』와 다른 점이 있다. 『보바리 부인』과 『안나 카레니나』의 여주인공들이 자살이라는 비극적인 결말을 맞이하는 것과 달리 『채털리 부인의 연인』은 해피엔드의 가능성을 암시하면서 끝나기 때문이다. 보바리 부인은 불륜의 과정에서 진 빚 때문에 파산한 뒤 연인인 레옹에게도 버림받자 절망해서 비소를 먹고, 안나 카레니나는 이혼에 동의해 주지 않는 남편과 연인인 브론스키가 다른 여자를 사랑하게 될지도 모른다는 불안감 때문에 절망해서 열차에 몸을 던진다. 보바리 부인과 안나 카레니나가 자살이라는 비극적 결말로 불륜에 대한 대가를 치르는 것과는 대소설으로 콘스틴스는 연인인 올리비 멜리스와 함께 살 수 있는 날을 기다리며 희망적인 결말을 맞이한다. 사회적 통념상 불륜이란 비난받아 마땅한 비도덕적인 행동이고 불륜을 저지른 사람이 비극적인 결말을 맞이하는 것이 당연시될 수 있는 상황에서 시적 정의가 지켜지지 않는 이런 해피엔드의 암시에 충격을 받거나 혼란스러워할 독자들이 있을 수 있다. 정숙함을 의미하는 이름의 콘스턴스Constance가 〈콘스턴시*Constancy*〉를 유지하지 못했음에도 불구하고 그녀가 비극의 여주인공이 되지 않은 이유는 무엇일까?

이것에 대한 답은 무엇보다도 『채털리 부인의 연인』의 주제에서 찾을 수 있을 것이다. 『채털리 부인의 연인』은 당시에는 수치스러운 일로 간주될 수 있는, 상류층 여성과 노동자계층 남성 사이의 육체적, 정신적 관계를 다루고 성을 노골적으로 묘사한 데다 출판에 부적합한 표현들을 사용했다는 이유로 영국에서 출판을 금지당했다. 이 책은 1928년에 이탈리아의 피렌체에서 처음 출판되었고 영국에서는 1960년에 이르러서야 무삭제본이 출판되었다. 외설인가 아니면 예술인가 논란을 불러일으킬 정도로 노골적인 정사 장면과 성적인 표현들 때문에 『채털리 부인의 연인』의 주제를 자유분방한 성의 표방으로 간주하는 사람들이 많다. 요즘 만들어진 영화들에 비하면 사실 야하다 할 수도 없는 노출 장면들 때문에 에로 영화 취급을 받았던 영화, 「채털리 부인의 사랑」, 아니 우리말 제목으로는 「차타레 부인의 사랑」(1981) 역시 이런 오해를 가중시키는 데 한 몫 했다. 물론 『채털리 부인의 연인』은 야하다. 성에 대한 노골적인 묘사로 똑같이 출판금지를 당했던 제임스 조이스의 『율리시즈 *Ulysses*』(1922)나 블라디미르 나보코프의 『롤리타 *Lolita*』(1955)보다 훨씬 더 야하게 느껴진다. 그러나 이런 표면적인 모습 아래에는 정신과 육체에 대한 로런스의 철학이 들어 있다.

1960년에 벌어진 『채털리 부인의 연인』 재판에 증인으로 참석했던 비평가, 리처드 호가트는 『채털리 부인의 연인』이 〈본질적으로 도덕적이고 청교도적인 작품〉이며 그 주제가 〈총체성과 완전함에 대한 추구〉라고 주장한다. 여기서 총체성과 완전함이란 정신과 육체의 조화로운 결합을 의미한다. 정신은 없이 육체만 존재하거나 육체는 없이 정신만 존재하는 삶은 완전한 삶이 아니다. 『채털리 부인의 연인』에는 여러 형태의 남녀 관계가 등장하고 이 관계들은 정신과 육체가 조화를 이루지 못한 불완전한 관계들이다. 먼저 코니가 처녀 시절에 사귀었던 독일 청년과의 관계에서 육체는 부수적인 것으로 존재한다. 그들은 주로 논쟁과 토론을 벌였고 〈성행위나 육체적 결합은 일종의 원시적인 상태로 되돌아가는 것으로 코니에게 실망을 안겨 주었을〉 뿐이었다. 토미 듀크스를 비롯한 클리퍼드의 친구들은 정신적인 생활을 추구하고 코니와 잠시 연인관계였던 마이클리스는 코니를 육체적으로 만족시키지 못했다. 멜러스의 아내 버사는 남편이 쾌감을 얻지 못하도록 방해함으로써 섹스를 일종의 남편에 대한 보복 수단으로 삼는 잔인한 여자다. 클리퍼드는 코니가 이혼을 요구한 후 자신을 돌봐 주는 간호사인 볼턴 부인과 어머니와 아이의 관계 같은 퇴행적이고 왜곡된 관계를 맺게 된다. 육체 없이 정신만 존재하는 관계의 극치는 코니와 클리퍼드의 관계를 통해 나타난다. 전쟁에서 부상을 당해서 반신불수가 된 클리퍼드와 코니의 관계는 문자 그대로 육체 없이 정신만 존재하는 관계로, 이것은 성공한 소설가가 되려는 클리퍼드와 그것을 돕는 코니의 모습을 통해 구체적으로 드러난다.

　정신생활만 추구하면서 따뜻한 접촉을 거부하는 남편에게 친밀감을 느끼지 못하는 코니와 잔인한 성적 태도를 보여 주는 아내와 떨어져 사는 멜러스 모두 정신과 육체가 조화를 이루지 못하는 결혼 생활에 만족하지 못한다. 이런 불만족 상태에서 만난 두 사람은 배려와 육체적 열정, 서로를 존중하는 마음에 토대를 둔 관계를 서서히 쌓아간다. 두 사람의 관계가 발전함에 따라 코니는 정신과 육체의 상호작용에 대해 더 많은 것을 알게 되고 섹스가 수치스럽고 실망스러운 행위 이상이라는 것을 깨닫는다. 『채털리 부인의 연인』은 정신만으로 살 수 없다는, 반드시 육체적으로도 살아야 한다는 코니의 깨달음에 대한 것이다. 그리고 이런 깨달음은 코니가 멜러스와 함께할 때만 느낄 수 있었던 고양된 성적 경험으로부터 나온 것으로, 이것은 사랑이 정신이 아니라 육체적인 요소와 함께할 때에만 생겨날 수 있다는 것을 보여 준다. 그러므로 코니의 불륜은 일시적인 성적 충동이라기보다 정신과 육체의 조화, 즉 온전함과 총체성을 추구하는 한 과정으로 간주될 수 있다.

코니가 비극의 여주인공이 되지 않은 또 다른 요인은 행복을 추구하는 능동성과 적극성에서 찾을 수 있다. 육체와 정신이 조화를 이룰 때에만 완전한 삶을 살 수 있다는 깨달음을 얻은 후 코니는 자신의 행복을 위해 적극적으로 행동한다. 우선 코니에게는 어머니로부터 물려받은 상당한 수입이 있었기 때문에 보바리 부인처럼 연인을 만나기 위해 빚에 의지하거나 경제적인 이유 때문에 이혼을 주저할 필요가 없었다. 그러나 경제적으로 독립할 수 있는 여건이 갖춰져 있다 해도 사랑을 위해, 그것도 자신보다 사회적 지위가 낮은 노동자 계층의 남자의 아이를 낳고 그와 결혼하기 위해 이혼을 감행하려는 여자는 많지 않다. 멜러스가 〈타고난 고상함〉을 지니고 책을 많이 읽은 지성인이며 장교의 지위에 오를 정도로 뛰어난 수완을 지닌 남자라 해도 채털리 부인인 코니와 그 사이에는 〈건널 수 없는 심연〉 같은 계급차가 존재한다. 두 사람의 결합은 사회적인 물의를 일으킬 수 있는 충격적인 사건이었다. 그러나 브론스키와의 염문이 알려진 후 자신을 받아 주지 않는 사교계에 다시 진입하기 위해 노력하고 상류층으로부터 배척당하는 것에 힘들어하는 안나 카레니나와 달리 코니는 채털리 부인이라는 지위나 사람들의 시선, 체면에 연연해하지 않는다. 그녀는 상류층과 지식인들의 삶이 얼마나 공허하고 위선적인지 경험했기 때문에 자신이 행복해질 수 있다고 믿는 삶을 찾기 위해 클리퍼드에게 이혼을 요구하고 감옥 같은 랙비에서 빠져 나온다. 불륜 〈부인〉을 다룬 소설 중 하나인 안톤 체호프의 단편소설, 「개를 데리고 다니는 여자Damas sobachkoy」는 남녀 주인공들이 자신들의 만남이 사랑이라는 것을 깨닫고 함께 살 수 있는 방법을 모색하는 것으로 비극적인 결말인지 아닌지 모호한 상태로 끝난다. 〈그들은 어떤 결론이 보이는 것 같았고 아름다운 새 삶이 시작될 것만 같았다. 하지만 끝이 나려면 아직도 한참 먼 길을 가야 하고, 가장 어렵고 가장 복잡한 부분이 이제 시작되었을 뿐이라는 것을 두 사람 모두 깨닫고 있었다.〉 그러나 코니는 클리퍼드에게 이혼을 요구하고 랙비에서 나온 상태이고 멜러스는 버사와 이혼 확정을 기다리고 있기 때문에 두 사람은 이미 먼 길을 지나왔고 가장 어렵고 가장 복잡한 부분이 어느 정도는 마무리되었다 할 수 있다. 그래서 두 사람은『채털리 부인의 연인』의 마지막 구절처럼 〈희망에 찬 마음으로〉 같이 살 날을 기다릴 수 있게 된다.

　『채털리 부인의 연인』은 개인적인 측면에서 정신과 육체가 조화를 이루는 완전한 삶에 대한 개인의 노력과 추구를 다루고 있지만 더 큰 맥락에서 여러 차원의 비판을 담고 있는 작품으로 해석될 수 있다. 첫 번째 비판은 앞에서 논의된 정신과 육체의 관계와 연관되어 있다. 정신과 육체가 조화를 이루어야만 완전한 삶을 살 수 있다는 생각은 곧 정신만 존재하는 삶에 대한 비판이고 이것은 더 나아가 정신을 육체보다 더 중요하게 여기는 서구 형이상학 전통에 대한 비판으로도 해석될 수 있다. 인간의 본질을 외부적인 자연 요소들에서 찾았던 고대 그리스 자연철학자들과 달리 인간의 내부, 즉 정신에서 찾은 소크라테스 이후 플라톤과 아리스토텔레스로 이어지는, 육체는 사라져도 영혼은 영원히 산다는 영혼의 불멸성과 정신의 우월성을 인정하는 형이상학 전통이 자리를 잡게 되었다.『채털리 부인의 연인』에서 이것은 〈육체의 삶은 동물들의 삶〉이라는 클리퍼드의 말로 요약되어 나타난다. 로런스는 코니의 입을 빌려 이런 생각에 비판을 가한다. 〈그렇다면 그것이 지성만 발달하고 몸은 죽은 시체의 삶보다 더 나아요. ― 그리고 당신 말은 맞지 않아요! 인간의 육체는 이제야 겨우 진정으로 다시 살아나고 있어요. 육체는 그리스인들에게 아름다운 불꽃을 한 번 깜빡여 주었지만 플라톤과 아리스토텔레스가 그것을 꺼버렸고 예수가 완전히 끝장을 내버렸죠. 그러나 이제는 육체가 진정으로 다시 살아나고 있고, 정말로 무덤에서 다시 일어나고 있어요. 그리고 그것은 아름다운 우주 속에서 아름다운, 정말로 아름다운 삶이 될 거예요. 인간의 육체적 삶이 말이에요.〉

육체적 삶에 대한 인정을 통해 정신적 삶의 불완전함을 드러내려는 로런스의 비판은 무의식의 존재를 통해 정신이 오로지 이성과 의식으로만 이루어져 있다는 생각에 이의를 제기한 프로이트의 혁명성을 이어 가고 있다고 할 수 있다. 인간의 본질을 인간의 정신에서 발견한 소크라테스가 혁명적인 사상가였다면 정신의 동일성에 이의를 제기하고 의식의 주체가 아닌 무의식의 주체를 제시한 프로이트 역시 혁명적인 사상가라 할 수 있다. 프로이트가 이천 년 이상을 지탱해 온 〈나는 생각한다. 고로 존재한다〉는 코기토의 주체를 〈나는 내가 생각하지 않는 곳에서 존재한다〉는 무의식의 주체로 대체해 버렸기 때문이다. 의식의 주체를 무너뜨린 무의식을 구성하는 본능적인 에너지는 리비도이고 리비도는 바로 성적인 에너지다. 성적인 에너지로 구성된 무의식을 통해 정신과 이성의 우월성을 주창해 온 서구의 형이상학을 비판한 프로이트처럼 로런스 역시 육체, 그의 표현을 빌리면 육체의 〈관능〉의 중요성을 인정함으로써 서구 형이상학에 비판을 가한다. 육체의 관능은 제거해야 할 대상이 아니라 정신을 정화시키고 자극하는 데 반드시 필요하다. 로런스가 프로이트로부터 영향을 받았다는 사실은 로런스 자신이 「정신분석과 무의식」과 「무의식의 환상곡」 같은 정신분석학적인 논문들을 썼고 『아들과 연인*Son and Lovers*』(1913) 같은 작품에서 아들과 어머니의 관계, 즉 오이디푸스 콤플렉스를 중요한 주제로 삼고 있다는 사실들을 통해 쉽게 유추할 수 있다.

『채털리 부인의 연인』이 비판하고 있는 두 번째 대상은 전쟁이다. 이 소설은 제1차 세계 대전이 끝나고 나서 10년 후이자 제2차 세계 대전이 일어나기 10년 전인 1928년에 쓰였다. 『채털리 부인의 연인』은 무엇보다도 연애 소설로 읽힐 수 있지만 노벨상 수상 작가인 도리스 레싱은 이 소설을 가장 강력한 반전(反戰) 소설 중 하나로 꼽는다. 『채털리 부인의 연인』은 〈대변혁이 일어났고 우리는 폐허 속에 살며 조그만 거주지를 새로 짓고 작은 희망을 새롭게 품기 시작한다〉는 지나간 전쟁에 대한 언급으로 시작해서 〈어려운 시간이 다가오고 있소. 힘든 시간이 다가오고 있소. 아, 정말로 고난의 시간이 다가오고 있소!〉라며 다가올 전쟁의 끔찍함에 대한 암시로 끝맺는다. 전쟁에서 부상당해 반신불수가 되고 따뜻한 인간적인 접촉을 잃어버린 클리퍼드와 그와의 불행한 결혼 생활을 이어 가야 하는 코니, 인도와 이집트에서 전쟁을 경험하고 난 후 사냥터지기로서 스스로 고립된 삶을 선택한 멜러스 모두 전쟁의 희생자들로 〈비극적인 시대〉를 살아가는 사람들이다. 전쟁은 인간의 영혼에 다시는 회복될 수 없는 깊은 상처를 남긴다. 코니는 〈인간 영혼의 법칙 가운데 하나를 깨달았다. 감성적인 영혼이 큰 충격을 받았을 때 육체가 죽지 않으면 육체가 회복되면서 영혼도 함께 회복되는 것처럼 보인다. 그러나 이것은 겉모습에 지나지 않는다. 그것은 사실

습관이 되살아나면서 나타나는 작용일 뿐이다. (……) 느리게 점점 더 깊어지는 타박상처럼 천천히, 천천히 영혼에 가해진 상처가 느껴지기 시작하다가 마침내 그것이 영혼 전체를 가득 채운다. 그리고 우리가 상처로부터 회복되어서 그것을 잊었다고 생각하는 바로 그때에 이르러서야 끔찍한 후유증은 최악의 형태로 반드시 우리 앞에 나타난다.〉 그러나 전쟁은 소설의 주인공들뿐만 아니라 테버셜의 모든 광부들에게, 사회 전체에 영향을 미친다. 〈그것은 힘의 표출이 아니라 일시 정지 상태였다가 천천히 표면으로 올라와서 불안의 큰 고통을, 불만의 마비 상태를 만들어 내는 전쟁의 멍든 상처였다. 그 멍든 상처는 아주, 아주 깊었다. 그것은 그릇되고 비인간적인 전쟁이 남긴 멍든 상처였다.〉 전쟁이 만들어 낸 〈영혼과 몸 안 깊숙한 곳에 넓게 자리 잡고 있는 거무스름한 피멍〉은 여러 세대의 살아 있는 피와 새로운 희망, 즉 육체의 관능으로만 해소될 수 있다. 〈산불을 피해 도망치는 작은 동물들처럼 시코의 품으로 날아든, 전쟁에 상처 입은〉 코니와 멜러스의 사랑 이야기인 『채털리 부인의 연인』은 전쟁터에서 탈주해서 스위스의 산속으로 들어가 사랑을 나누는 헨리 중위와 캐서린을 다룬 어니스트 헤밍웨이의 『무기여 잘 있거라*A Farewell to Arms*』(1929)처럼 슬프면서도 아름다운 한 편의 반전 소설로 읽힐 수 있다.

『채털리 부인의 연인』이 비판을 가하고 있는 세 번째 대상은 산업사회이다. 로런스는 『채털리 부인의 연인』을 통해 산업 사회가 개인과 지역 사회, 더 나아가서는 국가에 미친 폐해를 고발하고 그것을 해결할 수 있는 해결 방안을 제시한다. 현대의 산업사회는 클리퍼드가 〈옛 영국〉이라고 표현한 목가적인 농업 사회를 파괴했고 〈남자들을 일벌레로 바꿔 놓았으며 그들의 남자다움과 진짜 삶을 모두 빼앗아 버렸다〉. 오로지 돈을 위해 사는 그들의 삶은 〈죽은 삶〉이다. 『채털리 부인의 연인』의 배경은 석탄을 생산하는 탄광이 있는 테버셜로 산업 혁명 이후 기계 산업의 연료로서 석탄이 중추적인 역할을 담당하게 된 이후 사람들의 삶이 어떻게 변했는지 관찰할 수 있는 좋은 장소가 되어 준다. 멜러스의 입을 빌어 로런스는 산업사회가 테버셜에 끼친 폐해를 지적한다. 〈여러분 자신의 모습을 보십시오! 돈만을 위해 일하고 인는 자신드르 모습을! ─ 여러분 자신드르 소리를 들어 보십시오! 돈만을 위해 일하고 인는 자신드르 소리를! 여러분은 돈을 위해 일해 왔습니다! ─ 테버셜을 보십시오! 그것은 흉측합니다. 바로 여러분이 돈을 위해 일하는 동안 지어졌기 때문입니다. 여러분의 여자를 보십시오! 그들은 여러분에게 관심이 없습니다. 그들 자신에게도 관심이 없습니다. 그것은 바로 여러분이 돈을 위해 일하고 돈에만 신경을 쓰면서 시간을 보냈기 때문입니다. 여러분은 이야기도 나누지 못하고 돌아다니지도 못하고 살지도 못하며 여자와 잘 지내지도 못합니다. 여러분은 살아 있지 않습니다.〉 멜러스는 〈지상에서 다시 기계들을 다 쓸어내 버리고 산업 시대를 완전히 끝내고 싶다〉는 소망을 피력하면서 그 소망을 이룰 수 있는 대안을 육체적 관능의 회복에서, 남자와 여자가 동시에 절정에 이를 수 있는 관계의 회복에서 찾는다. 남자들이 〈돈을 벌기 위해 사는 삶을 접고 …… 산업에 물든 생활을 접고 돌아가서…… 빨간 옷과 멋진 다리와…… 멋진 엉덩이로 걸어 다니고…… 다시 사내대장부가 되면…… 여자들은 여자다운 여자가 될 것이다…… 남자들이 따뜻한 마음으로 성교를 할 수 있고 여자들이 그것을 따뜻한 마음으로 받아들여 주면 모든 것이 괜찮아질 것이다〉. 코니와 사랑을 나눈 후 벌거벗은 몸으로 사람들을 변혁시킬 이상에 대해 열변을 토하는 멜러스의 모습은 한편으로는 우스꽝스럽게 느껴질 수 있고 육체적 관능의 회복으로 산업사회의 문제가 해결될 것이라는 그의 이상은 실현 가능성이 없는 유치하고 순진한 몽상처럼 들릴 수 있다. 그러나 정신에 억눌려 온 육체의 힘을 회복함으로써 개인의 완전성을 회복하고 따뜻함과 배려를 바탕으로 한 따뜻한 남녀 관계를 회복함으로써 산업에 찌든 사회 전반을 변화시키겠다는 로런스의 이상은 실현 가능성 여부를 떠나 한편으로는 일관성이 있고 또 한편으로는 야심만만하다.

『채털리 부인의 연인』을 결혼한 여자의 불륜을 다룬 그저 〈야한〉 연애 소설로서가 아니라 정신과 육체의 조화, 즉 온전함과 총체성을 추구하는 자아 찾기의 이야기로, 정신만 강조하고 육체는 무시한 철학 전통에 반란을 일으킨 심오한 철학적 주제가 담겨 있는 소설로, 전쟁으로 상처 받은 사람들의 사랑을 다룬 반전 소설로, 현대 산업사회의 폐해에 대한 고발서이자 새로운 사회에 대한 이상이 펼쳐진 사회 변혁서로 읽어 보았다. 『채털리 부인의 연인』을 조금 더 재미있게 읽어내는 또 다른 방법은 로런스의 전기적인 사실들과 소설의 연결 고리를 찾아보는 것이다. 로런스는 탄광촌에서 광부의 아들로 태어났고 탄광은 『채털리 부인의 연인』뿐만 아니라 『아들과 연인』과 『사랑하는 여인들 Women in Love』(1920) 같은 다른 작품들에도 많은 영향을 미쳤다. 어려서부터 책을 많이 읽고 공부를 잘해서 장학금을 받았다는 멜러스의 어린 시절에 대한 묘사는 로런스의 어린 시절과 닮은 점이 많다. 『채털리 부인의 연인』에서 코니와 멜러스 사이에 가장 많은 긴장을 불러일으키는 계급의 문제는 로런스와 그의 부인 프리다 위클리의 만남에서 단초를 찾을 수 있다. 로런스는 1912년에 독일 귀족 폰리히트호펜 가문 출신이며 노팅엄에서 로런스를 가르쳤던 교수의 아내인 프리다 위클리를 만났다. 멜러스보다 사회적 지위가 높은 코니처럼 프리다와 로런스 사이에는 계급의 차이와 프리다가 유부녀라는 큰 장애가 있었다. 그러나 두 사람은 사랑의 도피 행각을 벌였고 위클리가 이혼을 한 후 결혼을 하고 로런스가 세상을 떠날 때까지 평생을 같이 살았다. 로런스는 『채털리 부인의 연인』을 집필하던 시기에 결핵에 걸려 건강이 악화되었고 프리다는 원기 왕성한 이탈리아 남자와 바람을 피웠다. 로런스는 이 사실을 알았고 프리다 역시 그것을 숨기지 않았다. 그러나 두 사람은 동일한 인생관을 지니고 있었기 때문에 삶을 살아가는 동지로서 끈끈한 유대감을 보여 주며 평생을 같이 살았다. 로런스와 프리다의 관계는 『채털리 부인의 연인』에서 때로는 코니와 멜러스의 관계로, 때로는 클리퍼드와 코니의 관계로 변주되어 나타난다. 아픈 자신을 두고 바람을 피우는 프리다에 대한 복수심에서 로런스가 코니와 멜러스를 불행하게 만들수도 있지 않았을까 하는 생각이 들기도 하지만 현실에서 아내의 부정을 극복한 것이 소설 속에서 해피엔드에 대한 암시로 반영되어 나타난 것은 아닐까?

이미선

『채털리 부인의 연인』 줄거리

코니 리드는 화가인 아버지와 지적인 사회주의자인 어머니 사이에서 태어나서 자유분방한 교육을 받으며 자랐고 십대에는 독일로 유학을 가서 지적인 청년들과 어울리며 연애를 했다. 1917년 스물세 살의 나이에 그녀는 귀족의 후손인 클리퍼드 채털리와 결혼한다. 한 달간 신혼 생활을 한 후 그는 전쟁터로 파견되었고 하반신이 마비된 상태로 돌아온다.

전쟁이 끝난 후 클리퍼드는 작가로 성공하고 많은 지식인들이 채털리 저택인 랙비로 몰려든다. 그러나 이런 지식인들은 공허하고 냉정한 사람들이라는 것이 드러나고 코니는 외로움을 느낀다. 그녀는 랙비를 방문한 유명한 극작가인 마이클리스와 잠깐 동안 관계를 맺지만 그에게서 성적인 만족을 얻지 못한다. 소설가로서 성공하기 위해 무의미한 노력을 기울이고 탄광 사업에 집착하는 클리퍼드와 코니 사이는 점점 더 멀어지고 코니는 클리퍼드의 몸에 대해 심한 혐오감을 느낀다. 클리퍼드를 돌봐 줄 간호사인 볼턴 부인을 고용한 후 코니는 자기 시간을 더 많이 갖게 되고 클리퍼드는 볼턴 부인에게 점점 아이처럼 의지하게 된다.

공허한 코니의 삶으로 군대에서 막 제대한 후 클리퍼드 영지에서 사냥터지기로 일하게 된 올리버 멜러스가 들어온다. 그는 냉담하고 세상을 조롱하는 듯한 태도를 취하지만 코니는 그의 타고난 고상함과 품위, 의도적으로 사람들로부터 고립되어 사는 모습과 타고난 관능성에 묘하게 끌린다. 코니와 멜러스는 몇 번 우연히 만나지만 멜러스는 두 사람 사이의 계급 차이를 상기시키면서 그녀가 가까이 다가오지 못하도록 항상 거리를 두고 대한다. 숲 속의 오두막집에서 우연히 만나 같이 새끼 꿩을 살펴보던 두 사람은 섹스를 하게 된다. 이런 일이 몇 번 있었지만 코니는 여전히 두 사람 사이에 거리감이 있다고 느끼고 신체적으로 가까이 있음에도 불구하고 그로부터 완전히 동떨어진 상태를 유지한다.

어느 날 숲에서 우연히 다시 만난 코니와 멜러스는 섹스를 하게 되고 동시에 오르가즘을 경험한다. 코니에게 이것은 너무나 놀랍고 감동적인 경험이었다. 그녀는 깊은 감각적인 차원에서 두 사람이 서로 접촉했다고 느끼면서 멜러스를 좋아하기 시작한다. 그녀는 자신이 멜러스의 아기를 임신하게 되었다고 생각한다. 그녀에게 그는 정서적으로 죽어 있는 지식인들과 기계 같은 존재가 되어 버린 노동자들과 달리, 진짜 살아 있는 남자로 느껴졌다. 두 사람은 두 지식인이 아니라 남자와 여자로서 육체적인 차원에서 서로 접촉하면서 점차 더 가까워진다.

코니가 베니스로 휴가를 가 있는 동안 멜러스의 아내가 돌아와서 추문을 일으킨다. 멜러스는 이혼 절차를 밟고 있는 중이었고 원한에 찬 그의 아내는 멜러스가 집에 여자들을 불러 들였고 그 여자가 코니라는 부정적인 소문을 퍼뜨린다. 그 결과 멜러스는 사냥터지기 일에서 해고당한다. 랙비에 돌아온 코니는 자신이 멜러스의 아이를 임신하고 있다는 사실을 클리퍼드에게 밝히지만 클리퍼드는 이혼을 거부한다. 소설은 멜러스가 농장에서 일하면서 이혼을 기다리고 코니는 언니와 함께 지내면서, 역시 기다리는 것으로 끝난다. 그러나 두 사람이 결국에는 함께할 것이라는 희망이 존재한다.

데이비드 허버트 로런스 연보

1885년 출생 9월 11일 광부인 아서 존 로런스Arthur John Lawrence 와 리디아Lydia의 넷째 아들로 노팅엄셔Nottinghamshire 남부 탄광촌 이스트우드Eastwood에서 태어남.

1898년 13세 장학금을 받고 노팅엄 고등학교Nottingham High School에 다님.

1901년 16세 10월부터 1902년 2월까지 J. H. 헤이우드J. H. Haywood의 노팅엄 공장에서 사무원으로 일함. 질병에 걸림.

1902년 17세 제시Jessie를 비롯한 체임버스Chambers 가족을 만남. 1905년까지 이스트우드와 일크스턴Ilkeston에서 교사 실습생으로 일함.

1905년 20세 1906년까지 이스트우드에서 임시 교사로 근무함.

1906년 21세 시를 쓰기 시작하고, 쓴 작품을 제시에게 보여 줌. 교사 자격증을 취득하기 위해 1908년까지 노팅엄 소재 유니버시티 칼리지University College에서 공부함. 첫 소설『하얀 공작*The White Peacock*』을 쓰기 시작함.

1907년 22세 첫 단편소설을 씀. 처음 출판된 단편소설은 「서곡A Preclude」으로『노팅엄셔 가디언*Nottinghamshire Guardian*』에 제시가 쓴 작품이라고 실림.

1908년 23세 1911년까지 크로이던Croydon 소재 데이비슨 로드 스쿨Davidson Road School에서 초등학교 교사로 근무함.

1909년 24세 제시가 로런스의 시 몇 편을 골라 『잉글리시 리뷰 *English Review*』에 보냄. 편집자인 포드 매독스 휘퍼Ford Madox Hueffer가 다섯 편을 접수하고 『하얀 공작』을 출판업자에게 추천함. 단편소설 「국화 향기Odour of Chrysanthemums」와 첫 희곡 「광부의 금요일 밤A Collier's Friday Night」을 씀.

1910년 25세 루이 버로우즈Louie Burrows와 약혼함. 어머니 사망. 『침입자*The Trespasser*』와 후에 『아들과 연인』으로 발전하는 「폴 모렐 Paul Morel」의 초고를 씀.

1911년 26세 『하얀 공작』 출간. 「폴 모렐」의 두 번째 원고를 씀. 여러 단편소설을 쓰고 개작함. 「국화 향기」 출간. 「폴 모렐」의 세 번째 원고를 1912년까지 씀. 11월부터 12월까지 폐렴을 심하게 앓음.

1912년 27세 본머스Bournemouth에서 요양하며 건강을 회복함. 2월 파혼하고 이스트우드로 돌아가서 교사직을 사임. 노팅엄 대학 교수인 리히트호펜Richthofen 공의 부인인 프리다 위클리Frieda Weekley를 만남. 5월 프리다 위클리와 함께 독일에 가고 그다음에는 이탈리아로 가서 겨울을 지냄. 『침입자』 출간. 「폴 모렐」을 『아들과 연인』으로 개작.

1913년 28세 이탈리아어로 에세이 초고를 만들어 후에 『무지개 *The Rainbow*』와 『사랑하는 여인들』로 발전하는 작품인 「자매들The Sisters」을 쓰기 시작함. 『연애 시편*Love Poems*』 출간. 4월부터 6월까지 독일에 머무름. 「프로이센 장교The Prussian Officer」와 단편소설들을 씀. 5월 『아들과 연인』 출간. 영국에서 프리다와 함께 여름을 보내고 난 후 함께 이탈리아로 돌아감.

1914년 29세 희곡 「홀로이드 부인을 과부로 만들기The Widowing of Mrs Holroyd」 미국에서 출간. 「자매들」의 최종판인 「결혼반지The Wedding Ring」를 끝마치고 프리다와 함께 영국으로 돌아감. 프리다가 전남편과 이혼하고 7월 13일 로런스와 결혼식을 올림. 8월 전쟁이 발발

하여 메투엔 사Methuen & Co.가 「결혼반지」의 출판 약속을 깸. 전쟁으로 인해 이탈리아로 돌아가지 못하고 버킹엄셔Buckinghamshire와 서섹스Sussex에서 지냄. 1915년까지 「결혼반지」를 『무지개』로 고쳐 씀.

1915년 30세　「영국, 나의 영국England, My England」을 씀. 『이탈리아의 황혼Twilight in Italy』을 위해 에세이를 씀. 8월 영국으로 이사. 9월 『무지개』가 출판되었으나 10월에 회수되고, 외설이라고 기소되어 11월에 출판이 금지됨. 프리다와 미국으로 여행하고자 했으나 12월 말 콘월Cornwall에 정착하여 1917년 10월까지 지냄.

1916년 31세　『무지개』에 사용하지 않은 「자매들」의 자료를 『사랑하는 여인들』로 다시 씀. 이 작품은 11월에 탈고하였으나 1917년까지 여러 출판업자들이 출판을 거절함. 미국 문학을 읽음. 『이탈리아의 황혼』과 시집 『사랑Amores』 영국에서 출간.

1917년 32세　에세이 『미국 고전 문학 연구Studies in Classic American Literature』를 집필하기 시작함. 『사랑하는 여인들』 개작. 제1차 세계 대전이 진행 중이던 때로, 프리다가 독일인이라는 이유로 인해 간첩 혐의를 받고 국토 방위법에 따라 10월 프리다와 함께 콘월에서 추방되어 런던으로 돌아감. 소설 『아론의 지팡이Aaron's Rod』를 쓰기 시작함. 시집 『보라! 우리는 해냈다!Look! We Have Come Through!』 출간.

1918년 33세　1919년 중반까지 주로 버크셔Berkshire와 더비셔Derbyshire에서 지냄. 『신 시편New Poems』 출간. 1919년까지 정기 간행물 형태로 여덟 권의 『미국 고전 문학 연구』 에세이 초판 출간. 11월 제1차 세계 대전이 끝남. 『여우The Fox』 집필.

1919년 34세　『미국 고전 문학 연구』를 중등학교용 판본으로 개작함. 미국 출판업자 토머스 셀처Thomas Seltzer를 위해 『사랑하는 여인들』 개작. 11월 이탈리아로 떠남.

1920년 35세　2월 시칠리아Sicilia로 이사하여 타오르미나Taormina에 정착. 미국에서 『사랑하는 여인들』이 출판되고 희곡 「위기일발Touch and Go」과 시집 『만Bay』, 『잃어버린 아가씨The Lost Girl』 영국에서 출간.

1921년 36세   프리다와 함께 사르디니아Sardinia를 방문하고 『바다와 사르디니아*Sea and Sardinia*』 집필. 교과서인 『유럽 운동사 *Movements in European History*』와 『사랑하는 여인들』 영국에서 출간. 『정신 분석과 무의식*Psychoanalysis and the Unconscious*』 및 『바다와 사르디니아』 미국에서 출간. 4월부터 9월까지 이탈리아, 독일, 오스트리아로 여행한 후 타오르미나로 돌아감. 『아론의 지팡이』 탈고, 『대장의 인형*The Captain's Doll*』과 『무당벌레*The Ladybird*』 집필, 『여우』 개작.

1922년 37세   2월부터 9월까지 프리다와 함께 세일론, 호주, 미국을 여행. 『아론의 지팡이』 출간. 호주에서 『캥거루*Kangaroo*』 집필. 9월 뉴멕시코의 타우스Taos에 도착. 『미국 고전 문학 연구』 최종본을 다시 씀. 『무의식의 판타지아*Fantasia of the Unconscious*』와 『영국, 나의 영국과 다른 이야기들*England, My England and Other Stories*』 출간. 12월 타우스 근처의 델 몬트 랜치Del Monte Ranch로 이사.

1923년 38세   『여우』 및 『대장의 인형』과 함께 『무당벌레』 출간. 프리다와 멕시코로 여행. 8월 미국에서 『미국 고전 문학 연구』 출간. 『날개 돋친 뱀*The Plumed Serpent*』의 초판인 「케찰코아틀Quetzalcoatl」 집필. 『캥거루』와 시집 『새, 짐승 그리고 꽃*Birds, Beasts and Flowers*』 출간. 『숲 속의 소년*The Boy in the Bush*』을 몰리 스키너Mollie Skinner의 원고에서 고쳐 씀. 8월 프리다가 영국으로 돌아감. 로런스는 12월에 영국으로 돌아감.

1924년 39세   프랑스, 독일에 머물다가 타우스 근처의 키오와 랜치Kiowa Ranch로 감. 『숲 속의 소년』 출간. 「말 타고 떠난 여인 The Woman Who Rode Away」, 『세인트 모어*St. Mawr*』와 「공주The Princess」 집필. 아버지 사망. 프리다와 함께 멕시코로 돌아감.

1925년 40세   오악사카Oaxaca에서 『날개 돋친 뱀』 탈고. 질병에 걸려 거의 죽을 뻔하고 폐결핵 진단을 받음. 멕시코시티로 돌아갔다가 키오와 랜치로 감. 『세인트 모어 및 공주*St. Mawr together with the Princess*』

출간. 런던을 경유하여 이탈리아로 여행. 에세이집 『호저의 죽음에 대한 명상*Reflections on the Death of a Porcupine*』 출간. 1926년 1월까지 『처녀와 집시*The Virgin and the Gipsy*』 집필.

1926년 41세 『날개 돋친 뱀』과 희곡 「다윗David」 출간. 영국을 마지막으로 방문. 이탈리아로 돌아가 『채털리 부인의 연인』을 집필하고 이어서 1927년까지 개정판 집필.

1927년 42세 브루스터 백작Earl Brewster과 함께 에트루리아 지방 여행. 『에트루리아 스케치*Sketches of Etruscan Places*』 집필. 『도망친 수탉*The Escaped Cock*』의 제1부 집필. 기관지 출혈을 여러 번 겪음. 수필집 『멕시코의 아침*Mornings in Mexico*』 출간. 『채털리 부인의 연인』 제3판 집필.

1928년 43세 『말 타고 떠난 여인 및 다른 단편들*The Woman Who Rode Away and Other Stories*』 출간. 『도망친 수탉』의 제2부 집필. 『채털리 부인의 연인』 제3판 탈고, 개정 후 사비를 들여 6월 말경 한정판으로 출간. 친구들을 통하여 이 책을 배포하였으나 많은 부수가 미국과 영국에서 행정 당국에 의해 몰수됨. 건강 요양차 스위스로 여행하고, 프랑스 남부 방돌Bandol로 여행. 『로런스 시집*The Collected Poems of D. H. Lawrence*』 출간. 『호접제비꽃*The Pansies*』을 위해 많은 시를 씀.

1929년 44세 해적판에 대응하기 위해 『채털리 부인의 연인』을 파리에서 싼값으로 출판하도록 준비함. 『호접제비꽃』의 타이핑 원고가 런던에서 경찰에 의해 압수됨. 스페인, 이탈리아, 독일로 여행. 병이 점점 깊어짐. 7월 런던에서 개최된 그의 그림 전시회가 경찰에 의해 불시 단속됨. 『호접제비꽃』 삭제판이 7월에, 무삭제판이 8월에 출간. 『도망친 수탉』 출간. 방돌로 돌아감.

1930년 45세 3월 2일 프랑스 알프스마리팀Alpes-Maritimes의 방스Vence에서 폐결핵으로 사망하여 그곳에 매장됨. 시집 『쐐기풀*Nettles*』과 『구색을 갖춘 기사*Assorted Articles*』, 『처녀와 집시』, 『건초 더미에서의 사랑과 다른 작품들*Love Among the Haystacks & Other Pieces*』 출간.

1932년 『에트루리아 스케치』가 〈에트루리아 지방Etruscan Places〉
이라는 제목으로 출간. 『마지막 시편들*Last Poems*』 출간.

1933년 단편 모음집 『사랑스러운 부인*The Lovely Lady*』 출간.

1934년 『현대적인 애인*A Modern Lover*』 출간.

1935년 프리다가 로런스의 무덤을 파내어 화장하고, 유골을 키오와
랜치로 가져감.

1936년 『불사조*Phoenix*』가 편집 출판됨.

1956년 프리다 사망.

열린책들 세계문학 226 채털리 부인의 연인 하

옮긴이 이미선 경희대학교 영어영문학과를 졸업하고 동 대학원에서 박사 학위를 받았다. 옮긴 책으로는 『욕망이론: 자크 라캉』(공역), 『자크 라캉』, 『연을 쫓는 아이』, 『프랑켄슈타인』, 『로스트 페인팅』, 『프랭크 바움』, 『아동문학 작품 읽기』, 『순수의 시대』, 『제인 에어』 등이 있고 저서로는 『라캉의 욕망이론과 셰익스피어 텍스트 읽기』가 있다.

지은이 데이비드 허버트 로런스 **옮긴이** 이미선 **발행인** 홍지웅·홍예빈
발행처 주식회사 열린책들 **주소** 경기도 파주시 문발로 253 파주출판도시
전화 031-955-4000 **팩스** 031-955-4004 **홈페이지** www.openbooks.co.kr
Copyright (C) 주식회사 열린책들, 2014, *Printed in Korea.*
ISBN 978-89-329-1226-4 03840 **ISBN** 978-89-329-1499-2 (세트)
발행일 2014년 8월 25일 세계문학판 1쇄 2020년 6월 15일 세계문학판 2쇄

이 도서의 국립중앙도서관 출판예정도서목록(CIP)은 서지정보유통지원시스템 홈페이지(http://seoji.nl.go.kr)와 국가자료공동목록시스템(http://www.nl.go.kr/kolisnet)에서 이용하실 수 있습니다.(CIP제어번호:CIP2014022926)

열린책들 세계문학
Open Books World Literature

각 권 8,800~15,800원